NOVELIZATIONS MECH CAL ARMS
JN213522
小説
メカウデ
MECHANICAL ARMS
〜もうひとつのトリガーアーム〜
水沢 夢
[イラスト]綜葉ましろ
[原作]TriF

HIKARU
アマツガ ヒカル
キタカガミ市に住む普通の中学生。キューブ状に封印されていたメカウデ・アルマをひょんな事から目覚めさせてしまい、奇妙な共同生活を送ることになる。
ALMA
アルマ
ヒカルの手で封印から目覚め、彼との〝結合〟を試みるも失敗し、彼が着ていたパーカーにくっついてしまう。カガミグループからは〝トリガーアーム〟と呼ばれている。
カガミ ジュン
変幻自在のワーム型メカウデ「ウロボロス」を操る。生まれつき身体が弱かったが、メカウデと〝結合〟することで身体能力を保っている。
KAGAMI
ムラサメ アキ
ARMSに所属する「鐵(くろがね)の双腕使い」の異名を持つメカウデ使い。二体のメカウデと〝結合〟しているため為、エネルギー消費が激しく常に空腹でいつも何か食べている。
AKI
シニス&デキス
アキに〝結合〟している双子のメカウデ。性格は正反対で、左腕のシニスは穏やかな性格だが、右腕のデキスは粗野な性格。
SINIS&DEX
CHARACTER

STORY

謎の〝ウデ〟型機械生命体アルマと出会った中学生のアマツガ・ヒカルは、メカウデ達の自我を奪い兵器にすることを企む大企業〝カガミグループ〟と、メカウデ達を救い解放するため活動する組織〝ARMS〟が繰り広げる大事件へと巻き込まれていく。戦いの中でアルマとの絆を深め、日々成長するヒカル。

そしてついに、最終決戦に勝利し、街に平和が戻った。

プロローグ

「それでも前に進み続ける。――そして」

メカウデ。それは異なる次元からやって来た、『ウデ』型機械生命体。

エネルギー不足によって故郷の荒廃という危機に直面した彼らは、それを救える存在を求めた。それが伝承でメカウデの起源といわれている、始祖オルデラだった。

オルデラを探し、次元を超える旅に出たメカウデたちは、一世紀前にこの地球に辿《たど》り着き、ついに出逢ったのだ。

彼らメカウデの生命の糧である未知のエネルギー〝アルビトリウム〟を生み出せる特異な存在、人間と。

人間と結合《デライズ》することでアルビトリウムの供給を受け、その見返りに適合者たる人間に様々な特殊能力や超人的な身体能力をもたらす。いわば共生関係を築き上げたのだった。

やがて彼らは始祖オルデラを発見し、その封印を解こうとする。

しかしその時大事故が起こり、偶然メカウデと出逢って協力関係を築いた男、カガミ・ヤクモが死亡。人間とメカウデの蜜月は、終わりを迎えた。

それからおよそ一〇〇年の時が流れ──現代。

カガミ・ヤクモの子孫一族による巨大企業『カガミグループ』はメカウデを兵器として隷属《れいぞく》させ、自分たちの利益のために使役していた。

そんなカガミグループから、メカウデを解放するべく活動する組織・ARMS《アームズ》。

二つの勢力の争いは熾烈《しれつ》を極め、その渦中にごく普通の少年が巻き込まれた。

中学三年生、アマツガ・ヒカル──彼は記憶を失ったメカウデ・アルマと偶然出逢い、アクシデントによって自らのパーカーへとデライズさせてしまう。

始祖オルデラを封印も解放もできるという、二つの勢力にとって重要な存在。

トリガーアームたるアルマと。

様々な思惑や陰謀に翻弄《ほんろう》されながらも、心優しい少年はアルマと共に戦い続けた。

その果てに、再び封印を解いたオルデラの力を継承したアルマの兄・フィストと対峙《たいじ》する。

仲間たちの力で蘇生し、己が意志の力でアルマとの最終合体を果たし──右腕に白銀の巨腕、背中にアルビトリウムの炎の翼を携えたヒカル。

カガミ一族の末裔《まつえい》であるジュンの身体を乗っ取り、左腕に黒鉄《くろがね》の巨腕、背中にアルビトリウムの氷の翼を拡げたフィスト。

両者の戦いは、まさに地上に舞い降りた神の使いの聖戦を思わせる、凄絶なものとなった。

二人の激突によって海が割れ、大地が爆裂していく。

〈アルマアアアアアアアアアアアアアアアアア!!〉

砲口に変形したフィストの掌《てのひら》から、巨大な径の破壊光線が撃ち放たれる。

人間という種の醜さを目の当たりにし、怨讐《おんしゅう》の鬼神と化したフィストは、地上の全てを滅ぼさんばかりの勢いで苛烈な攻撃を降り注がせていった。

「〈フィストオオオオオオオオオオオオオ!!〉」

叫びも、心も重なり合ったヒカルとアルマは――ただ自分たちの拳《ウデ》を武器に、それを迎え撃つ。

閃光《せんこう》と閃光が相剋し、無数の斬線となって夜空を走る。

フィストは、己の無念と人間たちへの愛憎を叫びながら、癇癪《かんしゃく》を起こしたように破壊を続けた。

光線の絨毯爆撃が、ヒカルとアルマを追いつめていく。

「なぁ、アルマ。俺、フィストのことも放っておけなくなっちまった」

果てなき攻撃に晒《さら》され、ボロボロになりながら、それでもヒカルはフィストの悲しみを受け止める。

「――あいつを助けたい」

そして、救いたいと願う。

〈……ありがとう……。やはり君は、優しいのだな!!〉

その心はアルビトリウムをも超越する力となって、アルマの全身を脈動した。

傷だらけで微笑《ほほえ》み合い、最後の一撃を繰り出すべく飛び立つヒカルとアルマ。

「〈うおおおおおおおおおおおおおおおおおおおおおおおおおおおお!!〉」

拳《こぶし》と拳が、真っ向からぶつかり合う。

心を奪い隷属《れいぞく》させた者と、心を繋《つな》いで力を合わせた者——勝敗は決した。

〈わかっていたさ……。こんなこと、彼が望むわけ……ないこと……くらい……〉

一〇〇年に及ぶフィストの執念は、ヒカルとアルマの絆の拳によって砕かれたのだった。

〈ツキ……ヒト……〉

フィストは彼の敬愛した人間の名を呟《つぶや》きながら、意識を手放していった。


戦いは終わり——メカウデの歴史に、一つのピリオドが打たれた。

優しい少年の踏み出したほんの一歩が、やがて大きな力となり、街に平和が訪れた。

犠牲は大きかったが、残された者たちはそれでも前に進み続ける。

今度こそ共存していけるよう、人間とメカウデは新たな明日へと歩きだした。

二度と争いが起きないようにと、祈るように願いながら——。

第一章
「全部やろうぜ、それ」

鳴り響くアラーム。目覚まし時計の針は、八時ちょうどの数十秒前。

幾度スヌーズを繰り返したか知れない、どこか呆《あき》れて聞こえるその音色に、かろうじて先に気付いたのは……自室のベッドで眠りこける少年ではなかった。

掛け布団の奥から、にゅっと姿を現した白銀色の『腕』だ。

〈ん～……？〉

五本指の親指と人差し指の付け根には、山吹色の宝石めいた球が備わっており、その光玉に浮かぶ模様はあたかも寝惚け眼《まなこ》を表すようにとろけている。

別々に眠っていても、いつの間にか猫のように布団に潜り込む習性のある機械生命体。

アマツガ・ヒカルの相棒のメカウデ——アルマだった。

光玉に浮かぶ瞳の焦点が目覚まし時計と合い、驚きに見開かれる。

〈おおおおう！　目を覚ませヒカル、今日も今日とて八時だぞ!!〉

「おー、そっかー八時か……」

耳元でアルマががなりたてても、ヒカルはまだ夢現《ゆめうつつ》の中だ。

八時——学校に遅刻するかしないかのデッドライン。そんなギリギリの時間まで、目覚まし時計がスヌーズ機能の限界まで奮戦しても全く起きなかっただけのことはある。

メカウデは人間の肉体のどこかに結合——デライズすることで活動できるようになるが、アルマはヒカルのパーカー、つまり衣服にデライズするというアクシデントに見舞われた。

今も自身と一心同体の水色のパーカーごとベッドの上で飛び跳ね、アルマは必死にヒカルへと呼びかける。

〈遅刻するぞヒカル〜ッ！〉

メカウデは感情表現が豊かだ。

アルマの光玉は、今度は○の中に『＜』のような模様が浮かんでいる。焦っているのが一目でわかり、愛嬌《あいきょう》を感じさせる。

程なくアルマは強行手段に出た。その銀色の指を、ヒカルのパジャマのズボンへとかける。

〈私も手伝うから、マッハで着替えるのだ!!〉

「…………お……わ、あ、何やってんだコラ！　ズボン下ろすな!!」

朝に弱いヒカルも、さすがに唐突に下半身に冷気を感じては飛び起きずにはいられない。

抵抗虚しくパジャマのズボンを奪われ、上も脱がされ、あっという間にパンツ一丁にされてしまった。

「なに、ちょっと脱がすの手慣れてきてんだよ！」

〈練習したのだ!!〉

「どうやって!?」

だが、アルマの成長に疑念を抱いている場合ではない。

急がなければ――彼女が来てしまう。

ヒカルの焦燥も虚しく、背後の窓からダイナミックな粉砕音が聞こえる。

咄嗟《とっさ》に振り返った瞬間、砕けたガラス片を周囲にまとわせて輝く、制服姿の少女の姿がそこにあった。

透き通った顔立ち。凜々《りり》しい瞳。一文字に引き結ばれた、瑞々しい唇。

そしてピシリと手刀を構えた、陸上競技でいうストライド走法めいた体勢があまりに美しく、ヒカルの目にはスローモーション映像のように映る。

ヒカルの友人であり、幾多の死線を駆け抜けた仲間。メカウデを解放する目的で集まった組織ARMS《アームズ》に所属する戦士、ムラサメ・アキだ。

同級生の女子が毎朝起こしに来てくれる――と聞けば思春期の男子は誰もが羨《うらや》むであろうが、これはそんな甘酸っぱい一日の始まりではない。

トリガーアームたるアルマと、その力を引き出せる存在であるヒカル――アキは二人の護衛を任務としている。

アルマが記憶を取り戻し、本来の力を発揮できるようになったことで護衛任務は形骸化していったのだが、アキ自身はその習慣を変えようとはしない。

それ自体はありがたいのだが……この来訪の仕方を見てもわかるとおり、彼女の戦士気質とちょっとずれた生真面目さに、ヒカルは振り回されてばかりなのだった。

制服のスカートから覗く右太股には、彼女の相棒であるメカウデ・デキスが結合している。

アキは滞空中に素早くショートブーツを脱いでデキスに託し、靴下で床に着地した。

その気遣いができて、何故人ん家の窓ガラスを木《こ》っ端《ぱ》微《み》塵《じん》にするのだろう。

「やはり、まだ着替えてなかったか」

パンツ一丁の身を掻《か》き抱くように縮こまり震えるヒカルに、無表情で歩み寄るアキ。

「手伝ってやる。二〇秒で終わらせるぞ」

音速《マッハ》を強要されないという点ではアルマより優しいのかもしれない――と一瞬でも思ってしまったのは、感覚が麻痺してきている証《あかし》だろうか。

アキの意を汲《く》むように、彼女の右太股にデライズしているデキスも動きだした。

鮫を思わせる黒く流線的な全身のフォルムに、鋭い爪。そして、紅《くれない》に輝く三角の目。そんな攻撃性の権化《ごんげ》のようなメカウデが、クローゼットを器用に開ける。

アキはその奥にある収納ケースから靴下を取り出した。もはや着替えの衣服の位置まで完全に把握されている。

手にした靴下を一瞥《いちべつ》して放り捨て、別の靴下を取り出すアキ。

「……いや、月曜日はこっちの、ワンポイントの入った靴下だったか」

しかも特に公言しているわけでもない、何ならヒカル自身も強く意識しているわけでもない曜日ごとの靴下のこだわりまで見抜かれ、記憶されてしまっている。

〈待ってくれアキィ〜、私はヒカルを着替えさせる練習をしたのだ！　その成果を発揮させてくれ〜!!〉

「今度にしろ」

アルマの懇願を無慈悲に切って捨てると、アキはベッドに膝《ひざ》立ちで上《のぼ》り、壁のハンガーに掛かった制服へと手を伸ばす。ヒカルはわけもなく恥ずかしくなり、視線の遣り場に困っていた。

〈おら、ぼさっとしてんじゃねえぞヒカル！　アキさまの御手《おて》を煩わせんな!!〉

「はいぃぃ……」

それを見咎めたデキスの檄が飛び、ヒカルは慌てて靴下を履き始める。

パートナーとは対等な口を利くメカウデが多い中、このデキスと、ここにはいないが少し前までアキの左太股にデライズしていたもう一つの『鐵《くろがね》の腕』シニスは、まるで令嬢に恭《うやうや》しく仕える執事のように彼女へと接する。不思議な関係性だ。

その分、他の人間への当たりがちょっと強いように感じるが……。

アルマはしゅんとしながら、室内に飛び散ったガラスの破片を片付け始めたが……何かを思いついたように表情を綻ばせ、「キンキンガチャンガチャンキンキンキンガチャンピカーン」などと、わざわざ自分で効果音を口ずさみながら変形していった。

――掃除機に。

「うわ、そんなんなれるようになったのか」

感嘆するような、呆《あき》れるようなヒカルの言葉を受けて、アルマは颯爽《さっそう》とガラスの破片を吸い込んでいく。いつか彼が「常になりたい自分を想像している」と得意げに話していたような気がするが、この形態はイメージトレーニングの賜《たまもの》なのだろう。メカウデの可能性、恐るべし。

しかしそのガラスの破片は、吸い込んだ後一体どこへゆくのだろう――。

一瞬の疑問に囚われた隙に、アキはヒカルの両脇の下に腕を差し入れ、高い高いをするように天上ギリギリまで放り上げた。

「おわあああ!!」

軽く悲鳴を上げるヒカルの着地点にアキはすかさず制服のズボンを構え、見事に両脚を通すことに成功する。

以前は靴下も満足に履かせてもらえず、制服のズボンを頭にかぶせ、シューズを手に履かせるような大雑把が過ぎる着替えだった。先程のアルマ同様、アキも手慣れてきている。……と、言っていいのだろうか。

ヒカルがそう思った矢先、アキは制服のネクタイを――彼の頭へと巻き付けた。やっぱり適当だった。

「場所違っ……しかもなに固結びにしてくれてんだよ!!」

古《いにしえ》の酔っ払いスタイルにされたことへ抗議するヒカルだが、アキ的にはこれで着替えは十分だろうという認識のようだ。

ここでちょうどアキが宣言した二〇秒が経過したが、これでも以前よりはだいぶ時間を取ってもらえている。

「よし、行くぞ」

パーカーで包《くる》んだアルマをヒカルが胸に抱き、そのヒカルをアキがお姫様抱っこするマトリョーシカ抱っこが完成した。アキは窓から外へ高々と跳躍する。

「お、アキちゃんおはよー」

ARMS《アームズ》メンバーである小柄な少女・カヤノがヒカルの家の玄関前で手を振っている。同じくARMSの一員であるスポーツマン体型の男、オオヤマも一緒だ。

「んでカヤノさんたちは普通に玄関まで迎えに来てくれてんのな!!」

アキに抱っこされたままツッコむヒカル。ただし、彼らが迎えに来た相手はヒカルではない。アルマだ。

「頼んだ」

アキはアルマを引っ摑《つか》み、カヤノへとパスする。

自分で「ナイスキャッチ」と言いながらアルマを受け止めるカヤノ。

「アルマは今日も研究か……そんじゃまたな！　ヒカルも学校、がんばるのだぞー!!」

〈ああ、行ってくる！〉

カヤノに持たれたまま手を振るアルマに、アキに抱っこされたまま手を振り返すヒカル。

フィストとの戦いが終わり……一連のオルデラ騒動が終結した現在、アルマはARMS《アームズ》のメンバーと一緒にある研究をしているという。

カガミグループからアルマが執拗に狙われることもなくなったため、ヒカルとアルマはそれぞれ別の一日を過ごせるようになっていた。

人間でなく衣服にデライズしていながら、自らアルビトリウムを生成できる特異な能力を持つメカウデ・アルマだからこそ可能なことだ。


アルマと別れ、後はアキと一緒に登校するだけだ。

ただし車に乗っているような速度で景色が流れていく、忙《せわ》しない登校だが。

多少……いやだいぶ騒がしくはあるが、多くの戦いの果てにやっと訪れた平穏を、ヒカルは満喫していた。

願わくば、こんな日々が変わらずに続いてほしい。

アキが窓ガラスを蹴り破ってやって来るのだけは、明日にでも変わってほしいが――。

キタカガミ市。

日本の地方都市の一つだが、この地でメカウデと邂逅《かいこう》したカガミ・ヤクモを創始者に設立された世界有数の巨大企業・カガミグループによって躍進を遂げた街だ。

そんな新興都市に住むごく普通の中学三年生、アマツガ・ヒカルは、今年の春に運命的な出会いを果たした。

記憶を失ったメカウデ――アルマと。

紆余曲折《うよきよくせつ》を経てアルマと相棒となり、メカウデを巡る多くの戦いを乗り越えた。

その戦いの渦中にあった頃も、今も、学校へと向かうこの景色は変わらない。

変わったことといえば、街のシンボルとしてそびえ立っていた巨塔――カガミグループ本社ビルが、忽然《こつぜん》と姿を消したことだろうか。

暴走し巨大化した敵メカウデ・アマリリスとの戦いの果てに、本社ビルそのものが崩壊してしまったのだ。

さすが警察やマスコミを牛耳る強権を持つカガミグループだけあって、もはや災害と呼べるような大事故も様々な原因を捏造《ねつぞう》して世間には誤魔化し通したようだ。

だがやはり、不安からか街の活気に翳《かげ》りが出ているような気がする。

今は急ピッチで復旧工事が進んでいるとはいえ、それまで街の象徴だった物がある日急になくなるというのは、喪失感が大きいものだ。

今自分をお姫様抱っこして歩道を爆走している少女、ムラサメ・アキも、出逢ったばかりの頃は鋭く冷ややかな眼差しを湛《たた》えていたが……最近はこうして見上げる表情もだいぶ和らいだように感じる。

考え事をしながらアキの顔を見ていたヒカルだが、はっと我に返る。

「もう大丈夫、間に合うから！　教室着く前に下ろしてくれ!!」

アキの腕の中から必死に訴えるヒカル。

普段の通学には電車を使っているヒカルだが、アキは自分を抱っこしたままビルの屋上や民家の屋根を飛び渡って街を駆け、電車を上回る移動速度を発揮する。おかげで遅刻は完全に免れた。歩道に登校中の生徒たちがちらほらと見えるのが、その証拠だ。

校門そばの歩道に着地したところでアキはようやく足を止めたが、時すでに遅し。歩道にいる多くの生徒がこちらを振り返り、未だお姫様抱っこされている様をはっきりと目撃されてしまった。

もうクラスどころか学校単位で知れ渡っているのだろう、道行く生徒たちは「おっ、あれが噂の――」とでも言いたげな柔和な笑顔を浮かべ、スマホを構えている生徒もちらほらいた。

諦めて縮こまるヒカルに、天使の声が届く。

「おはよぉー、ヒカルくん、アキちゃん♡」

「！　おはようシラヤマさん！」

ぱあっと表情を華やがせるヒカル。彼のクラスメイト、シラヤマ・メルが目の前にいた。

髪の毛も、全身にまとう雰囲気もふんわりしていて、明るくて優しくて可愛い、憧れの女子。

たまに自分とアキ、ジュンを妙な目で見てきたり、嬉々《きき》としてスマホで撮影したり、謎の行動に巻き込んだりするが……ヒカルの憧れの女子だ。

「今日もお姫様抱っこが決まりすぎてるよぉ～！　有形文化財だよ！　もうこの形のまま星座になるべきだよね～!!」

メルは早速難解な言語を口ずさみながら、アキと自分とをスマホで激写していく。ベストな撮影位置を求めて素早く周囲を移動するその軌跡こそが、何らかの星座を描いているように思えてならない。

「「ヒッカル～♪」」

続いて後ろから男の猫撫《な》で声が聞こえ、ヒカルは頰《ほお》をひくつかせながら振り返る。

「「本日も変わらずラブラブ登校、羨《うらや》ましいぞ～♡」」

イイヅカとナオカタ、二人の男友達が綺麗に声をハモらせてにやけていた。

しかもイイヅカがナオカタの腰を抱いて、二人で手を広げている。まるでフィギュアスケートのペア演技で見せるフィニッシュのような体勢だ。本当はアキの真似をしてお姫様抱っこをしようとしてみたものの、腕力が追いつかず妥協したと見える。

二人の後ろでは同じく友人である、坊主頭で野球部所属のタガワが「やれやれ」といった感じで苦笑していた。

メルに、イイヅカとナオカタ、タガワ。

メカウデとは何の関係もない自分の友人たちが、オルデラのもたらした大破壊に巻き込まれて瓦礫《がれき》の下敷きとなり、間一髪の危機に陥っていた――と聞いたのは、全てが終わった後だった。その時、偶然居合わせたメカウデ使いたちと力を合わせて脱出したのだとも。

その後で友人たちは、弾みでヒカルもメカウデ使いであることを聞いたらしい。

どうもその前から、ネットに投稿されたメカウデ使いたちの戦いの場を映した写真にヒカルの姿を見つけて、何かを察してはいたようなのだが。

けれど彼らは、それを知った後でも変わらずに友人としてヒカルに接してくれる。

……変わらなすぎて、げんなりするほどだが。


「学校についたぞ、ヒカル」

登校中の生徒たちに見られまくって遅きに失した感はあるが、やっとのことでアキが地面に下ろしてくれた。

ヒカルはまず頭に巻かれていたネクタイをキュポンと引き抜き、解《ほど》こうと試みる。

「くあっ……岩みてーに固え」

ネクタイの結び目に全く爪が立たない。固結びどころの話ではなかった。

乱雑すぎる着替えをリカバリーしようと奮闘するヒカルを見て、イイヅカとナオカタが不思議そうな顔をする。

「ヒカル最近、オキニのパーカー着てこないじゃん」

「一時期、毎日同じの着てたもんな」

一瞬きょとんとした後、苦笑で誤魔化すヒカル。

彼らも流石《さすが》に、そのオキニのパーカーにメカウデがくっついていたということまでは知らないだろう。

今頃そのパーカーの主も、自分の学校に登校している頃のはずだ。

○●

「あれ、誰もいねえ」

珍しいこともあるもので、ヒカルがその日の昼休み屋上を訪れると、他に生徒の姿はなかった。普段なら昼食を取る生徒でそこそこ賑わうのだが。

他に生徒はいないと言ったが、ヒカルの背後にはピッタリとアキがくっついてきている。絵本の表紙なんかでしか見ないような、ドデカサイズのおにぎりを食べながら。

ヒカルの護衛役であるアキは当然、学校での昼食にもついてくる。

それを生徒に見られるのが恥ずかしくていつも難儀しているため、今日は人目がなくてほっとした。

ヒカルが手頃な場所に腰を下ろすと、そのすぐ隣にアキもちょこんと座る。

「………」

人目がないのはいいが、この広い屋上では女子と二人きりなことを嫌でも意識してしまう。

アキを相手に畏《かしこ》まる必要などないと、わかっていてもだ。

――だが、今日に限ってはその心配も必要なさそうだ。

突如、緑色をした機械の触手が三本、アキ目掛けて凄《すさ》まじい勢いで飛来した。

アキは瞬時にデキスを展開し、触手を弾き上げる。

反動で散り散りに舞い上がった触手は空中でピタリと動きを止め、今度は上空から釘打ち機のように連続してアキ目掛けて打ち込まれていった。

屋上内を颯爽《さっそう》と駆け抜けて回避するアキの背後で、触手が次々とコンクリートの床を穿《うが》ってゆく。

アキは高々と跳躍しながら、スカートを翻《ひるがえ》して旋回。

「はあああああっ!!」

飛来する触手を、デキスの爪でまとめて斬り裂くように打ち払った。

触手が沈黙したのを確認し、きっ、と給水塔の上を睨《にら》むアキ。つられてヒカルもそちらを見る。

「よお」

そこには制服を着た小柄な少年が、にやけ顔で立っていた。

カガミ・ジュン。

カガミグループ総帥であるカガミ・ナオヒトの実弟であり、アルマを執拗に狙う中でヒカルと奇妙な絆を育んでいった少年だ。アキとも因縁浅からぬ仲である。

緑色の触手は、ジュンの腕から伸びていた。彼のメカウデ・アスクレピオスだ。

もしかすると今日に限って屋上に生徒がいないのは、ジュンが何らかの手回しをしたのかもしれない。

「貴様！」

〈何の真似だ、カガミの小僧っ！〉

荒ぶるアキとデキスを無視し、ジュンは給水塔の上から跳躍。屋上の床に着地すると、自分の腕の周りを力なく蠢《うごめ》くアスクレピオスの状態を観察していく。

「ちっ……。やっぱまだ全然本調子じゃねえ。俺も、アスクレピオスも」

そう毒づいた視線の先で、緑色の触手はところどころ放電し、小さく火花も上げていた。本来ならばこの程度の小競り合いで負うようなダメージではない。

「……ま、完全にブッ壊れてたはずだったんだ、動くだけ上等か。これ以上学校で使うと、トウドウがうるせぇし」

アキに追撃を仕掛ける素振りは見せず、ジュンはアスクレピオスの触手を手元に引っ込めた。


人間にのみ備わる未知のエネルギー・アルビトリウムは、メカウデの生きる糧となる。

カガミ・ジュンは生まれつきそれが勝手に流出していく難病・アルビトリウム不全症を患っており、幼くして明日をも知れない生命だった。

それを救ったのが兄のナオヒトが開発したウロボロスと、その完成形であるアスクレピオス。人の手によって創られた、人造メカウデだ。

その最大の特徴は、アルビトリウムの流れを自在に制御できることにある。

しかし本来はジュンの体質を改善するために備わったアスクレピオスのその超常的な治癒の力を、ジュンはフィストに絶命させられたヒカルの蘇生に費やそうとした。

無論アスクレピオスの性能を誰より知る兄からは、「そんな使い方をすればアスクレピオスは再起不能になる」と強く忠告された。

だがジュンは、自身の病状の改善よりヒカルの生命を救うことを選んだ。そしてARMS《アームズ》とカガミグループ双方の構成員のアルビトリウムを束《たば》ね集め注いだことで、見事ヒカルの蘇生に成功する。

問題はその後だ。限界以上に酷使したアスクレピオスのオーバーロードが極点に達するまさにその瞬間、ジュンはフィストに身体を乗っ取られた。

それによりアスクレピオスはジュンとのデライズを強制解除され、結果的に再起不能の憂き目を免れることとなった——らしい。

しかし兄の危惧したとおり、人一人を蘇生させるために膨大なアルビトリウムを制御した影響は深刻で、アスクレピオスは力の大半を失ってしまったのだった——。


「私とデキスをお前らのリハビリに利用《つか》うな!!」

ジュンの行動の意図を理解したアキが、今にも噛《か》みつかんばかりの勢いで抗議する。

「ヒカルがアルマ連れてきてないんだから、仕方ねぇだろ。カガミグループの中じゃ、俺に手《て》向《む》かえる奴いないしな」

「そうかあ?」

ヒカルは訝《いぶか》しむ。例えばアキのメカウデをジュンから取り返した時に姿を現した、細目の青年——さっきもジュンの独り言に名前が出たトウドウは、ジュンに敬意は払いつつも対等に接しているように見えた。彼なら、荒っぽいリハビリにも協力してくれそうなものだが。

それにリハビリとはアスクレピオスだけの事ではない、ジュン自身もだ。フィストに乗っ取られたままヒカルとアルマと死闘を繰り広げた反動で、彼は最近まで入院を余儀なくされていたのだ。

腹の虫が治まらないアキは、アスクレピオスの状態を窺《うかが》っているジュンの側頭部へ、デキスの爪を突きつけた。

「未練がましい奴め……いっそ二度と再生できないように、私の手で粉々にしてやってもいいんだぞ。しょせんは人造メカウデ、意思なき兵器だ」

冗談に聞こえないアキの語気に、ヒカルはたまらず間に割って入った。

「おいアキ、物騒なこと言うなよ！　アスクレピオスは、俺を助けてくれた恩人なんだからさ」

「……。そう、だったな……」

おとなしく矛を収めたアキを見て、むしろジュンのほうがぎょっとしていた。

「は？　な、何しおらしくなってんだ!!」

だがアキの目に宿る殺気だけは消えておらず、苦虫を噛《か》み潰したような顔でジュンを睨《にら》みつける。

「今日は見逃してやる。とっとと病院へ帰れ」

「退院したんだよ!!」

吐き捨てるように言い返すと、ジュンはポケットからカガミ製菓のガムを取り出した。そして箱から五～六個手のひらに落とし、口の中に放り込む。

「ところでヒカル、お前はあれから何ともないのか、体調」

ジュンは長らくヒカルのことを『アマツガ』と名字で呼んでいたが、最後の戦いの後はこうして名前で呼んでくれている。彼との距離が近づいた証《あかし》といえよう。

「あ、ああ……フィストと戦った次の日筋肉痛になったぐらいで、そっからは特に」

「そうか。ならいい」

何か気になることでもあるのだろうか。

ヒカルが訊ね返す前に、ジュンはさっさと立ち去ろうとする。彼の小さな背中が出入り口のドアによって遮られるその瞬間まで、アキはずっと睨み続けていた。

「お前、ジュンとは仲直りしたんじゃないのか？」

呆《あき》れ交じりに嘆息するヒカル。

「奴とは目的のため一時的に力を合わせたに過ぎん。直す仲などハナからない」

「あそ……」

こんな態度だが、アキは入院中のジュンを見舞いに行ったりもしている（そして見舞いの菓子やフルーツを全て食べ尽くして帰ってきた）。

何故末だに、顔を合わせる度にひと悶着《もんちやく》起こすのかがわからない。

もっとも自分とアキも、互いに友達と認識しあった後も口喧嘩はしょっちゅうだ。

これがアキとジュンの距離感なのだろうと、納得しておくことにした。

○●

放課後になるとアキと共にARMS《アームズ》の本部へと向かうのが、ヒカルの近頃の日課だ。アルマを迎えに行くのである。

今日はその道中、アキがドーナツ店の前で足を止めた。

「待て。ちょっと寄ってくぞ」

「お前学校出る前に、シラヤマさんのクッキー食っただろ？」

それもメルが「二人で食べてね」と差し出したそこそこの量のクッキーを、一人で全部食べてしまったのに、だ。

しかしアキの口の端に小さくよだれが滲《にじ》んでいるのを見るに、本当にお腹が空いているのだろう。

凄《すさ》まじい食欲だ。世界一お腹の空きやすい動物といわれる、ハチドリを彷彿《ほうふつ》とさせる。

入店してトレイを手にするや否や、勢い込んで陳列棚からドーナツを選んでいくアキ。トングの残像が見える。

カロリーに対する恐れなど微塵《みじん》も感じさせないその威風堂々さは、もはやちょっとかっこいいとさえ思えてしまう。

後ろについて為《な》す術《すべ》なくそれを見守るヒカル。しばらくしてふと店内に視線を巡らせると、奥の席にいる自分たちと同じ同じキタカガミ二中の制服を着た女子の一団が、こちらを見つめながら何かひそひそと話している。

今朝も校門前で同じような光景に遭遇したが……そこまで学校内で顔が知れてしまったのか。アキと二人でドーナツ店にやって来ている今の状況のほうが、何故かお姫様抱っこを見られるよりも気恥ずかしく感じる。

いたたまれなくなったヒカルは、アキが会計に向かったのを見計らってそそくさと店外に出ていった。

退店時に、入り口近くの席にいた女子がメルっぽかったような気がしたが、他人の空似だろう。

「アマツガ・ヒカルさんですね」

ドーナツ店を出てすぐ、待ち構えていたかのようなタイミングで一人の女性に声をかけられた。

歳は自分より少し上ぐらいだろうか。温和な印象の人だ。黒を基調とした、カガミグループの制服を着ている。

「カガミグループの人……？」

戸惑いながら尋ね返すヒカル。

「お迎えに上がりました」

「あ、送ってくれるんですか？」

ARMS《アームズ》の本部には今、カガミグループの面々も出入りしている。そこまでの道中、付き添いをしてくれるということだろう。

これまでARMSから迎えが来ることなどなかったので、今日は何か特別な用事でもあるのだろうか。

女性はヒカルが出てきたドーナツ店に視線を向け、含みのある笑みを浮かべた。

「その前に……すみません、ちょっとこちらでお話よろしいですか？」

そして歩道から逸《そ》れた路地裏を手のひらで指し示す。

「はぁ……」

気のない返事をするヒカル。一般人に聞かれたらまずい話かもしれない。いや、先ほどの意味ありげな視線からして、アキにも聞かせられない話なのだろうか？

ヒカルは戸惑いながらも、先導する女性に手招きされるまま路地裏へと歩いていった。

ビルとビルの合間の薄暗い道をしばし歩いたところで、いつの間にか自分のほうが先を歩いていることに気づき、足を止める。

振り返ると、女性は少し離れた所で立ち止まっていた。

「あの、話って――」

ヒカルが話しかけると、女性は歪《ゆが》んだ笑みを浮かべ、制服のジャケットに手を差し入れた。

彼女がジャケットの中から取りだし、構えたのは――拳銃だった。

その銃口が、ヒカルへと過《あやま》たず向けられている。

「え」

ヒカルの驚愕を絶ち斬るかのように、眼前に黒い帯のようなものが出現する。それが瞬時に繰り出された攻撃の残線だとヒカルが悟った時には、女性は自分の右手を押さえてくずおれていた。

「ぐっ……」

そしてその疾風の如き一撃を見舞った者は、路地裏内を悠々《ゆうゆう》と歩いてくるところだった。

アキと、彼女の右太股にデライズした彼女の相棒――メカウデのデキスが、ヒカルの危機を救ったのだ。

〈てめぇ！　ヒカルに何しやがる!!〉

勇ましく叫ぶデキス。その黒鉄《くろがね》の装甲が、路地裏に差し込んだ陽光に照り映える。

そしてカガミグループにもその存在を警戒されていた歴戦のメカウデ使い――アキは、可愛い動物のイラストがプリントされたドーナツ店の紙箱を左手に、黒鉄の巨腕を右太股に。相反する要素二つを左右に備えながら、無表情で仁王立ちしていた。

デキスが先ほど女性の手から弾き上げ落下してきた銃を、アキがノールックでキャッチする。

「対メカウデ用のテーザー銃か」

どうやらヒカルが思ったような、普通の拳銃ではないようだった。

テーザー銃……ワイヤーで繋《つな》がった電極を対象に撃ち出し、電撃を流して制圧する銃だ。

さらにこれは、メカウデに対抗するべく出力を桁違いに強化されている。危険度は拳銃と遜色ない。

つまらなそうに一瞥《いちべつ》した後、アキは鼻を鳴らしながらテーザー銃を地面に落とす。そしてことさら威嚇《いかく》的に、女性の目の前で踏み砕いてみせた。

「ひっ……」

戦意を喪失したのか、両腕を挙げて降伏を示そうとした女性だが——その両腕を素早く自分の腰に回し、今度は二挺のテーザー銃を取り出した。

〈アキさま!〉

アキの顔面と胸へ向け発射された電極を、二本まとめて自分の爪に絡めて防御するデキス。

ほとばしる電撃に構わず、力任せに女性を引き寄せたデキスのアシストを逃さず、アキは彼女の鳩尾《みぞおち》に肘を入れた。

「ぐ……」

女性は呻《うめ》き声を上げ、気を失って崩れ落ちる。

「サンキュー、アキ……助かった」

ヒカルは襲撃に遭ったという事実にはほとんど動揺しておらず、どちらかというと襲撃者を一蹴《いっしゅう》してみせたアキの迫力に軽く震え上がった。

「私の傍《そば》を離れるなと、いつも言っているだろう」

ドーナツ店の細長い紙箱を脇に挟み、両手にドーナツを持ってむしゃむしゃと食べ始めるアキ。食いしん坊が過ぎる。

〈アキさま……こいつかなり訓練されてるぜ〉

アキはカガミグループのガードマンとは幾度となくやり合ってきた。

その相棒たるデキスから見ても、この女性は動きといい、都合三挺のテーザー銃を携行していた周到さといい、狙いの正確さといい、中々の手練《てだ》れだった。これでメカウデ使いであったなら、もっと手こずったかもしれない。

アキは口をもごもごさせながら、地面に倒れている女性を怪訝《けげん》な顔つきで睨《にら》みつけた。

「狙いはアルマか……どうやら今はヒカルと別行動をしているのだと、知らなかったようだな。何者だこいつは?」

「カガミグループの人間っぽいけど……」

問題はこの女が誰かではなく、襲撃の理由だ。

アルマが今さらカガミグループの人間に狙われる理由がない。

メカウデの始祖オルデラを解き放つ鍵——トリガーアームとしての存在意義は、アルマにはもうないのだ。

もっとも非戦闘員を装っての襲撃は初めてのことで、ヒカルはまんまと引っかかってしまったわけだが……。

手にしたドーナツ店の箱をデキスに任せ、スマホを取り出すアキ。

砂糖やクリームでベトベトの手で躊躇《ちゅうちょ》なくスマホを操作できる胆力は、流石《さすが》だとヒカルは思う。

「妙な女の襲撃を受けた、拘束しておくから回収班を回してくれ。……何、部署が変わった？……はあ、わかった。今回は私が連行する……」

アキは通話を終えると、すぐには回収班がここに来られない旨をヒカルに説明した。

「ARMS《アームズ》はカガミグループと合併中だからな……以前と同じに仲間に連絡をつけようとすると、たらい回しにされそうになる」

「だよな……和平？　協力？　そんな感じで、やってくことになったんだろ？　この人何でこんなことを……まさか事情を知らされてないとか？」

つまり持ち得る情報が古いままで、未だにカガミグループがアルマを欲していると思っていた……という可能性だ。

「ないとは言い切れんな。動機を吐かせるとするか」

見た目は普通のお姉さんだ。あまり手荒な真似はしてほしくないが……。

そんな心情で俯《うつむ》くヒカルを、不安になっていると勘違いしたのか、アキは肩を力強く叩いてきた。

「心配するなヒカル。こんな連中には、お前に指一本触れさせません」

〈大船に乗ったつもりでいな。俺はアキさまの期待を裏切らねえからよ！〉

デキスも爪を握り締め、やる気をアピールする。

「あ、ああ。全然心配はしてないよ」

励ましてくれるのは心強いが、肩を叩くのは手を拭いてからにしてほしかった……。

ヒカルがジト目で見る理由をアキはまた勘違いしたのか、

「……？　仕方ない、そんなに欲しければ一つやろう」

そう言って箱からドーナツを一つ取り、それを半分に割ってヒカルへと差し出す。もう半分は瞬く間に自分の口内へと投擲《とうてき》していた。

別に今は腹が減っていないので、これだけで十分だが……一つやる、の『一つ』の定義について考えさせられる。

自身は特に気を張らず、好きなことをして好きな時に食べながら、それでも確実に対象を警護する――それが、ボディガードの理想形の一つなのかもしれない。

今も自分を警護し続けてくれているムラサメ・アキが、頼もしい限りだった。

○
●

ARMS《アームズ》の本部でアルマを迎えたヒカルは、アキに送られて帰宅した。

今日の襲撃の件はアルマには内緒にしてほしい旨を、オオヤマたちには伝えてある。

アルマと一緒だと勘違いした敵に自分が狙われたと知ったら、きっとアルマは責任を感じてしまうからだ。

そんなヒカルの気遣いの甲斐《かい》あって、アルマは今日あった出来事を嬉々《きき》として語り聞かせてくれた。

〈医者メガネくんはゲートの製作に積極的に関わってくれているが……彼が今度、新生カガミグループの研究主任に就任するらしいのだ〉

「へー、クエンが……出世したなあ」

クエンはARMSの科学者。医療にも精通しており、作戦立案をはじめとする様々な分野でメンバーをサポートしてきた。

カガミグループの具体的な組織体系については何も知らないが、あれだけ様々な研究をしている会社の研究主任となれば、かなりの役職なのは間違いない。まさに大出世だ。

「それで、ゲート作りは順調なのか？」

〈時々問題が見つかったりしているが……その都度、しっかりと原因を追究して進めている。焦らずに、ゆっくりと〉

過去の過ちを思い返しているのか……噛《か》みしめるように呟《つぶや》くアルマ。

「そっか」

安全を第一に研究が進められているとわかり、ヒカルは安堵《あんど》する。

ゲートとは、アルマの故郷であるメカウデ世界とヒカルの住むこの世界とのように、別々の世界と世界とを結ぶ〝扉《ゲート》〟のことだ。

それが完成すれば、別次元に存在するメカウデ世界へと人間が行けるようになる。

メカウデ世界へ繋《つな》がるゲートを作ることは、人間・メカウデ双方の悲願だった。

だがメカウデの始祖オルデラの力を制御してそれを為《な》そうとしたことで、一〇〇年前と現代の二度にわたって大事故が起こってしまった。

戦いが終結した今はオルデラの力ではなく、フィストが製作したアルビトリウム増幅器を用いた、これまでにないアプローチでのゲート製作が進められている。

アルマはその研究を手伝うべく、ここ最近はずっとＡＭＲＳの研究所に通っていたのだ。

〈というわけで、ゲートの完成にはまだまだ時間がかかりそうなんだ。またたまに、ヒカルとか。

一緒に学校に行っても構わないだろうか？〉

「ああ、それは全然構わないけど」

友人たちが『お前最近オキニのパーカー着てないな』と言っていたのを思い出し、思わず笑みが漏れる。明日そのパーカーを着て行ったら、自分たちが話題に挙げたせいだと思うだろうか。

〈どうして笑うのだ、ヒカル？〉

「や、何かこうやってゆっくり過ごすの、久しぶりだなーって思ってさ。お前の記憶が戻ってからは、とんでもない事件が立て続けに起こって、それどころじゃなかったから……」

ヒカルは何気なく言ったのだが、アルマは殊《こと》の外《ほか》しんみりとしてしまった。

〈私もちょうど、同じことを考えていた。ようやく訪れた平穏な日々なのだな……〉

思いを馳せるように、窓の外の星空を見つめるアルマ。

今朝方アキが破壊して、やっと応急修理をしたばかりの窓だが……。

〈これからは研究だけではなく、いろいろなことをしたいと思っているんだ！〉

大きな戦い続きでそれどころではなかったが、元々アルマは目につくものに片っ端から興味を示す、猫のように旺盛な好奇心を持っていた。

調子が戻ってきたようで、ヒカルも嬉しくなる。

「仕方ねえなあ。土日と放課後はつき合ってやるよ！」

照れ隠しで、あえて悪態をつくように同意してしまったが。

アルマは早速、自分のやりたいことを遠慮なく挙げていった。

〈ヒカルとテレビゲームをしたいぞ。二人で、対戦というものができるのだろう？〉

「でもお前、コントローラーの操作できなくない？　……いや、ものによるか」

ゲームは両手でコントローラーを操作するものだけではない。コントローラーの傾き検知機能を利用する、体感型ゲームのようなものであれば、アルマと一緒にできるかもしれない。

〈それに以前、学校で球を蹴ったり、投げたりして遊んでいただろう？　ああいう、スポーツというものも体験してみたい〉

アルマは球技全般を指して言っているので、普段の体育の授業ではなく全学年合同球技大会のことが印象に残っているのだろう。校庭でサッカー、体育館でバレーなどを行った。

「お前スパイクとか強そうだもんなー……いや待てよ、サッカーだと……？」

メカウデがサッカーをすれば、いきなりハンドで反則になりそうだが……全身が腕の生命体の場合、ハンドは適用されるのだろうか。ヒカルは大真面目に考察する。

〈やりたいことはまだまだたくさんあるぞ！　遊ぶといえば、他のメカウデたちともだ。もっともっと、同胞たちと一堂に会して何かをしてみたいのだ〉

「確かに……せっかくカガミグループのメカウデも解放されたんだしな」

カガミグループはこれまでシャークルという拘束具を使い、メカウデの意識を剝奪して都合の良い兵器として使役していた。

元カガミグループのエージェント、ワナーのメカウデ・カゲマルとは共に行動する機会が何度かあったが、彼とさえ会話ができたかといえば怪しい。色々なメカウデと話をしたいというのは、もっともな希望に思えた。

「それはいいけど……メカウデと遊ぶって、つまりはメカウデ使いの人も集めなきゃってことだろ？」

自律稼働できるアルマが例外であって、普通のメカウデはデライズした人間が一緒でなければ活動することはできない。メカウデと何かをするなら、必然的に適合者の人間もセットということになる。

〈うーん、そこなのだ～……！　私の願いのために、多くの人間に時間を割いてもらうことになるからなあ……！〉

まあＡＲＭＳ《アームズ》の面々ならアルマのお願い事を聞いてくれそうだが、問題はカガミグループ側の人間だ。

とりあえず後でジュンに相談してみるか、と結論づける。

それからもアルマは、様々な希望を挙げていった。時に身振り手振りを交え、本当に楽しそうだ。

記憶が戻って以降、彼が苦悩する姿ばかり見てきたヒカルにとって、こんな何事もない夜の他愛もない語らいが、とても大切なものに感じられた。

「アルマ……今言ったことさ、忘れないようにちゃんとメモっとけよ。全部やろうぜ、それ」

だからだろう。自分でも驚くほど自然に、そんな提案をしていた。

〈おお、それはいいアイディアだ。思いついた時、こまめに書き留めていくとしよう！〉

言うが早いか、アルマはベッドの下に潜り込んで何かを探し始めた。

どうも少し前から、アルマは自分の私物（と呼ぶには語弊がある。いつの間にか姿を消したと思っていたヒカルの持ち物なども含まれているからだ）をここに隠しているような気がする。

大昔の男子はベッドの下にいかがわしい本を隠すのが定番だった、とネットで見たことがあるが……これはどちらかというと、自分の縄張りにこっそり色々なものを持ち込む猫の習性を思わせる。つくづく、猫っぽい機械生命体だ。

程なくアルマが探し当てたのは、ピンクの表紙の大学ノートだった。

〈前にトレーニングをした時、アキがくれたのだ。今こそこれを使う時だ!!〉

そういえばアキも、今時珍しくスマホではなくノートにメモをして持ち歩いている。彼女なりのこだわりなのかもしれない。

早速ノートにアイディアを書き連ねていくアルマ。

その気迫とは裏腹。ノートに躍るのは、相変わらず幼児のようなへにょへにょの字だった。

アルマはたまに悪戯《いたずら》でヒカルの身の回りの物に落書きをするのだが、文字が上手くなる様子はない。

もっとも、この大きな手で人間の筆記用具を器用に扱えているだけ凄いのかもしれないが。

しかし実際に文字起こしをすると、『アルマのやりたいことリスト』は結構な量だったとわかる。

ゲートの研究も焦らずゆっくりやっているというのだ……アルマの希望も、一つずつのんびりと叶えていけばいいだろう。

ようやく訪れ、そしてこれからもずっと続いていく平穏なのだから——。

○●

そこは薄暗く、広大な部屋だった。

壁に敷き詰められた機械のランプが、さながら宇宙に遍《あまね》く星々のように瞬いている。

何らかの研究所を思わせるその部屋の奥には、数メートルはあろう巨大なガラス製の培養器が屹立《きつりつ》していた。

仄《ほの》かに発光するその培養器の前に、電動の大型車椅子が鎮座している。

玉座を思わせるその車椅子には幼い子供が座り、培養器を淡々と見つめ続けている。

　そこへカガミグループの黒い制服を着た小柄な男が駆け寄ってきた。通信機のイヤーカフを掴《つか》みながら、車椅子の大きな背もたれに向かって苦々しく報告する。

「……襲撃は失敗した。構成員はＡＲＭＳ《アームズ》に捕縛された模様で――」

「失敗？　そんな言葉はこの世界にはないよ」

　嘲笑交じりにそう伝える子供。

　幼さゆえか、声色からは少年か少女かの判別はつかない。

「成功するまでやればいいだけなんだから」

　歴史上多くの偉人たちが似たようなことを言って発奮してきたが、彼らが言葉に込めたであろうポジティブな思いはこの子供からは全く感じられない。

　そこにあるのは、報告者への有無を言わせぬ恫喝だけであった。

　諦めたのか怯《おび》えたのか、それ以上言い訳を継ぐことはせず、すごすごと立ち去っていく男。

　車椅子の子供はただ、培養器の中心にある何かを見つめ続けている。


　メカウデの骨のような、細く、禍々《まがまが》しい漆黒《しっこく》の腕がそこにあった。


　子供は口許に笑みを浮かべ、決意表明するように呟《つぶや》く。

「一刻も早く、彼を手に入れなきゃ……メカウデ世界へのゲートが完成する前に」

第二章

「あるべき姿へと戻すんだ」

協力関係を結んで以降、ＡＲＭＳ《アームズ》の本部にカガミグループの人員が出入りするようになって久しい。

今日はジュンもＡＲＭＳの本部を訪れ、現在進行中のメカウデ研究を見たり、聞いたりして回っていた。

しかしひと通り目的を済ませた後、休憩《レスト》エリアにあるベンチに腰掛ける彼の顔色は優れなかった。ポケットから探り当てたガムの箱が空であることに気づき、ごみ箱に放り投げる。

「おや、ジュンくんじゃないですか。奇遇ですね」

不意に声を掛けられ、気怠《けだる》そうに振り返る。

トウドウ――カガミグループ社長直属部隊『白鴉《しろがらす》』の主任であり、ジュンのお目付役も務める男が、廊下を通りがかったところだった。

付き合いは長いが、目深に被ったハットといい、細く眇《すが》められた双眸《そうぼう》といい、普段から極力真意を見せないようにしていると感じる。

あまり人前に姿を見せることのないこの男と、こんな場所で会うとは。確かに奇遇だ。

「体調が優れないんですか？　アスクレピオスが機能不全を起こしているせい……ですかねぇ……？」

わざとらしく顎《あご》に手をやりながら、首を傾《かし》げてみせる糸目男。何もかも承知で茶化してきているのだから夕チが悪い。

トウドウの言うとおり、ジュンの病状を改善するための人造メカウデであるアスクレピオスが不調なため、退院してからもジュンは倦怠感や虚脱感に悩まされていた。

「それで何かヒントがないか、ＡＲＭＳの本部を訪ねたわけですか？」

それも正解だった。

カガミグループにおけるメカウデ研究拠点の本丸が消失してしまったため、ジュンはＡＲＭＳの持つデータを求めてここを訪れたのだった。

結論を言うと、人造メカウデの研究をしてこなかったＡＲＭＳには、何も有益な情報はなかったのだが。

「あなたのお兄さん、ナオヒト社長に相談すればいいじゃないですか。アスクレピオスを作ったのは彼なんですから」

むくれ顔で無視するジュン。トウドウはポン、と手を叩き、

「あ、そうか。お兄さんに逆らってアスクレピオスに無茶をさせた手前、直してほしいとは言

い出せないんですね？」

「ぬぐ……！」

お目付役という立場のせいか、この男は口に出しづらいことでもずけずけと言ってくる。

「ですが、取り越し苦労でしたね。どの道社長にはもう、アスクレピオスの不調をどうこうすることはできませんよ」

それはそれで安心できないが……トウドウがただチクチク刺してくるだけではなく、実のある助言も与えてくる男だということをジュンは知っている。

「もっとも、修理は無理でも……調整ならできそうな人に、心当たりがないわけでもないんですが……」

果たして、ジュンにとって垂涎の情報を仄《ほの》めかしてきた。

「本当か！」

「ええ。ナオヒト社長と繋《つな》がりの深い人物です」

トウドウは顔の横で指を立て、勿体ぶって言葉を区切る。

「あるいは……今存在する多くのメカウデ使いにとっても、重要な存在と呼べるかもしれない。かくいう僕も、その人とは――」

「おい、早く教えろ」

ジュンは組んだ腕を指で叩き、苛立《いらだ》ちながら先を促す。

「ああ、すみません……どうも持って回った言い回しをしてしまうのが癖でしてね」

「直せよそれ！」

ジュンが威嚇《いかく》するようにアスクレピオスの触手を出したので、トウドウは焦り顔で結論を急いだ。

「Dr.《ドクター》 G《ジー》がもうすぐキタカガミ市に戻ってきます。彼なら何かわかるかもしれません」

「Dr. G？」

トウドウは頷《うなず》き、細められた目をほんの少しだけ開いて見せた。

「ナオヒト社長のメカウデ研究の師匠。そしてカガミグループの〝影〟の研究主任ですよ」

○●

今日も学校帰りのヒカルとアキが、ARMS《アームズ》の本部にアルマを迎えにやって来ていた。

ヒカルはただの帰宅部だが、毎日放課後の習慣として同じ場所に通っていると、部活動を始めたような気分だった。

しかし習慣化された時間の中にも、変わった出来事は起こる。

ヒカルとアキ、そして迎えたアルマとで本部の廊下を歩いていると、意外な人物が声をかけてきた。

「お姉ちゃんっ」


アキが弾かれたように振り返り、遅れてヒカルも続く。

廊下に立っていたのは、アキの妹――ムラサメ・フブキだった。

すぐに目を引いたのは、彼女の格好だ。

フブキはアキと同じ、キタカガミ市立第二中学校の女子制服を着ていたのだ。

「フブキ……その制服は……!?」

アキの驚きようを見ると、どうやら彼女も知らされていなかったようだ。

サプライズに成功したフブキは、はにかんでしなを作る。

「リハビリも順調だから、お姉ちゃんと同じ学校に通えることになったんだ！」

「そっか、よかった！」

〈それは素晴らしい!!〉

ヒカルとアルマも、我がことのように喜ぶ。

「一年生。お姉ちゃんたちの後輩だよっ」

照れくさそうに頬《ほお》の横で人差し指を立てるフブキ。

「……本当に……頑張ったな、フブキ……」

そんなフブキを見つめながら、アキは声を詰まらせた。


アキと、その双子の姉妹であるフブキは、幼い頃メカウデ研究者である両親の実験に協力していた。

しかし二人が七歳のある日、メカウデ・アマリリスの実験中に事故が起こり、両親ともどもフブキも生命を落とした。そう思われていた。

フブキは足を怪我したアキの代わりにその日の実験に臨んだ。自分が死なせてしまったも同然だ……深い悔恨と共にアキは復讐の鬼となった。

そしてアマリリス――ワーム型のメカウデを探しだすことに躍起になってきたのだ。

ところがその実フブキは生存してアマリリスの傀儡《かいらい》にされており、アキも騙されてその手中に落ちようとしていた。

それを救ったのが、ヒカルとアルマだったのだ。

長らくアマリリスに囚われていたフブキは、その呪縛から解放されて以降、ARMS《アームズ》のサポート下でリハビリを続けていた。

アキはフブキが歩行手摺を使って懸命に歩くのを始め、彼女が辛いリハビリに挑む姿を見てきた。

そのフブキが、自分と同じ制服を着て目の前にいる――これほど幸せなことはない。

「まだ手続きとか色々あるみたいなんだけどね。制服姿だけでも、早くお姉ちゃんたちに見せたくて我《わ》が儘《まま》言っ――」

感極まったのだろう、アキは言葉の途中でフブキを強く抱き締めた。

フブキも笑みを震わせながら、姉の背中に手を回す。

何者も立ち入れない、姉妹だけの神聖な空気。

ヒカルは優しく微笑《ほほえ》むと、そっと踵《きびす》を返した。

「……行こうか、アルマ」

〈ああ。二人だけにしてあげよう……〉

――が、アキはフブキを抱き締めたまま振り返り、ヒカルの背中を見咎めた。

「おい、どこへ行く。私の傍《そば》を離れるなと言っているはずだ」

「嘘だろこの空気で⁉」

よもや呼び止められるとは思わず、廊下の只中で軽く頭を抱える。

甘い感傷的な空気は、しめやかに換気されていった。

「ごめんね、俺全然一人で帰れるんだけど……」

ヒカルは少々バツが悪くなって首を傾《かし》げる。

「いえいえ」

フブキはヒカルへと歩み寄り、後ろ手に組んでにっこりと笑った。

「ちゃんと話すの初めてですね、ヒカルさん。いつもお姉ちゃんがお世話になっています」

よくわかっている……できた妹さんだ。ヒカルはうんうんと頷《うなず》く。

「こんないい妹さんなんだからさ……今日ぐらい二人で一緒にいてやれよ」

「フブキを大切にすることと、お前を護衛することは別問題だ」

十分わかってきたつもりでも、いまだにアキの頑固さには驚かされる。

「お姉ちゃんは本当にヒカルさんが大切なんだね！」

「ああ、大切な任務だ」

悪戯《いたずら》っぽい含み笑いで、ヒカルとアキを交互に見やるフブキ。

この視線……どこかで見たような。学校でよく見るような……。

「ヒカルさん。私もお姉ちゃんと同じに、名前で呼んでくださいね」

フブキはさっきヒカルが「妹さん」と呼んだことが気になっていたようだ。

「あ、じゃ、じゃあ……フブキさん」

「お姉ちゃんと同じに呼んでください」

微笑《ほほえ》みの奥に妙な迫力を感じ、ヒカルはたじろぎながらか細い声を絞り出した。

「……フブキ……」

「はい♪」

案外、頑固な子なのかもしれない。いや、むしろ姉とそっくりだと言うべきか。

アキに対してはスマホを「スマホ」と呼ぶぐらいの気軽さでアキと呼び捨てにできるのに、相手がフブキだと妙に照れる。

この分では、憧れの女の子シラヤマ・メルを名前で呼ぶ日はまだまだ遠そうだ。

「あ」

先ほど感じた、既視感のある視線の正体に思い当たってしまった……。

〈フブキさま、そろそろお時間です〉

フブキの左太股から、黒いメカウデが姿を現した。

ヒカルと出逢った当初は、デキスと共にアキにデライズしていたメカウデ、シニスだ。

デキスと同じ見た目をしているが、それも当然。シニスとデキスは、双子のメカウデだからだ。

違いといえばデキスが右腕で、シニスが左腕の姿をしていること。

そして荒っぽいデキスと反対にシニスは穏やかな性格で、それぞれ適合者であるアキ、フブキと性格も適合していると言えなくもない。

だが普段は温厚なシニスも、アキが敵と見做《みな》したものへは容赦しないため、最初のうちはヒカルへの風当たりも強かった。

「うん、わかった。ありがとう、シニス」

シニスの頭を撫《な》でながら微笑《ほほえ》むフブキ。

「それじゃあ、私これからもう一つ検査があるから、またね」

「ああ、気をつけてな」

アキは本当にここでフブキと別れるつもりのようだ。

心に引っかかったヒカルは、アキへと強めに念を押す。

「いやマジでさ、今日くらい傍《そば》にいてやれよ」

アキは僅かな逡巡《しゅんじゅん》のあと、固く首を振った。

「……ヒカル、くらいも何もない。今日は今日。これを特別にしちゃ駄目なんだ」

「あ……」

融通の利かない頑固者だと思っていたが、アキにはアキなりの思いがあるようだった。

今日のこの光景を特別ではなく、当たり前にしなければならない、と。

だから、特別なこともしないのだと——。

ずっと一辺倒に糾弾だけしていたヒカルは、自省から視線を落とした。

姉に手を振って歩き始めたフブキが、不意に足を止める。

「あ」

「あん」

フブキの驚き声とハモる、ドスを利かせた声。偶然の出会いは続くもので、廊下の向こうからやって来たのはジュンだった。

ヒカルが彼とＡＲＭＳ《アームズ》の本部で顔を合わせたのは初めてのことだ。

歩き姿からしてどこか苛立《いらだ》っている。ヒカルたちは知る由《よし》もないが、ジュンは先ほどトウドウと会ってきたところだった。

ジュンはズボンのポケットに両手を突っ込んだまま、ヒカルたちを順繰りに睨《ね》めつけていき、最後にフブキで視線を留めた。

「どっかで見たと思ったら、アマリリスの操り人形だったやつか」

当てつけるように鼻を鳴らすジュン。その首元に、シニスとデキスの爪が突きつけられる。

「フブキは犠牲者だ。もとを正せば貴様らカガミグループが……!!」

アキは自分の意思でデキスを繰り出したが、シニスは勝手に飛び出したようだ。

一方、フブキは騒ぎの中でも無言のままだった。項垂《うなだ》れ、切り揃えた前髪に隠れて彼女の表情は窺《うかが》えない。

「てめえ一人じゃアマリリス相手に手も足も出なかったくせに、粋がってんじゃねえよ」

喉に鋭い鋼の爪を突きつけられながらも、余裕を崩さず冷笑を浮かべるジュン。歯を食いしばって怒気を放つアキを、歯牙にもかけていない。

〈口を慎め！　あの時はフブキさまを人質に取られていたからだ！〉

〈あの後アキさまはフブキさまと一緒にアマリリスを倒して、借りはキッチリ千倍返ししたんだよ!!〉

気色《けしき》ばんで吼えるシニスとデキス。今にもその爪がジュンの喉にかかりそうだ。

「……どうだかなァ」

当のジュンは、身動ぎもせずに意味深に吐き捨てる。

まさに一触即発の雰囲気だが、こんな場面に何度も遭遇してきたヒカルにとっては、もう慣れっこだった。

「おいやめろって、こんなとこで」

シニスとデキスを穏やかに諭し、彼らのボディに手を触れて腕を下ろさせる。

「なあジュン、お前アキと仲直りしたんじゃないのか?」

「ざけんな、こいつとは共通の敵を倒すために協力しただけだろ。直る仲なんて初めっからねーよ」

親指でアキを示しながら、強く反発するジュン。

ついこの間、アキから同じ言葉を聞いた。これだけ息が合っているのだ、やっぱり以前より仲は良くなったのだと思う。

今日のジュンは、ただ虫の居所が悪いだけなのかもしれない。

「だいたい今はてめえらもそのカガミグループの一員なんだぜ。俺《カガミ》に対して口を慎むのは、下っ端のてめえだろうが？」

ジュンはＡＲＭＳ《アームズ》とカガミとの合併を盾に取り、主導権を握ろうとする。

もちろん、そんな一般的社会常識ごときで動じるアキではない。

「言っておくが、私はカガミグループに与《くみ》するつもりはない。ＡＲＭＳに身を置く理由と同じ……利害の一致で手を貸すだけだ」

「んな偉そうにされてまで借りたい手じゃねーよ」

舌打ちをしながら追い払う仕草をするジュン。

「借りたくないなら貸さん。だが無論、給料はもらう。カガミグループの社員食堂も使う!!」

しかしアキは、社会の荒波にも負けない図太さを備えていた。

社食のメニュー全てを喰らい尽くすという闘志が、彼女の口の端に滲《にじ》む涎に顕《あらわ》れている。

「どんだけ厚かましいんだよ!!」

苛立《いらだ》って見えたジュンも徐々に声音が落ち着いてきて、とりあえずはひと安心だった。

〈それがアキのいいところだな、ヒカル！〉

「え、厚かましいところが？」

ジュンたちのやりとりを見守っていたヒカルは、アルマに急に話を振られて反射的にツッコんだ。

「あの」

それまで黙っていたフブキが、俯《うつむ》いたまま静かにジュンへと歩み寄った。それどころか、今日初めて見せる厳しい目つきで睨《にら》みつける。

さすがに好き放題言われっぱなしで腹に据えかねたのか。

アキと違って慣れない喧嘩が始まりそうなことに動揺し、アルマを抱き締めるように摑《つか》んであわあわと取り乱すヒカル。

「何だよ？」

ジュンは敵意を受けて立つかのように、挑戦的な笑みで応じた。

フブキは力を溜めるように大きく息を吸い――

「その節は、お世話になりましたっ！」

もう少し距離が近ければ、頭突きが炸裂《さくれつ》しかねない猛烈な勢いで頭を下げた。

「……は？」

呆気に取られ、目を瞬《しばたた》かせるジュン。

「私をアマリリスから助けるために、すっごく頑張って戦ってくれたって聞きました!!」

両拳《こぶし》を胸の前で握り、ジュンににじり寄るフブキ。シニスはどうすればいいかわからず、彼女の傍《そば》で揺れるばかりだった。

「頑張ってねえし……楽勝だったし……」

あまりにわかりやすい照れ隠しでもごもご言うものだから、ヒカルにも悪戯心《いたずらごころ》が湧いた。

「いやいやこいつ、自分がブッ倒れるまでアマリリスに食らいついてたぜ」

〈そのおかげで私たちは、フブキを助けることができたのだ！〉

ヒカルの告げ口にアルマも乗っかる。

「ヒカル！　アルマァ!!」

ジュンは顔を真っ赤にし、摑みかからんばかりの勢いで詰め寄ってくる。

そこへさらに強引に割り入るように、フブキは今一度大きく礼をした。

「本当に、ありがとうございました!!」

「………おう」

誠意を真っ直ぐに伝えられ、照れ隠しの言葉も出ずに頭を掻《か》くジュン。毒気が抜けたように、顔から険が取れている。

さすがにこれ以上からかうのは止めておこうと、ヒカルはアルマと見合って苦笑した。

しかしシニスも興奮したせいで忘れているようだが、フブキはこの後用事があるはずだ。

「それじゃあフブキ、また――」

別れの挨拶を切り出そうとしたところで、ヒカルはふと思い至った。

アルマがやりたいと言っていたことの一つと、前にアキから頼まれていたことを思い出し、それがちょうどよく一緒にできると気づいたのだ。

それは、勉強だ。

以前フブキをアマリリスから解放し、吹っ切れたアキから「フブキに教えたいから、自分に勉強を教えてくれ」と頼まれていた。

アルマも勉強をしたがっているし、フブキももうすぐ学校に通うという。丁度いい機会だ。

ヒカルはアルマも含めた、場の全員に向けて提案した。

「あのさ。今度、みんなで一緒に勉強会しないか？　フブキが学校に通う記念に」

またシラヤマさんも一緒に、と心の中で補足しておく。

「ヒカル……」

交わした約束を思い出したのか、アキは慎ましい微笑《ほほえ》みを浮かべた。

「わあ、やりたいです！」

〈おお、みんなで大勉強会をするのだな！〉

フブキと、なぜ大を付けるのかはわからないが、アルマも喜んでいる。

「暇な時な」

はぐらかすように言い残し、詳細を決められる前にとジュンは立ち去っていく。

嬉しそうにその背中を見送った後、フブキも検査に向かって行った。

「んじゃ次の日曜にするか。ジュンもどうせ暇だろ」

「暇だろうな」

ヒカルとアキは、共に腕組みをしながら同時に頷《うなず》いた。

○●

オオヤマ、カヤノ、タニ――ARMS《アームズ》でも古株の三人は、リーダーのエルジスとも近い位置にいた面子《メンツ》だ。

ゆえにARMSメンバーからの信頼も篤く、今も主にオオヤマが中心となってカガミグループとの協力関係構築に臨んでいた。

今日もこれから本部にある会議部屋で、カガミ側のメンバーと話し合いの席を設けることになっている。すっかり定例化したが、いつまで経ってもあまり空気がよくならない。

会議部屋へ向かうオオヤマたち三人の足取りは、皆一様に重かった。

そんな三人が移動中に見かけたのが、廊下で騒ぐヒカルたちだった。

歩みを止めず一瞬目にしただけだったが……どうやらアキの妹のフブキが、制服姿を披露していたらしい。

カガミグループの重要人物であるジュンとすっかり打ち解けている光景は、オオヤマの心と足取りを少しだけ軽くした。

「あんな感じで、みんな喧嘩しながらも仲良くできれば一番なんだがなあ……」

ヒカルとアキ、フブキ、そしてジュンの関係は、ある意味ARMS《アームズ》とカガミグループ、二つの組織が理想とする関係の縮図といえた。

「でもさ。何もかも水に流して、みんな仲良くって……やっぱり難しいよ」

タニは気後れするように、肩を落としながらぽつりぽつりと呟《つぶや》いた。

「アキちゃんには悪いけど……俺、まだあの娘の顔見るの、辛いから」

タニが言っているのは、フブキのことだ。彼は大事な相棒のケレックスを、アマリリスによって破壊されている。

操られていたフブキが悪いわけではないとわかってはいても、彼女の顔を見ると嫌でも思い出してしまう。

相棒の生命もろとも無慈悲にデライズを引き裂かれた、あの日のことを。

恐怖の記憶に凍える肩を、オオヤマが優しく叩いた。

「いや……苦しいのは、赦《ゆる》せている証拠だ。お前は強いよ、タニ」

全てを水に流して、一緒に笑い合うことのできない自分に苦悩する……それこそが、タニという人間の優しさの証《あかし》だった。

「ＡＲＭＳを抜けたメンバーもけっこういるしね……」

カヤノが俯《うつむ》き加減に呟く。

元々ＡＲＭＳは、メカウデをカガミグループの支配から解放するために結成された組織だ。

ところがそのリーダーであるエルジスはメカウデによる人類支配を目論《もくろ》むフィストの仮の姿であり、そのフィストはカガミグループを影から操っていた黒幕だった。

詰まるところ、ＡＲＭＳという組織自体がフィストの用意したマッチポンプである。

その事実が白日《はくじつ》の下《もと》に晒《さら》された今、当のＡＲＭＳメンバーたちの中に行動意義を見失う者が現れるのも無理からぬことであった。

「やっぱ俺、リーダーには向いてないんじゃねえかなあ……」

その大きな背中を丸めてしょぼくれるオオヤマ。

「オオヤマが向いてないなら、他の誰もまとめ役なんて無理よ」

カヤノがあやすようにフォローする。

社長がアマリリスに操られていたカガミグループ。

リーダーがフィストの創りだした虚像だったＡＲＭＳ。

それぞれ指導者を失った組織同士でまとまるのは、一筋縄でいくものではない。まして元は敵同士だったのだ。協力関係を結んだとはいえ、両組織にある溝はまだまだ大きい。

その溝を、砂の一粒分ずつでも埋めていけるように。

オオヤマは、辿《たど》り着いた会議部屋の前でむん、と気合いを入れ直した。

○●

夕暮れ時。ＡＭＲＳの本部からの帰り道も、アルマは上機嫌だった。

ヒカルのパーカーのフードから、笑顔に彩られた光球が見え隠れする。

〈大勉強会、楽しみだな、ヒカル！〉

「その大、必要なのか……？」

数人規模の集まりを表すには不適格だ。

それより気になるのは、アキがどんどんヒカルの自宅へのルートを外れていくことだ。

また買い食いでもしたいのだろう、とヒカルは口を出さずにいた。

やがて地元民に愛される老舗デパートの『カガミ百貨店』に辿り着いたので、予想が確信に変わる。

ところがアキはグルメ番組で幾度と特集された名物のデパ地下には足を運ばず、反対にどんどん上階へと上っていった。エレベーターを使わずに、階段でだ。

ついに屋上まで到達したが、そこには「立ち入り禁止」の柵が立て掛けられている。

アキは当然のように柵を無視し、今は使われていない屋上への扉を開ける。

階段上りのエクササイズにつき合わされて息を切らすヒカルも、この頃には何か変だと思わずにはいられなかった。


カガミ百貨店の屋上には、かつて子供たちに人気を博した小型遊園地が設置されている。しかし少子化による売上低迷と施設の老朽化により、現在は閉鎖されていた。

アキは当然のような足取りで、その中を進んでいく。ヒカルもその後に続いた。

メリーゴーラウンドやスカイサイクル、動物を模した乗り物など……そのどれもが塗装が剝《は》げ、錆びついている。雨風に晒《さら》されて汚れ放題だった。

朽ち果てた遊具を見ると、無性に寂しい気持ちになる。

ヒカルは自販機がまだ稼働しているのを確認し、硬貨を投入した。ジュースの缶を取り、人心地つく。アキの分にと買ったもう一本は、アルマが手に取っておもちゃにしていた。ニコニコ顔で缶を振っているが、これは炭酸飲料。プルタブに指を遣るや、アルマは噴き出したジュースの洗礼を浴びていた。

ヒカルは未開封の缶をもてあそびながら、アキに目的を確認する。

「なあアキ、何しにこんなとこ——」

「この辺でいいだろう……姿を現せ」

ヒカルの言葉を遮り、アキは出入り口の扉へ向けて声を放った。

眉を顰《ひそ》めるヒカルの前で、しっかりと閉めていた扉が軋《きし》み音とともに開き——

「階段上らせんなよ……疲れるだろうが」

長身痩軀《そうく》の男が屋上に入ってきた。カガミグループの黒い制服を着ている。

どうやらアキは尾行に気づいて、人気《ひとけ》のない場所まで誘い込んだようだ。

ヒカルは先日自分を襲った女性のことを思い出す。おそらく無関係ではないだろう。

「貴様……何を企《たくら》んでいる!!」

アキは右太股からデキスを展開し、爪の切っ先を男に向けながら問い質す。

男は癪《しやく》に障るにやけ笑いを浮かべ、握り締めたメカウデキューブを見せつけてきた。

「お前もメカウデキューブと同じくらいコンパクトに潰してやるぜえ!!」

「何だそれは……頑張って考えてきた脅し文句か?」

嘲りの言葉を投げるアキだが、その目は全く笑っていない。全身から立ち昇る殺気が目視できそうな程だ。

「脅しじゃねえぞお!」

男が制服の左腕の袖を捲ると、灰色をした金属の籠手《こて》が姿を現した。紫のラインの入った黒いベルト――シャークルが、入念に巻かれている。

メカウデの意識を剝奪し、己が意のままの兵器として隷属《れいぞく》させる悪魔の発明――シャークルが。

「シャークル……！」

シャークルに縛られたメカウデを見てヒカルが歯噛《はが》みし、

〈まだあんなものを……!!〉

アルマがパーカーのフードから身を乗り出す。光球のバイザーは吊り上がっており、怒り眉のように見える。

シャークルの隙間から覗く差し込み口が横開きに開き、男はメカウデキューブをその中へと叩きつけた。

紫色の不気味な光が放たれ、その中で巨大なペンチのような見た目のメカウデが形作られる。

籠手に巻かれていたベルトがそのまま絡まって、メカウデが起動する仕組みの装備らしい。

男は下卑た笑みを浮かべながらメカウデを構え、ヒカルたちへと見せつけてきた。

「はあっ！」

アキは有無を言わせず踏み込んだ。男の振るったメカウデとデキスが、巨大な激突音と共に交錯する。

「うわっ……」

男は力負けして尻餅をつき、アキはデキスを構えたまま傲然《ごうぜん》と男を見下ろす。対照的な光景だった。

恐れをなしたのか、男は慌ててアキに背を向けて走り、メカウデで屋上のフェンスを摑《つか》む。そのまま隣のビルの屋上へとジャンプし、一目散に逃げ出した。

だがアキもこのまま見逃すつもりはない。

「ヒカル、ここから動くな！　すぐに戻る!!」

そう言い残すやいなや、アキは一跳びでフェンスを飛び越え、男の後を追った。

戦意を失って逃げているだけの男など、難なく捕まえることだろう。

直後、屋上の出入り口のドアが再び軋《きし》み音を立てて開いた。

「ふふ」

「ひひっ」

「へへへ……」

今度は三人組の男たちが姿を現した。カガミグループの黒い制服こそ着ているものの、袖を切ったりダメージ仕様にしたりと派手に改造し、どいつもこいつも判で押したようにガラの悪いナリをしている。

「ようやく目障りな護衛の女がいなくなったぜ!!」

余程嬉しいのか、男の一人がわざわざ口に出して行動理由を説明した。

今度は三人がかり……アキが追っていった男は陽動で、こちらが本命だったということだろう。

「っ……」

思わず息を呑《の》むヒカルだが、すぐに顔つきを引き締める。

今日は、頼もしい相棒が一緒だ。

一方の男たちはずっとにやけ顔のままで、先ほどの男と同じ手順で各々のメカウデを起動させていった。

真ん中の男の右腕に、三角の形に連装された三基のミサイルポッドが装着される。

左右に立つ男たちも細部こそ少し違うものの同じ見た目のメカウデで、やはり大きさや形の違うミサイルポッドを備えていた。

ここまで似ていると、あるいはシニスとデキスのように兄弟のメカウデの可能性もある。

最も大きな共通点は、その全てにシャークルが取り付けられ、紫色のベルトが絡みついていることだ。

先ほどの男と同じように、メカウデを都合のいい道具として扱っているのだ。

それも、兄弟かもしれないメカウデを――。

ヒカルとアルマの思いは同じだった。

「アルマ!!」

〈ああ!!〉

快い駆動音を響かせながら、アルマが変形を始めた。

パーカーに付いてマニピュレーターアームのように独立していたボディが、瞬間的にバラバラになってヒカルの右腕へと集束していく。

肘から拳《こぶし》まで、放熱板が閉じるようにして部品が力強く合体していき、ついには幾重にも装甲が連なった巨大な拳へと変化。

まさにメカウデの真価、覚醒形態が顕現する。

ヒカルの左目に、アルビトリウムのオーラが炎となって着火した。

「おらあああっ！」

弾かれるようにして右腕を突き出す真ん中の男。三連装された三基のポッド、九発のミサイルが一斉に発射された。

ヒカルの立つ場所を中心に大爆発が起こり、屋上の床のコンクリートを巻き上げる。

「ははっ、やったか!?」

「バカ、殺っちゃダメって言われてんだよ！」

「あ」

爆炎を前に狼狽《うろた》える男たちだが、無用な心配であった。

握り締めた拳を胸の前で盾のように構えたヒカルが、爆炎の中から姿を現す。衣服にも焦げ一つついていなかった。

炎を宿したヒカルの目に射竦《いすく》められ、後退《あとずさ》りする男たち。それでタガが外れてしまったようだ。

「よぉーし……死ななきゃ問題ねえだろ！　やっちまおうぜ!!」

「「おお！」」

三人同時にミサイルを一斉発射する。自棄《やけ》を起こしたような大規模爆撃だった。

アルマの全身各所からアルビトリウムの炎が燃え立ち、後部からはロケット噴射のように一際巨大な火炎が噴き上がる。

パンダの遊具を飛び越えて急加速し、尾を引いて殺到するミサイルの只中を疾走するヒカル。避け、摑《つか》み、投げ、誘爆させ、拳で殴り――わずか一跳びの時間で、数十のミサイルを処していく。

ヒカルはアルマの動きに身を預け、アルマはヒカルの動きに身を任せる。

人馬一体どころか一心同体のコンビネーションは、兵器の殺到をも超越する機動性で駆け抜けていった。

空高く跳躍したヒカルの背後で、巨大な爆華が咲く。

「いつまでこんなことしてんだよ！　お前ら!!」

憐れむように吐き出したヒカルの言葉を、男の一人は一笑に伏した。

「ガキが説教か……お前俺たちのママかぁ⁉」

もはや言葉が通じないと悟ったヒカルは、右拳《こぶし》を大きく引き絞る。

〈それほど優しくは……っ！〉

炎とともにアルマが更なる変形を遂げ、三つのリングと翼めいたパーツを備えた発射形態が完成した。

アルマの言葉に合わせ、ヒカルも叫ぶ。

「ねえぞおおおっ‼」

〈ないぞおおおっ‼〉

ヒカルの右拳から発射されたアルマは、真正面から飛来するミサイルの直撃をものともせずに突き進む。

「「「ほあああああああああああ⁉」」」

巨拳の砲弾は爆発を突き抜け、三人の男たちを一斉に弾き飛ばした。

ヒカルは屋上の床に着地ざま、刀の血落としをするように拳を横薙《な》ぎする。

その右腕に、周囲を旋回しながら飛来したアルマが再合体した。

〈腕は鈍っていないな、ヒカル！〉

「お前のな！」

煙が晴れていき、ズタズタに捲れ上がった屋上の床が露わになる。

男たちは飲食用の白いテーブルや椅子に派手に突っ込み、ぴくぴくと震えていた。

「うぐ……」

「強ぇ……」

「こ、こいつ滅茶苦茶戦い慣れしてやがる……」

口惜しげに言葉を絞り出し、男たちはがっくりと力尽きていった。

「……慣れてねえよ」

溜息《ためいき》交じりに反論するヒカルだが、すでに意識を手放している男たちの耳には届かない。

ガキッ、と大きな音のしたほうに目を向けると、屋上の縁《へり》にデキスの爪がかかっているところだった。

「ヒカルッ!!」

そのまま一飛びでフェンスを飛び越え、屋上の床に着地するアキ。

こちらも決着をつけたようで、追っていた襲撃者の襟首を摑《つか》んでいた。爆発音に気づいて慌ててここへ戻って来たのだろう。

「……こいつらは……!!」

アキは地面に倒れている三人を見て衝撃を受け、摑んでいた男の襟首を手放す。

やがて何が起こったのかを悟り、アキは自分の迂闊《うかつ》さを悔やむように握り拳を震わせた。

〈すまないヒカル……もしかするとこの男たちは、私を狙ったのかも……〉

アルマも責任を感じて気落ちするが、ヒカルは努めて明るくそれを否定する。

「気にすんなって。こんな危ない連中放っておいたら、街とか、俺ん家の近所とかもヤバいんだからさ」

アルマよりむしろ、アキのほうが落ち込みが深いように見える。判断を誤り、ヒカルを危険に晒《さら》してしまったとでも思っているのかもしれない。

さすがに自分たちだけで目立たずに四人を本部に連行するのは難しい。

ヒカルはスマホを取り出し、ARMS《アームズ》へ連絡することにした。

「さ、後はARMSの人に任せて、帰ろうぜ」

〈ああ……〉

アルマの瞳の球が、沈みゆく陽の光に溶け込んでいく。

〈同胞たちを縛りつけている者が、まだ存在しているのか……〉

悲しげに呟《つぶや》かれた言葉と一緒に。

○●

「ダメだ！　それだけは絶対に認めねぇぞ!!」

ARMS本部の会議部屋で、オオヤマの怒声が響きわたっていた。

ＡＲＭＳのメンバー、オオヤマ、カヤノ、タニ。そしてカガミグループからやって来たエージェントの男女二人が、長テーブルで向かい合って座っている。

一人はトゥース、ブロンドの髪に派手なマツエクが特徴の女性。カガミグループの荒事担当、振興三課に属している。

もう一人はカズワ、顔の右半分がそっくり隠れるほど長い前髪の男性。同じく振興三課の新人。

どちらもヒカルやアキと交戦経験のある、辣腕《らつわん》のメカウデ使いだ。

ほんの少し前まで敵対関係にあったのだ、彼らが話し合いをすれば穏便に済むはずがない。

「俺たちはこの白のコスチュームに、愛着も誇りもあるんだ!!」

自分を親指で示しながら、断固として言い放つオオヤマ。

緊迫した雰囲気で行われていた会議の議題――それは、『カガミグループとＡＲＭＳがまとまった後、制服をどうするか問題』だった。

どうやらカガミグループ側から元ＡＲＭＳメンバーも自分たちと同じ制服にしては、という提案がなされたらしく、席についてすぐトゥースから申し出があったのだ。

あまりにも平和な話し合いだった。

ている。


「お前らのそれ、ただの病院の制服だろ」

カズワが露骨に舌打ちしながらぼやく。頭の後ろで手を組み、やる気が全く感じられない。

ARMS《アームズ》の制服は、人目につく場所での行動に障りがないよう、市内の病院の制服を転用している。

メンバーの一部は表の顔として実際にその病院で働いており、本部に医療設備が整っているのも病院と関係が深いためだ。

「誇りったってねえ。あんたらんとこのムラサメは、戦う時黒い服着てるらしいじゃない」

トゥースがぴしゃりと言い放つ。こちらも嫌々話し合いに来ているのが丸わかりだった。

「あれは……シニスとデキスのカラーを意識したコーデなんだ!!」

自信満々に答えるオオヤマだが、全くの適当だった。

そもそもアキは協調性が絶無だ。仮に今日、制服について何らかの変更があったとして、それに合わせるはずがない……。オオヤマには悪い意味での確信があった。

「そっちこそ、白い特攻服とか着てる人いるわよね？」

淡々と意見するカヤノに、トゥースがすぐさま反論する。

「白鴉《しろがらす》の連中が逆張りしてるだけ！　カガミグループは黒って決まってるの！」

それは逆張りというのだろうか……。

面倒だし、オオヤマと違って白に愛着を持っているわけでもないので、とっとと話を終わらせるべくカヤノは手っ取り早い策を打ち出した。

「じゃあ間をとって……灰色の制服にしようか」

「色混ぜてどーすんだよ！　せめて白黒のツートーンでいいじゃねえか！　つか灰はもうあるわ!!」

カズワが自分のジャケットの灰色部分を指差して声を荒らげる。

出世欲の強い彼は、社長直々に「ＡＲＭＳとの関係構築に尽力してほしい」と伝えられ、天にも昇る気持ちで張り切っていた。

が、蓋を開けてみれば来る日も来る日もしょうもない話し合いばかり。モチベーションがだだ下がりしていた。

「あのさオオヤマ、俺はどっちでもいいと思……」

「こういうのはな、ちょっとした譲歩が命取りになるんだ。ビシッと言わねえと、つけ上がられる!!」

タニの気遣いを遮り、オオヤマは拳《こぶし》を握り締める。

本当にしょうもない応酬だが、会社や銀行の合併時にはままある揉《も》め事だった。

どちらの名前を先にして命名するか。制服はどうするか。基幹システムはどれをベースに統合するか。

それぞれのプライドが先行する上、「妥協したほうが舐められる」「世間から格下だと思われる」という強迫観念から、合併する組織間の不毛な争いは絶えない。

「めちゃめちゃ張り切ってリーダーやってるじゃない……」

カヤノは机に両頰杖《ほおづえ》をつきながら、呆《あき》れ笑いを浮かべる。オオヤマ自身はリーダーに向かないと悩んでいたが、全くの杞憂のようだ。

ポケットでスマホが震え、「ちょっと失礼」と手でサインして中座するオオヤマ。

「何だって!?」

出入り口のドアの前で足を止め、わざわざ会議部屋内の全員に聞こえるように叫んで注目を集める。

「敵はヒカルを――ママと呼んだだと!?　……。……何だただの悪態か……あの、一旦、アルマのほうは黙っていてくれ……ヒカルと話を……ああ……」

その後、二、三言葉を交わしてから通話を切った。

苦い溜息《ためいき》をつきながら振り返り、テーブルの左側に座る黒い制服のメンバーを睥睨《へいげい》する。

「……またアルマが襲撃されたらしい。しかも犯人は、今回もカガミグループの制服を着ていた、と」

どうやら話し合いは、さらに空気が悪くなりそうだった。

○●

世界に名高いカガミグループを統べる、カガミ家の本邸。

カガミ・ヤクモの時代から増改築を繰り返したその豪邸は、食事部屋も大規模なパーティーを開けるような広大さを誇っている。

そんな広大な部屋で夕食を取っているのは、二人だけだった。

カガミグループ現総帥・兄のナオヒトと、弟のジュン。部屋の規模には不釣り合いな程々の大きさのテーブルは、互いの顔がよく見えるように用意されたものだった。

兄の前には一品だけ、弟の前には山盛りの料理が用意されている。

「どういう風の吹き回しだよ。一緒に飯食おう、なんて」

口いっぱいに頬張《ほおば》りながら問い質すジュン。

退院してしばらく経《た》った今日、兄のナオヒトに一緒に夕食を取ろうと提案されたのだ。

「大仕事が終わったら家族との時間を持つ……普通のことだろう」

露骨に訝《いぶか》しむ弟の睨《にら》み顔などどこ吹く風、兄は涼しげな表情でテーブルに視線を落とす。

カガミグループ総帥として世界的に名を知られ、さらにそのクールなマスクにはゆうに市の人口を上回るファンがついているといわれる男が、優雅に取る食事とは——

ラーメンだった。

豪奢な調度品で彩られた部屋に、控えめな麺の啜《すす》り音が響く。

「兄貴のイメージとギャップありすぎだろ」

「好きなんだ」

最近、総帥が夜な夜なお忍びで地域内のラーメン屋台を巡っている――という噂が会社内でまことしやかに流れていたが、どうやら真実のようだ。

ナオヒトは先代カガミ家当主が逝去してから現在までの長きにわたり、邪悪なメカウデ・アマリリスによって身体と意識を支配されていた。

その呪縛からようやく解き放たれた今、趣味嗜好も本来のものに戻ったということだろう。

それにジュンも贅《ぜい》を凝らした洒落っ気だけの料理より、今自分の前に用意されているような揚げ物やザ・肉といった豪快な料理のほうが断然好みだ。

生まれながらに身体の弱いジュンは病院食が長かったせいで、カロリーに餓えている。

そこへ一三歳という食べ盛りな年齢も相まって、食欲はとどまるところを知らない。

「……」

ナオヒトが微笑《ほほえ》ましそうに見つめてくる。それにいちいち反発するのも逆にガキっぽく思えて、ジュンはむしろ堂々と食事をがっつき続けた。

「ピーマンも食べないと駄目だぞ」

穏やかに注意してくる。ジュンがサラダや炒め物に入れられているピーマンをこっそり箸でより分けているのを、目聡《めざと》く看破していた。

「んなことより、ＡＲＭＳ《アームズ》との合併は順調なのかよ。今までバチバチにやり合ってたんだ、綺麗事だけじゃどうにもならないだろ」

　努めて団欒っぽい空気を作ろうとする兄への反発というわけではないが、ジュンはさりげなく仕事の話題を出した。

「順調……とまでは言えないが、想定していたより反発は少ない。あちらの古株がよくやってくれているしな」

　オオヤマやカヤノのような古くからのメンバーで、ＡＲＭＳのリーダーだったエルジスとの距離も近かった面々が、率先して尽力してくれていた。

　そして言葉には出していないが無論、社長であるナオヒトも身を粉にして新体制の実現に奔走している。

　ＡＲＭＳとカガミグループは少しずつ、しかし確実に一つになろうとしていた。

「彼らからすれば憎むべき敵であるはずの私たちと、こんなにもスムーズに信頼関係を構築できていっているのは……お前のおかげだ、ジュン」

「は？　俺？」

　意外な言葉をかけられ、ジュンは思わず山盛りに掬《すく》ったカレースプーンを口許で止める。

「お前がアマツガ・ヒカルを復活させようと、ＡＲＭＳ、カガミグループの垣根なく声をかけてくれたおかげで……確かな土台ができ上がったんだ」

ジュンはアルビトリウム制御に長《た》けた人造メカウデ・アスクレピオスの真価を発揮し、その場にいたメカウデ使いや構成員たちのアルビトリウムを集め、ヒカルを蘇生させた。

一つの目的のため……それも人間の生命を救うという崇高な目的のため、文字どおり手と手を取り合って一致団結したことで、両陣営のわだかまりが薄れたのだろう。

結果的に、ジュンが兄に反発したことが逆に功を奏した形だ。

「本当にありがとう。お前は……私の誇りだ」

兄に優しい言葉をかけられ、心がかき乱される。

思えばジュンは、兄への反抗心を糧に生きてきた。

幼い自分にいつも優しくしてくれた兄が、ある日突然態度を豹変《ひょうへん》させた。

身体の弱い自分を一族の面汚しと侮蔑し、もはや存在しないもののように扱われた。

憎き兄を必ず見返してやると、歯を食いしばって生き抜いてきたのだ。

自分の意思で人造メカウデを奪取し、トリガーアームを手に入れるために戦った。

その兄がよもや、邪悪なメカウデのアマリリスによる支配を受けており、しかもジュンを助けるために己の全てを懸けて事前に対抗策の用意を進めていたなどと、どうすれば想像できよう。

真実をトウドウから聞いた時、ジュンは世界がひっくり返る思いだった。

そんな兄の決死の計画すらも、フィストによって利用されたが……自分やヒカルは、大人たちの勝手な思惑を乗り越え、戦いに終止符を打ったのだ。


ざまあみろ、という達成感。

そして何も知らず、周りの全てを憎んでいた自分の幼さへの悔しさ。

心中で様々な感情を綯《な》い交《ま》ぜにしながら、ジュンは今、兄と卓を囲んでいた。

「ところで、何か欲しいものはあるか？」

知的なオシャレ眼鏡が、ラーメンの湯気で曇っている。しまらない兄だ。

家族との距離の測り方がわからず、安易にプレゼントに頼ろうとしている。

自分の青春の全てを、弟を助けるために費やしてきた男だ……無理もない。

「ちっ……」

そんな兄がぼやけて見えるのも、きっと湯気のせいだろう。

「気ぃ遣わなくていいぜ。俺が一番欲しいもんは、勝手に貰《もら》いにいくからよ」

「……そうか」

求めているのは、カガミグループ社長の座。

弟の挑むような不敵な眼差しを……少しだけ濡れて輝くその純粋な瞳を、兄は穏やかな微笑を以て受け止めた。

「……学校はどうだ、ジュン」

空気が和らいだのを感じ、ナオヒトはいよいよいかにもな『家族の語らい』を始めた。

「別に何も……学校には、ヒカルの秘密を探るために行き始めただけだ。それ以外の価値なんかねえよ」

「高校への進学は、今のところ考えていないということか。だが中学を卒業するまでは通うのだろう？」

「それもどうだかな。このままいけば、ヒカルたちは先に卒業しちまうからよ」

アマツガ・ヒカルは、自分の行動原理——超えるべき目標。そして、初めての友達。

カガミ・ジュンにとって重要な存在だ。

「アマツガ・ヒカル……か。彼とはそのうち話をしたいと思っていたところだ」

ナオヒトは、その事実を再認識したようだった。

「さっきの欲しいもんの話……俺よりも、あいつに聞いてみたらどうだ」

ジュンは抑揚のない口調で匂わせる。

戦いを終わらせたのは、ARMS《アームズ》でもない、カガミグループの者でもない……ただの一般人だ。周りから何もするなと釘を刺された少年が、自分の意思で何かをすることを選んだことで、世界は救われたのだ、と。

無論、救われたのはカガミグループもだ。それはナオヒトもよく理解している。

「……そうだな、彼にも改めて礼をしなくては」

ナオヒトは苦り切った嘆息とともに、苦悩の滲《にじ》む言葉を吐き出していく。

「正当な働きをした者はしっかりと評価する……それが会社にとってどれ程大切なことか、痛感している」

「んだよ。まさか会社で自分の仕事が認められない、っていじけたやつが、厄介なことでもしでかしたのか？」

ジュンは決してあり得ないことを茶化すように、わざとらしく剽軽《ひょうきん》な口ぶりで喩《たと》えた。

ナオヒトはナプキンを手に取り、優雅な所作で口許を拭う。

「ジュン」

そして大仰に肩を落としながらジュンを見据えた。

「はっきり言って、そのとおりだ」

「マジかよ」

○
●

薄暗い研究所めいた部屋に、突如、眩い光が灯った。

部屋の奥に設置された巨大な培養器――その中で、黒い骨のようなメカウデが発光をし始めたのだ。

「思ったとおりだ……アルマの戦いに共鳴したんだね」

断続的に点滅する光を浴びながら、車椅子に乗った子供が歓喜に声を震わせていた。

「ミ・コ・ト!!」

その夢見心地を絶ち切るように、声を荒らげて何者かが入室してきた。

カガミグループの制服に身を包んだ、無精髭《ぶしょうひげ》の男だ。

車椅子を回転させ、振り返る子供。


目が完全に隠れるほど伸ばされた前髪。声と同じく幼い体つき。

そして白衣を身にまとっていたが、合うサイズがないのだろう……袖から指を出せず、車椅子に乗っていてなお裾が床につきそうな程だった。

わざわざ着衣の丈を直そうとはしない。自分の興味のあること以外何も頓着をしなさそうな、幼い科学者だった。

ミコトと呼ばれた――おそらく少年は、前髪越しの冷ややかな眼差しで男を一瞥《いちべつ》する。

「ダメだ、あいつら強すぎる！　護衛の女を引き離して、三人がかりでもあっという間にやられちまった……これじゃ俺たちに勝ち目なんてねえよ!!」

どうやらアルマ襲撃の検分役のようだ。泡を食って逃げ帰ってきたらしい。

「連れ帰ってくれるのが理想だったけれど……勝たなくたっていいんだ。アルマのアルビトリウムを活性化させただけで、彼らは十分役目を果たしてくれたよ」

部下、あるいは協力者による敗北の報告を、ミコトはむしろ讃えていた。

「そんな悠長なこと言ってられんのかよ!?　もう何人も仲間が捕まっちまってる……俺たちの計画を吐いちまうかもしれねえんだぞ!!」

「そんなことは想定済みさ。何があろうと情報を守る忠誠心は、初めから君たちには期待していないから」

感情の読めない口調で侮辱を受け、男は怒りでわなわなと震え出す。

「……ガキが……俺たちを捨て駒にしていくつもりか！」

「捨て駒？　そんな言葉はこの世界にはないよ。何かしらの役に立つなら……それは捨てているんじゃなくて、ちゃんと使っているんだから」

先の手に繋《つな》がる役目を果たしたのなら、捨てたと表現するのは不適当だと。

子供特有の屁理屈と笑い飛ばすには、ミコトの言葉には言い知れぬ冷気のようなものが宿っていた。

「僕の方針が不満なら、カガミグループに戻ればいいじゃないか。別に引き留めはしないよ」

為《な》す術《すべ》なく自分に縋《すが》りついてきた敗走者を、あっさりと突き放すミコト。

薄暗い部屋を静寂が包む。

培養器から水が泡立つ音が響くと、男はくっくっと乾いた笑いをこぼしていった。

「それもいいかもなぁ……」

ヒカルやアルマと相対した襲撃者が使っていたのと同じ、シャークル制御のメカウデを即座に起動できる装備——籠手《こて》型の制御器に、メカウデキューブを塡《は》め込む。

「そこにある、切り札とかいうメカウデを手土産によ!!」

巨大な金槌型のメカウデを高々と持ち上げ、決別を告げる男。

「手に取ってみたいならお好きに。でも——」

巨大な兵器を振りかざし襲ってくる大男を前に、ミコトは嫋《たお》やかな微笑を浮かべる。

「——君じゃあ無理だ」

瞬間、薄暗い部屋の中に漆黒《しっこく》の線が無数に走った。

ミコトにも、培養器にも一触れすらできず、男はまるで蜘蛛《くも》の糸にでも張り付けられたかのように動きを止めた。

メカウデを振りかぶり、走る体勢のまま片足で静止しているその見た目は、さながら前衛的なアートのようであった。

「なん、だ、こ……れ……」

男の顔が青ざめていき、ガクガクと全身が震え出す。

そのまま白目を剝《む》いて糸の切れた人形のように崩れ落ち、デライズを解除されたメカウデがキューブ状態となって床を転がった。

「君もちゃんと有効に使ってあげるから、心配はいらないよ」

ミコトの声に、更なる冷気が籠もると同時。

意識を手放した男の足首に何かが絡みつき、暗い部屋の奥へと引き摺っていく。

ずるずると、ずるずると、不気味な音を立てて。

捨て駒にされることを恐れていた男は、深い深い闇の中へと消えていった――。

ミコトが培養器へと振り返ると、浮かんでいるメカウデがさらに激しい明滅を始めていた。

不気味な発光の周期はさながら、心臓の鼓動音を思わせる。

「さあ、目覚めよう……全てのメカウデを支配する、最高のメカウデ……」

陶酔に声を震わせ、諸手を広げるミコト。

「君の力で世界に変革をもたらし、メカウデをあるべき姿へと戻すんだ」

培養器のガラスに、内側から一条のヒビが刻まれた。

第三章
「喋るよそりゃ」

掃除をした。大きめのテーブルに、人数分のクッションも用意した。

窓ガラスはARMS《アームズ》に直してもらった。直してもらった側からアキに蹴り砕かれないよう、今朝は目覚まし時計とスマホのアラーム、そしてアルマの声と総力を結集し、何とか八時前に目を覚ました。そして今日が日曜であることに気づいて愕然《がくぜん》とした。

完璧だ。

シラヤマ・メルを家に迎える準備は完璧に整った。ついでに勉強会の準備も。

ヒカルはチャイムの音に導かれて階段を駆け下り、玄関のドアを開ける。今日招いた勉強会のメンバーがそこに立っていた。

「ヒカルくんおはよー。今日はよろしくね♪」

真っ先にヒカルの視界を埋めるのは、シラヤマ・メルの笑顔。休日の朝に見るこの輝きの前では、太陽すら霞む。

「おはよう！　シラヤマ……さ……」

その後ろでは、明らかにおやつに持ってきたであろうメルの手提げバスケットに、アキとジュンが我先にと手を突っ込んでクッキーを食べている惨状が繰り広げられていた。

「お前ら鳩か?」

みるみる顔を引きつらせていくヒカル。

そんな姉の隣で、フブキが申し訳なさそうに苦笑している。

今日の勉強会のメンバーは、自分を含めたこの五人＋三体のメカウデだ。

少しでも多く制服を着たいフブキの希望に合わせ、今日はメルも制服で来てもらっている。

できれば私服も見たかったが……。

〈そうか、彼女は私たちメカウデの存在を知ったのだったな。ならばもう隠れる必要はないのだな!!〉

玄関でメルの姿を認めたアルマが、ヒカルのパーカーからぴょこんと飛び出す。

「いや今までも言うほど隠れてなかっただろ」

アルマは学校内でも気を抜けば平気でパーカーのフードから出てくるので、ヒカルはよく肝を冷やしていた。

メルはにこやかに微笑《ほほえ》みかけながら、アルマの親指をつんっとつついた。

「アルマくん、私のことはメルって呼んでね!」

〈ああ、ずっとそう呼んでいたぞ!!〉

「少しは遠慮しろよ……!!」

小声で、しかし腹の底から振り絞るように釘を刺すヒカル。

四人を案内して二階に上がり、自室のドアを開く。

〈さあ、遠慮なく入ってくれ〉

メルが自分の部屋に入ってくれる多幸感のせいで、アルマへのツッコミが疎《おろそ》かになっている。

ヒカルは、小躍りするようにテーブルの上に教科書や筆記用具を用意し、皆に座るよう促す。

「じゃあ……私はここから、アキちゃんたちを見守ってるね！」

「一緒に勉強しようよ!?」

部屋の壁に同化を試みるメルを、必死に引き留めるヒカル。

一方ジュンは、教科書を広げるや、面倒くさそうに頬杖《ほおづえ》をついていた。

「俺は勉強なんてどうでもいいんだけどよ……トウドウの奴が『カガミグループの頂点を目指すなら中学の勉強ぐらいできるようにしとけ』って言いやがるから」

「いや大甘だろ……高校大学トップで卒業したってなれるポジションじゃないぞ」

将来この次男坊が出世していくのかと思うと、カガミグループの今後が気にかかる。

アキは苦手意識で固まっているのか、自分で勉強道具を出そうとしない。

「お姉ちゃん、一緒にがんばろ！」

姉として教えてやりたいと願っていたはずのフブキに用意してもらう始末だ。

自然、ヒカルもフブキのほうを応援したくなる。

「フブキ、何でも聞いてくれよ。俺もやれる限り教えるから」

「ちっ」

アキが露骨に舌打ちをしながら睨《にら》んでくる。

そんなヒカルとアキを見て、メルが目を輝かせていた。

「さっそく勉強が始まっているよ……人生《ラブコメ》という名の勉強が!!」

「試験にも受験にも、人生《じんせい》って科目は出ないんだけど……」

困惑するヒカルだが、自分の部屋にメルがいるという非日常に比べれば大抵のことはどうでもいい。

じんせい、と自分には聞こえたものの、メルは別の言葉を言ってそうな気がするが、それもどうでもいい。

メルがメカウデについて知っているとわかって遠慮がなくなったのか、シニスとデキスも姿を現して見守っている。

こうして勉強会が始まった。

ヒカルは勉強が得意なほうだ。テストでは学年トップとまではいかないが、どの教科も満遍《まんべん》なく高得点を取れている。だから勉強会でも、他の面々に教える余裕はある。

メルについては全く心配いらなかった。特に化学が強いようだ。ノートにハートマークが多いのが女の子らしい。自分とアキを見ながら、随時描き足しているように見えるが……。

そしてジュンは授業に遅れているだけで、勉強ができないわけではないようだ。自分で参考書を読んだり、時折ヒカルやメルにさりげなく質問することで、問題集をどんどん解いていっていた。地頭がいいのだろう。ヒカルは思わず感心してしまった。

アルマはヒカルの後頭部越しにメルの手元へと伸び、主に英語に興味を示している。彼のふにゃふにゃした筆致であれば、アルファベットのほうが書きやすいかもしれない。

フブキはまず歴史から取りかかっているようだ。今まで学校に通っていなかった分、彼女の遅れが一番深刻ではあるが、遠慮なく周りに質問していく熱意がある。

シニスとデキスは……フブキとアキをただじっと見守っていた。

問題は、そのアキだった。

特に数学が苦手だ。かけ算が何とかできる程度で、計算に括弧《かっこ》が絡んでくるだけでもう駄目だった。数式を見つめて唸《うな》るばかりだ。

もっともそれだけなら、フブキと条件は同じなのだが——

「結果は同じなんだから、素直に二×二と書けばいいじゃないか」

「違う違う。この例題が二なだけで、乗算ってのは必ず二を掛けるわけじゃないんだって」

ヒカルが訂正しても、納得する様子がない。彼女の意志の固さそのままに、頭が固いのだ。自分でこうだと思ったら、そこから思考を動かそうとしない。

「教え方がわかりづらい……」

「はー!?」

仕舞いには、根気よく教えているヒカルに責任転嫁する始末だ。それでも一応、申し訳なさそうに愚痴る程度の良心は持ち合わせているようだった。

この際一緒に教えてもらおうと、メルに視線でヘルプを送る。

「ヒカルくん。アキちゃんに勉強を教える時は、食べ物で喩《たと》えるといいんじゃないかな！」

「中三の数学で!?」

せっかくのメルの助言だが……メディアでちやほやされるような名物塾講師であろうとも、りんごやみかんを用いて二次方程式や因数分解を説明するのは困難を極めるだろう。

「！　そうだ！」

ヒカルは自分のノートを一枚破り、色ボールペンを使って簡単にみかんを四つ描いた。それを二つずつ線で区切って、二箱に分けたように見せる。

その下に、蔕《へた》をつけたメロンの絵も同じように四つ描き、やはり二箱で区切った。

その二種類の果物それぞれの箱と箱の間に×印を書いて、かけ算を表す。

「これはどっちも四個だよな。二×二はこういうこと。わかる？」

こくりと頷《うなず》くアキ。注がれる視線がえらい素直だ。

続けてヒカルは、みかんの上に①、と丸で囲んだ数字をそれぞれ書いていった。

「みかん食べた満足度が一とするだろ？　つまりそれが二個入ってるこれは、満足度二の箱」

箱と箱の間の×が生きているので……とペンで示し、

「このみかんの入った箱を空にすれば、満足度は四ってことな。じゃあみかんが一として、アキはメロン食った時どのぐらいの満足度がある？」

「……ものによるが……四、といったところか」

「じゃあこの箱は満足度が八。それが二箱あるってことだ」

やはり箱と箱の間に生きている×をペンでトントンと叩きながら、答えを書くヒカル。

「八の二乗は、六四。個数だけならどっちも四だけど、満足度って考えると別の答えになるだろ？　乗算っていうのは、要するに果物の個数じゃなくて満足度のことなんだ」

かなり苦しいが、精一杯捻《ひね》り出した理屈なので伝わってほしい、と祈るヒカル。

絵の配置でこじつけているだけで、突っ込んだ質問が来たら対処できそうにない。

「……。……なるほど、それならわかる」

ヒカルはふぅー、と額の汗を拭う。

マジで食べ物で説明したらわかってくれた。自分は意外と教師に向いているかもしれない。

「全く同じ数字同士をかけ合わせるっていう計算式だから、元の数字が大きくなればなるほど普通のかけ算よりメチャメチャ答えがデカくなるんだよ、乗算は」

「わからん」

「あー余計なこと言ったー!!」

補足説明が藪蛇《やぶへび》になり、頭を抱えるヒカル。

そこで、頭数が増えたと錯覚しそうな自然さでアキとフブキの隣に浮いているシニスとデキスに助けを求めることにした。

「なあシニス、デキス……お前らからも何かアドバイスしてくれない?」

二人のメカウデは顔を見合わせ、

〈私はアキさまフブキさまと一緒に学んでいるつもりだ〉

〈さっきの説明は俺もまあまあわかったぜ。褒めてやるよ、ヒカル!!〉

暗に無理ですと言ってきた。項垂《うなだ》れて孤独な戦いに戻るヒカル。

「ちっ……型落ちのスマホより使えねーやつらだな」

ジュンはシャープペンを指で回しながら、聞こえよがしに毒づいた。

デキスとシニスは猛然と反論する。

〈あぁ!?　スマホで敵と戦えんのかてめえは!?〉

〈そもそも、歴史はまだわかる！　自分が住む世界のことを識《し》るのは大切だ。けれどこんな入念に数字を記号で閉じ込める計算が、どこで役に立つというのだ!!〉

「メカウデとの共存だろうが！　おめーらの意味不《イミフ》な生態曝《あば》くには、この何百倍も難しい数式と睨《にら》めっこしなきゃいけねえんだぞ!?」

ド正論と共にジュンに指差され、二人揃ってガーン、と打ちのめされるシニスとデキス。

「だからお勉強は大事なんだよ、シニス。少しずつやっていこうね、私と一緒に」

よしよし、とシニスの頭を撫《な》でるフブキ。

〈面目ありません……私にはお二人の肩を揉《も》むくらいしか手伝えることはありませんが……〉

〈じゃあ俺は腰を……くっ……〉

鐵《くろがね》の双腕《そうわん》が珍しく揃って涙目になりながら、適合者姉妹をマッサージしている。

「いいから一緒に勉強しろよ……」

メカウデたちからの助力を諦めたヒカルを見て、アルマが深刻そうに唸《うな》る。

〈むう……この何百倍か。これは険しい道のりになりそうだな、ヒカル!!〉

「何で俺がそんなやばい計算できるようにならなきゃなわけ!?」

激しい疲労感に襲われながらも、ヒカルは満足していた。

アキと、アルマの希望が合致して開いた会だが……こうしてメルも一緒になってメカウデを交え、他愛のない談笑をしながら勉強をするのは楽しいからだ。

惜しむらくは、ジュンとデライズしているのは意思のない人造メカウデだということだ。

別にジュンが寂しそうに見えたわけではない。

ただフブキたちの仲睦《むつ》まじさを感じていると、やはりジュンが自分のメカウデと話しているところも見てみたいと思ってしまう。それは、自分の我《わ》が儘《まま》だろうか。

ジュンの言うように、このノートに書かれた数式の何百倍も難しい計算を解くなど望むべくもない自分では、そんな可能性を夢見ることは烏滸《おこ》がましいのだろうが――。

○
●

キタカガミ市内に点在する、カガミグループ分社ビル。

そのうちの一棟を、崩壊した本社ビルの再建築が終わるまでの拠点とし、カガミグループの業務は再開されている。

壁一面のコンソール、モニター表示機能のあるテーブル、ホログラフのウインドウ。それらコンピュータ類の灯りを光源とした薄暗い部屋が、ビルの最上階に整えられている。

研究畑のナオヒトが落ち着いて仕事のできる環境であり、密談をするにも相応《ふさわ》しい、カガミグループならではの社長室であった。

社長室にいるのは三人。

エグゼクティブデスクに座る社長ナオヒトと、彼から向かって左に立つトウドウ。

そしてその右に立つもう一人は、太い眉と髭《ひげ》を蓄えた屈強な初老の男――カガミグループ専務取締役・サクガだった。

メカウデの兵器化を推進し、自分と会社の利益をひたすらに追求する野心の塊。

危険な獅子身中の虫である。

「元カガミグループ関係者の仕業《しわざ》と思《おぼ》しき一連の暗躍と、連日送られてくる脅迫状の件についての……白鴉《しろがらす》の調査で諸々判明しました」

トウドウはタブレット端末を手に、諜報活動も担う自らの部隊『白鴉』からの報告書を淡々と読み上げていった。

ナオヒトは組んだ手に顔を預け、黙って報告を聞いている。

「先のオルデラの一件で、カガミグループからは大量の離職者が出ましたが……」

サクガは話の腰を折るようにフン、と大きく鼻を鳴らした。会社利益最優先の彼にとって、社員の大量離脱は由々しき事態である。

「その中の一部が密かに結託。メカウデを兵器として世界を支配するという、旧体制の復活を目論《もくろ》んで暗躍しています」

そこで一拍置き、目端でこっそりサクガを窺《うかが》うトウドウ。彼は表情にこそ出していないが、明らかに今の報告に興味を持っている様子だった。

「反乱組織の名は〝アルヴィノ〟――」

組織名を聞いて、ナオヒトが眉を動かす。

「アルヴィノ……理念《いろ》を失った今のカガミグループを皮肉った組織名、か」

アルヴィノ。先天性の遺伝子疾患による色素欠乏の病気や、その現象を指す言葉。

本来の体色とは異なる真っ白な動物などがそれだ。

「所詮は落伍者の集まり、叩き潰してしまえばいい!!」

気色《けしき》ばんで喚声をあげるサクガ。

「社員のスト程度に考えられれば楽だったんですが……そう簡単にはいかなさそうですよ」

トウドウはナオヒトのデスク上にウインドウを投影させ、自分のタブレット画面と内容を共有する。

「本社ビルと研究所の崩壊で消失したと思われていた一部のメカウデが、アルヴィノの構成員に持ち去られていたようです」

ウインドウに表示されたのは、カガミグループ社員の全身写真だった。生年月日、所属部署など、細かなデータが併記されている。

それは車椅子に乗った、前髪で目の隠れた子供だった。

「首謀者の名はカグラ・ミコト。社長と同じ、Ｄｒ《ドクター》．Ｇ《ジー》の薫陶を受けた一流のメカウデ研究者です……ただし、まだ一〇歳の少年ですが」

ウインドウを見るや、げっ、とわかりやすく狼狽するサクガ。

「どうやら、会社に黙って密かに研究を進めていた部署の責任者のようですね……まあ、御存じだった方もいるようですが」

トウドウは当て擦るような視線をサクガへと投げる。

「儂《わし》は数いる研究員の一人ぐらいにしか把握しておらん！　子供だし、好きな研究をしたいというから自由にさせていただけだ!!」

知らぬ存ぜぬは通らないと悟ったのか、サクガは早口で言い訳を始める。

「だいたい、組織名が怪しい！　『白い鴉《カラス》』だってアルヴィノだろう。もしやお前、何か関係しているんじゃないのか!!」

そして言葉の途中で突つきどころを見つけ、鬼の首を取った勢いでトウドウを糾弾した。

「ああ～、それは気づきませんでした。確かに誤解を招きますね……クレームを入れておきます」

本気で感心したトウドウは、やれやれとお手上げのジェスチャーをする。しかしサクガはそれを嫌味と受け取り、こめかみに青筋を浮かべていた。

「……」

ナオヒトの無言の圧力を感じたのか、サクガはわざとらしく咳払いをして、強引に話を逸《そ》らそうと試みた。

「ちっ！　分家の小僧風情が……それなりに使えると思って重用してやっていたのを、勘違いして思い上がりおって！　あいつこそ正真正銘、一族の面汚しだ!!」


「へえ、じゃあ暫定《ざんてい》の面汚しは誰だったんだ？」


背後からの声に、ギクリとして振り返るサクガ。

出入り口横の壁に背をもたせ、ジュンが立っていた。サクガが気づかなかっただけで、最初から室内にいて話を聞いていたようだ。

ポケットに両手を突っ込んだまま、こちらへ悠々《ゆうゆう》と歩いてくる。

「こ、これは坊ちゃま……！　その、退院おめでとう!!」

サクガは気まずそうに作り笑いを浮かべ、すごすごと立ち去っていく。これ以上この場にいるとまずいと判断したのだろう。

しかしすれ違う瞬間にサクガが憎々しげに歯噛《はが》みしたのを、ジュンは見逃さなかった。

社長室のドアが閉まったのを確認し、鼻を鳴らすジュン。

「サクガのおっさんはＡＲＭＳ《アームズ》との協調路線に納得してねえんだろ。このまま今までどおりにできんのかよ」

さすがにこの場では言葉にこそしなかったが、はっきり言ってアルヴィノの旧体制を目指す活動目的はサクガにも都合がいい。放っておけば、裏から援助をする可能性だってある。

「彼はれっきとしたカガミの一族で、社の取締役だ……無下にはできない」

あくまで社長としての判断を下すナオヒト。ジュンにもそれは理解できるが……それにしてもカガミの親戚の立場で、よく分家を悪し様に言えたものだ。

「……と思っていたが。結果的にアルヴィノ発足の原因を作ったとなれば、処分は免れんだろう。次の取締役会は荒れそうだな」

珍しく悪戯《いたずら》っぽい笑みを浮かべる兄を見て、ジュンもくくっと笑う。

ジュンが聞いた話では、サクガはオルデラの再起動実験の折、アルマを奪って一人で逃げようとした疑いが持たれている。

それについては本人が色々言い訳をして処断を逃れ、ギリギリ黄信号で済んでいた。そこへ今回の一件で過去からもう一枚イエローカードが飛んできて、合わせ一本になった形だ。

「兄貴。さっき話に出た、Dr《ドクター》．G《ジー》……こっちにはいつ帰って来るんだ」

「今夜には到着されるとの話だが……」

言いながら、トウドウを窘《たしな》めるように視線で刺すナオヒト。「言ったのか」と。

トウドウは素知らぬ顔で肩を竦《すく》めた。

「アスクレピオスについてか。確かに彼なら、何かわかるかもしれん……」

ナオヒトは顎《あご》に手をやって思案顔になる。

「だがそれはあくまで、自分の体調を整えるためだ。アルヴィノの件はこちらで処理する。いいな、ジュン」

「わーってるよ。俺だって元カガミグループのはぐれ者たちなんか相手にしたくねえし。……それよか、ヒカルとアルマを巻き込むんじゃねえ。あいつらはもう関係ないんだからな」

すでに都合二度、反逆者の手の者による襲撃を許している。これ以上身内の恥に、無関係の少年を巻き込むわけにはいかない。

「もちろんだ。これは……カガミグループの問題だ」

ナオヒトが視線で指令を伝えると、今度はトウドウも首肯《しゅこう》で応じた。

「ええ。ちょっと出てきます」

粛々《しゅくしゅく》と退室したトウドウと入れ違いで、ドアの外にいた者を呼び入れるナオヒト。

「イチキシマ」

ヒールを鳴らして入室してきたのは、眼鏡をかけたスーツ姿の女性だった。

肉感的なスタイルと、吸い込まれそうな三白眼。

ナオヒトとは幼馴染で、社長就任前から懇意の仲であると噂される、カガミグループの古株だ。

「しばらく、ジュンを頼む。例の件も含めてな」

「承知しました」

兄は不可解な業務命令を告げ、秘書はそれを淡々と受領する。

動揺したのは、ジュンだけだった。

「は!?　何でお姉ちゃ……」

言いかけ、ジュンは大慌てで手で口を塞いだ。

「…………兄貴の秘書が!!」

訂正しても時すでに遅く、耳まで真っ赤になっている。

まるで、学校で先生を「お母さん」と呼んでしまった子供のような恥ずかしさだ。

ナオヒトは問いかけに応じず瞑目《めいもく》している。

逆にイチキシマは、ジュンを無言でじっと見つめてきた。笑みも困惑もなく、ただ無表情で。

「～～～Dr.《ドクター》の居場所、後で送れよお!!」

耐えられなくなり、ジュンは猛然と社長室から逃げだした。

それはもう、かつてないほどの全速力で。

すっかりとジュンの姿が消えた後、イチキシマは無表情のまま首を傾《かし》げた。

「お姉ちゃんで構わないのですが……」

「私のことも、もうお兄ちゃんとは呼んでくれない……寂しいが、思春期とはそういうものだろう」

　わかっているつもりで思春期の心をいまいちわかっていない二人だけが、社長室に残されたのだった。

○●

　夜の廃工場群。

　自然光だけに照らされる朽ちた建造物の連なりは、文明の滅んだ死都を思わせる。

　そんな廃工場群の中を、二条の光が探るようにして移ろっていく。

「ここだって聞いたんだが……」

「メカウデどころか、人っ子一人いないじゃないか」

　カガミグループの警備員服を着た二人の男が、懐中電灯を手に歩いていた。

　と、一方の男のライトが気配を探り当てた。

　緊迫して腰の携行武器に手をやる二人。よく照らしてみると、それは車椅子に乗った小さな子供だった。

　一瞬幽霊かと思い声を上げそうになったが、ちゃんと生きている人間だ。

「きみ、こんな時間にこんな場所で、何をしているんだ」

「お父さんか、お母さんは？」

男たちは、保護しようと手を差し伸べる。

「いないよ」

少年の座る車椅子の背もたれの上に、山吹色の小さな光が灯る。

無機質な幼い声を聞いた直後、男たちは気を失って地面に倒れていった。


程あって、新たな靴音が廃工場群に響き始めた。

車椅子の車輪を回転させ、ゆっくりと音のほうを向く少年。

「困りますね、飽きもせず毎日あんなものを送りつけて。かまってちゃんに付き合うほど、みんな暇じゃありませんよ――カグラ・ミコトくん」

全身を黒の衣装で包み、ハットを目深に被り、目を眇《すが》め――完全に闇に溶け込んだ存在が、あえてその身を晒《さら》す。

ミコトの前に現れたのは、トウドウだった。

「それにしても不用心ですねえ。クーデターの首謀者は、お散歩などせずに拠点でどっしり構えていなくては」

「慣らし運転をしておきたくて。アルビトリウムを活性化させていれば、勝手にそっちのほうから来てくれるんだから、楽だよね」

ミコトの座る車椅子から光の線が伸び、何かが宙に持ち上がっていく。

上弦の月——新月から満月へと至る真中に位置する月。

光と影を等しく備えた月光に照らされ、黒いメカウデが姿を露わにした。

「……？」

それを目の当たりにしたトウドウの貌《かお》が、当惑に彩られる。

メカウデは『ウデ』型機械生命体であり、その姿は全て人間の腕や手を模した形となる。

能力や特性がそれぞれ違うように、あたかも動物や昆虫のような意匠が見た目の差異として顕《あらわ》れるのだが……そういった特徴を備えない、ただ腕としての形だけを持つメカウデが、二体だけ存在する。

アルマとフィスト——メカウデを導く特別な存在の兄弟だ。

しかしミコトにデライズしているのは、紛れもなく『腕』のメカウデだったのだ。

ただの腕ではない。

細い指。空洞化した身体。骨髄のように内部を走る、山吹色のアルビトリウムの筋。

人間の腕の骨——『朽ちて白骨化した腕』とでもいうべきメカウデだった。

その証拠にメカウデが感情を表す目の部分の光球も、眼窩《がんか》のように窪んで小さな光が見えるだけだ。

トウドウは資料で流し読みしただけの情報を思い出した。

「人造メカウデ、ロストナンバーX《テン》……やはりオルデラ暴走事故での消失に見せかけて、持ち出していましたか」

「これは僕が作ったものだからね」

「なるほど、確かに専務の言うとおり……自由にさせすぎたようですね。誰が作っても、会社の物は会社の物ですよ」

悪びれずに主張するミコトに、トウドウも叱るような口調になる。

「いくら未知数の性能があろうと、メカウデ一つでカガミグループは揺らぎません」

「本社ビルが木っ端微塵《こっぱみじん》になる前なら、信憑性《しんぴょうせい》がある台詞だったのにね」

カガミ家一族を長きにわたり支配していたアマリリス——それを陰から操っていたフィスト。詰まるところカガミグループは、一人のメカウデに踊らされていた。ミコトの言い分のほうが理に適《かな》っていた。

「では……投降するつもりはない、ということでいいんですね?」

苦笑を深めるトウドウだが、目許からはすでに笑みが消え失せていた。

黒いロングジャケットの背の中から銀色の光が伸び、彼の身体を螺旋《らせん》状に取り囲む。

その先端には二本の鋏《はさみ》を構え、尾を立てた蠍《さそり》めいた頭部が備わっている。

トウドウのメカウデ、アラクランだ。

ミコトの返事を待たず、トウドウは右掌《てのひら》を衝《つ》き出してアラクランを撃ち放った。

黒い人造メカウデも勢いよく飛び立ち、両者のちょうど中間で邂逅《かいこう》する。

豪快に響く硬質の激突音が、戦いの狼煙《のろし》となった。

蛇腹状に本体が伸長しているアラクランと違い、黒い人造メカウデはアルビトリウムの光でミコトと繋《つな》がっている。腕一本分の大きさしかない。

しかし見た目こそ華奢《きゃしゃ》だが、その膂力《りょりょく》は重量級のそれだった。

トウドウ自身も廃工場の屋根に飛んだり壁を走ったりしながら、フェイントを交えた軌道でアラクランを繰り出す。

対照的に、車椅子に乗ったミコトはその場から全く動かず、それらの攻撃をやすやすといなしていった。

アラクランが鉄骨を斬り裂く。

黒い人造メカウデがコンクリートを砕く。

剝《は》がれて舞ったトタンの壁が半分に断ち割れ——一つは細切れに断裂され、もう一つは穴だらけになって千切れる。

二人の激突で、周りの廃工場がみるみるうちに倒壊していった。

人造メカウデはその特性上、適合者に馴染《なじ》むまで時間がかかる。ジュンがそうだった。

ミコトの言うとおり、今はまだ慣らし運転。それでこの戦闘力は、危険すぎる。

（これ以上、ミコトくんに経験を積ませるのはまずいですね――）

未知数の人造メカウデを相手に、力を推し量るよう立ち回っていたトウドウだが、そう判断してからは一気呵成《いっきかせい》に攻め込んだ。

アラクランの頭部が一八〇度転回して鋏《はさみ》をカバー状に閉じ、尾の部分から刃めいた鋭い針を出現させる。

デライズしたメカウデ使いもろとも麻痺させる毒針。

アラクランの切り札だ。

シャベルで掘り進むように地面を抉《えぐ》り、土砂を目隠しにしてミコトの死角へと針を回り込ませた。

必殺の一突きが、黒いメカウデの上腕部へと突き刺さる。

毒状のアルビトリウムを注入され、黒いメカウデに走る山吹色のラインにノイズが走る。

勝ちを確信した瞬間――人造メカウデの窪んだ眼窩《がんか》の目玉がぎょろりと動き、トウドウを睨《にら》み付けた。

〈その不快なものをどけろ〉

地の底から響いてくるような、禍々《まがまが》しい声だった。

「なっ……!?」

常に余裕を湛《たた》えた微笑を崩さないトウドウが、驚愕で目を見開く。それほどの衝撃だったのだ。

人造メカウデが――言葉を話すなど。

しかも、聞き覚えのある声色だった。

「その声……その人造メカウデは、まさか……!!」

トウドウの身体が、攻撃態勢のまま空中で固まった。まるで、蜘蛛《くも》の糸に囚われた蝶のように。

急速な虚脱感に襲われ、懸命に意識を保つトウドウ。次の瞬間、雷に撃たれたような衝撃が彼の全身を駆け巡った。

「ぐっ……ああああああああ……!!」

力なく落下し、地面に倒れ伏すトウドウ。形を保ったまま、機能不全を起こしたアラクランが、彼の前に崩れ落ちる。

何故、アラクランの攻撃が通用しなかった……!?

メカウデが毒を耐えきるのは、まだわかる。仮に人造メカウデだから効果が薄いという理屈でも納得はできる。

だがそれを操る人間にまで、効果が全く及ばないなどありえない。

ましてミコトは訓練されたメカウデ使いではない、ただの科学者なのだ。

激痛に喘ぎながら必死に推測するトウドウへ、ゆっくりと黒いメカウデが伸びてくる。

「ねえ、アマツガ・ヒカルくんがどこにいるか知ってる？」

「……今さ、ら、アルマを、どう……」

「アルマじゃなくて、アマツガ・ヒカルくんはどこ？　って聞いているんだけど」

アルマではなく、アマツガ・ヒカルを探し、求めている……何故……!?

懸命に疑問をぶつけようとするが、吐息が漏れるだけで声にならない。

「まあいいや、貰《もら》うよ。アラクランも、トウドウさんも」

「ッ……!!」

トウドウが覚悟を決めた瞬間。

ミコトの前で何かが弾け、周りは一気に濃い煙で覆われた。

『けむっ……！　こりゃマスク必須だったわ……!!』

場にそぐわぬ呑気《のんき》な声が聞こえ、ミコトは小さく驚き声を漏らした。

くぐもっていたが、聞き慣れた声だったからだ。

煙が晴れると、トウドウも、アラクランも忽然《こつぜん》と姿を消していた。

謎の第三者が煙幕を張り、一緒に逃走したのだろう。

〈逃げたか〉

黒い人造メカウデはミコトの首元まで縮み、つまらなげに吐き捨てた。

「けどこれで、トップクラスのメカウデ使いも僕たちには敵わないってわかった」

讃えるように人造メカウデを撫《な》でさすりながら、ミコトは歪《ゆが》んだ笑みを作った。

「計画を次の段階へ進めよう――〝オルマ〟」

○●

ARMS《アームズ》本部内にある、クエン専用のコンピュータールーム。

エルジスが健在の時は、彼の目を逃れて内密な話をする時に度々使われた場所だ。

クエンから連絡があり、アキは今日久しぶりにこの部屋を訪れていた。

「ヒカルが……狙われている!?」

物凄い剣幕で叫ぶアキ。

眼鏡をかけた研究者、クエンは思わず「しー」の仕草で落ち着くように促す。この部屋は防音仕様だが、気分の問題だ。

「きゅ、旧カガミグループの不満分子が集まって、水面下で良からぬ動きをしているみたいなんです。アキさんを襲撃したのも、その組織の奴らです」
アキの形相と迫力に気圧《けお》されながら、恐る恐るコンソールのキーを叩いていくクエン。
「ここ数日、社長宛に毎日同じ文面の脅迫状が届いているようなんですが……身内の恥だと思っているのか、ARMS《ぼくたち》にはその情報を共有しようとしません。カガミグループのメインサーバーをハッキングして得た情報です」
相変わらず危ない橋を渡る科学者だ。
モニターに表示された脅迫状の文面に、アキは眉を顰《ひそ》める。
メカウデとの共存は不要
カガミグループは即刻
在るべき姿を取り戻すべし
次の満月までに要求を受け容れぬ場合
キタカガミ市全域を焦土《しょうど》へ変える
かつての理念を尊ぶ者たちより

「何だこの、わけのわからない脅迫文は……!!」

念のため縦読みを試してみるアキだが、特に隠されたメッセージはなさそうだ。

「まあ、稚拙ではありますが……言いたいことは書いてあります」

要求とタイムリミット、それに反した場合の報復内容。

曖昧な差出人だが、複数名であることを示唆している。

適当に書いたようでいて、情報を漏れなく記した文章だ。

「カガミの新体制に不満を持っている連中がいるのはわかった」

はっきり言ってアキは、これからもカガミグループと必要以上に馴れ合うつもりはない。

身内で争うなら、勝手にしろという感じだ。

だがその争いにヒカルが巻き込まれるとなれば、話は別だ。

「しかし狙われているのは……本当に、アルマじゃなくて、ヒカルなのか」

先ほどクエンから聞くやいなや、思わず声を荒らげてしまった情報を、念を押して聞き返すアキ。クエンは重々しく首肯《しゅこう》した。

「もちろん、アルマもターゲットではあるかもしれない。ですが、ここ数日でアキさんが撃退した連中は皆、アマツガを攫《さら》うように命令されていたとのことです」

「何だとっ!?」

耳をつんざくような大声で詰め寄られ、思わず両手を差し出して顔を庇《かば》うクエン。

「こ、この前アキさんが捕まえた女性についての、調査部の報告ですが……」

クエンの操作でモニターにデータが表示される。女性の社員証の画像、それに無数の線が繫《つな》がって、様々な個人情報が羅列されていく。

「彼女、カガミグループの人造メカウデ開発部門に所属していたようです」

アキは解《げ》せないという面持ちで、腕組みをしながらモニターを睨《にら》む。

「人造メカウデは、カガミグループの中でも相当な機密情報のはずだろう。その開発に携わっていたような連中まで、反乱に荷担しているというのか？」

人造メカウデ……ジュンのアスクレピオスなどのことだ。カガミ家の人間が専用で扱うメカウデの開発となると、トップ中のトップシークレットのはず。

そんな重要な部署から人材の流出を止められないほど、今のカガミグループは揺らいでいるということなのか。

アキの更なる反論を予想して躊躇《ためら》いながら、クエンは恐る恐る言葉を継ぐ。

「尋問した内容によると……どうもそいつらは、アマツガを攫って研究しようとしているみたいで……」

「ふざけるな、ヒカルは普通の人間だぞ!!」

アキは怒りに任せ、空き椅子の背面を殴りつける。

思ったとおりのリアクションにたじろぎながらも、クエンは頑張って語調を強めた。

「そうは思っていない人間も……少なからずいるってことですよ。〝普通の人間〟で済ますには、アマツガのもたらした戦果は大きすぎます」

「……それは、そうだが」

「正直僕も、アマツガのことはよくわかりません。最初は常人を遥《はる》かに下回るアルビトリウム値しか持たなかったはずの彼が……なぜあそこまで強くなれたのか。アルマ自体が特異な存在だとはいえ……他のメカウデ使いで同じ結果になるとは思えないんです」

検査した当のクエンにとっても、アマツガ・ヒカルは理解を超えた存在だ。

まして普段のヒカルとアルマを知らないカガミグループの人間からすれば、トリガーアームを十全に操る超人的な少年としか映らないのだろう。

「おそらく反逆者たちはオルデラ暴走事故のどさくさに紛れて、いくつかメカウデを持ち去っているはず。けどそれだけじゃ戦力差を覆せっこないって、自覚しているんでしょう」

新体制に残ったのは皆、カガミグループでもトップクラスのメカウデ使いたちだ。無論、協力体制にあるARMS《アームズ》のメカウデ使いも反逆者たちにとっては敵となる。

多少メカウデを用意した程度では、反乱は成功し得ない。そこで——

「ヒカルを手に入れて研究し、反乱の切り札として使おうというわけか。下種どもめ……!!」

アキは腸《はらわた》が煮え返る一方で、背筋の凍る思いだった。

ドーナツ店帰りに遭遇した最初の襲撃者……いくら武器を携行しようと、メカウデなしでトリガーアームを狙うなど妙だとは思っていた。

あれはヒカルがアルマと一緒ではないことをわかった上で、メカウデ用のテーザー銃を使おうとしたのだ。ヒカルが普通の人間ではないと、勝手に妄信して。

あの時、自分が駆けつけるのが少しでも遅かったら……。


「──そんなことは絶対にさせません。ヒカルは、私が守る」


怒気も露わに力強く踵《きびす》を返すアキ。

「……」

クエンはその背に向けて思わず手を伸ばしかけ、すぐに力なく下ろした。

それに気づいたわけではないだろうが、アキは不意に振り返り、

「クエン……教えてくれてありがとう。これからも宜しく頼む」

微笑《ほほえ》みと共に凛々《りり》しく謝意を伝え、今度こそ部屋を後にした。

「アキさん……」

胸に苦みが広がっていくのを感じ、複雑な面持ちで俯《うつむ》くクエン。

少なくとも彼が知る限り、アキはいつも無表情かしかめっ面《つら》だった。

どれだけ尽くしても……などと言うのは烏滸《おこ》がましいが、どんな情報を伝えても表情は変わ

らなかった。

微笑《ほほえ》みかけてもらったのは——これが初めてかもしれない。

けれど、心から喜ぶことはできなかった。

その笑顔が本当は自分にではなく、ここにはいない誰かへと向けられているのが……理解できてしまうからだ。

先ほどアキが背もたれを殴りつけた椅子が一八〇度回転し、座面がクエンのほうを向く。

「アキちゃん、こりゃまた突っ走りそうだね～」

そこには、カヤノがちょこんと体育座りをしていた。

「カ、カヤノさん!?　ずっとそこにいたんですか!?」

カヤノは両頬杖《ほおづえ》をつきながら、ジト目でクエンを問い質す。

「いいの？　あんなこと教えたら、アキちゃんますますヒカルくんにベッタリになるわよ？」

「ぐっ……!!」

やはり最初のあたりから全て聞いていたようだ。

クエンは精一杯虚勢を張り、眼鏡のブリッジを震える指で押し上げる。

「……事前にわかっているほうが、アキさんも対処がしやすいはずです。あくまで、アキさんの安全を第一に考えてのことですから」

率直に言って、クエンはアキに好意を抱いている。アキが絶え間なく警護するヒカルを羨《うらや》まし……もとい、忌々《いまいま》しいと思ったのも一度や二度ではない。

しかしだからといって、ヒカルに襲撃者にやられてしまえなどとは間違っても思わない。

クエンはすでにヒカルのことを認めている。

科学者としてではなく……一人の男として。

認めたくはないが、認めている。どんな難解な方程式よりも複雑な男心だ。

歯を食いしばって打ち震えるクエンの顔を、カヤノのネズミ型メカウデ・チュラが覗き込む。


〈報われない想いって、綺麗だね……カヤノ〉


そして幼女めいた声で、だいぶ残酷なことを口走った。

「おわ――――喋《しゃべ》った――――!!」

「喋るよそりゃ、メカウデなんだから」

心外そうにチュラを撫《な》でるカヤノ。

しかしクエンはカヤノとそのメカウデとともに多くのミッションをこなしてきたが、まともに喋ったのを聞いたのはこれが初めてな気がする。

チュラも、これまでの事件とは違う異質な何かを感じ取っているのかもしれない。

クエンやカヤノといった情報を扱う者たちは、またこれから忙しくなりそうだった。

○●

「ここがＤｒ．《ドクター》Ｇ《ジー》のいる研究所か……」

キタカガミ市を訪れたという、Ｄｒ．Ｇの拠点。ジュンがナオヒトから聞いて訪れた場所は、外観を普通のオフィスビルに擬装した研究所だった。

もちろん、ジュンも初めて来る場所だ。

協力関係を結んだとはいえ、カガミグループもまだまだＡＲＭＳ《アームズ》に手の内は見せていないということだろう。

長い廊下を歩いていく。通り過ぎる左右のガラス張りの部屋の中では、キューブ状態のメカウデを前に話し合う科学者らが見えた。

目的の部屋は、ジュンが近づいただけで横開きにドアが開いた。

複数の巨大な培養器に、メカウデキューブが無数に保管されたケース。

それらに囲まれ、腰に二重のベルトがついた白衣を着た人物が見えた。

黒服にサングラスという、いかにもな護衛が三人控えている。

兄ナオヒトは、側近のメカウデ使いであるトウドウがボディーガード代わりも務めているとはいえ、こう見るとその現カガミグループ総帥よりも警護が厳重に感じる。この人物の重要性が窺《うかが》えた。

「あんたがDr．Gか」

ジュンが声をかけると、白衣の男は肯定するようにゆっくりと振り返る。

左右と天に逆立つ、十字架のような髪型。口を囲み、揉《も》み上げと繋《つな》がった白髭《ひげ》。

左目には、大きな引っ掻《か》き傷の痕のようなものが刻まれている。

兄のナオヒトが師事したという天才科学者、Dr．G。

想像していたよりも若々しい見た目だった。

トレッキングブーツや大型の手袋といい、エネルギッシュな冒険者のような雰囲気すら感じさせる。

「そのとおり。だが友人たちはマッジイと呼ぶ。お前もそう呼んでくれていいぞ！」

親指で自分を示しながら、自慢げに名乗るマッジイ。

「Dr．Gって、爺《じい》のジーかよ！」

口ぶりも若く、ジュンは、少々虚を衝《つ》かれた。とても老境の雰囲気ではない。

あと近づいてわかったが、気のせいか焦げ臭い。

気を取り直して、本題に移った。

「あんたは人造メカウデにも詳しいって聞いた。俺のアスクレピオスを調整してくれないか」

「いいだろう。その代わり、条件がある」

「条件？」

訝《いぶか》しんで顔を固くするジュンに、マツジイは意味深な笑顔を向けた。

○●

勉強会から数日が経過。その日は朝から、アキの様子が変だった。

ヒカルの自室の窓から入らず、家の玄関まで迎えに来たのだが、彼女がこうする時は逆に何かおかしいのだと経験則でわかる。そしてその予感は的中した。

通学電車内では、まるで壁ドンをするようにヒカルの前に立ち。

最寄り駅から学校までの通学路を歩き始めるや、ヒカルを両腕で庇《かば》いながら、周囲を小刻みに動き回る。

「いいか、周りの全てを敵だと思え。どれだけ用心してもし過ぎということはない」

「えぇー……」

恐ろしく殺気立ち、目につくもの全てにガンをつけていく。

民衆の前で演説中の大統領のＳＰでさえ、もう少しはリラックスしているだろう。

「お前はこっちだ……内側を歩くよう心がけろ」

さらに道路沿いの歩道では、先だって外側を歩いていた。

護衛を張り切るにしても、限度がある。

先日の複数人からの襲撃に端を発して気を張り詰めているのかと思ったが、少なくともあれから数日は普段と変わりはなかった。いったい何があったのだろう。

キャン、と可愛らしい声が聞こえ、ヒカルは視線を向ける。

歩道に白いポメラニアンがいた。若い女性にリードを引かれて朝の散歩中のようだ。

くりっとした瞳に見つめられ、思わず顔を綻ばせるヒカル。

しかし自分の隣を歩く狂犬は、そんな可愛さの権化《ごんげ》にまで敵意を剝《む》き出しにする。

「ぐるる……!!」

腕を突き出してきて庇うようにヒカルを下がらせると、事もあろうにポメラニアンに向かって唸《うな》りだした。

「何人《なんぴと》たりともヒカルには近づけさせません！」

「何人っていうか何犬《なんいぬ》だぞ」

飼い主のお姉さんは最初面食らっていたが、ヒカルとアキとを交互に見やった後何かに得心した様子で、口許に手を添えて「うふふ」と嫋《たお》やかに微笑《ほほえ》んで去って行った。

いったい何がうふふなのだろう……。

この分では野良猫にでも遭遇したら、文字どおりキャットファイトを繰り広げかねない。

げんなりしてアキに訴える。

「なあアキ……アルマは一緒じゃないんだから、そんなに気を張らなくてもいいだろ？」

「それは……お、お前の危機感を養う訓練だ。このくらいで丁度いい」

どことなく言い訳がましいと感じていると、アキは横断歩道に差しかかるや咄嗟《とっさ》に肩を掴《つか》んできた。

「待て。念のため、白線の上だけを歩いて渡れ」

「お前は危機感養いすぎてバグってるじゃねえか!!」

小学生の遊びめいた謎ルールを拒否すると、アキはむっとして手首を掴んできた。

そしてヒカルの左手に自分の右手を重ね、指と指を深く絡めてくる。

俗に言う恋人繋《つな》ぎだ。

「なななな何してんの急に!?」

「何って……私はフブキと力を合わせる時、こうして手と手を固く握り合うのだが？」

「俺フブキじゃない!!」

動揺のあまり、ヒカルのツッコミもひどくシンプルだ。

「こうでもしないと、お前は勝手にちょこまかと歩き回るからな。それとも、リードをつけて引かれたいか？」

「それはそれで嫌だー!!」

先ほどのポメラニアンを思い出し、過酷な二者択一に苦悩する。

なんとか手を振り解《ほど》こうと振り回すが、万力で挟まれたようにビクともしない。

……女の子と手を繋いでいる時に使う喩《たと》えだろうか、それは。

「む！」

弾かれたように振り返るアキ。ヒカルも死んだ目でゆるっとそれに続く。

「♡二人とも♡、おはよー♡♡♡」

シラヤマ・メルが満面の笑みで手を振っていた。ハートマークが言語となって聞こえそうなほどの浮かれ声だ。

「敵襲の時と同じ気配を感じたんだが、気のせいだったようだ」

メルは何故、アキが敵のメカウデ使いと間違うような気配を出しているのだろう。

「おはようシラヤマさん……今日もめっちゃ笑顔だね」

「めっちゃめっちゃ笑顔だよぉ……ラブコメ様に表情筋を破壊されちゃって元に戻らないよぉ……」

一大事だった。

「メル……たとえお前であろうと、」

「待ってアキちゃん！」

皆まで言わすまいと、平手を突き出してアキを制するメル。そのまま横断歩道の白線の引かれていない部分に立ち、地面を指差した。

「見て、これで私はもういなくなったの。身体は消えてなくなって、ヒカルくんとアキちゃんを観測する精神だけがここに存在しているんだよ」

「え、哲学？」

かつてないほど困惑するヒカルだったが、車が左折してきたので取り急ぎ道路を渡る。言われたとおり、白線の上だけを歩いて。

ご丁寧にメル精神体（自称）は、白線ではない部分だけに足を運んで横断歩道を渡った。


学校が近づき、生徒の数も増える。当然、手を繋《つな》いで登校している姿も見られる。

ヒカルは半ば脱魂した面持ちで、骸骨のようにカタカタとぎこちなく歩いていく。

校門の前に差しかかると、ジュンが逆方向からやって来るところだった。

自分とアキの繋がれた手を見て、大仰に首を傾《かし》げる。

「は？　何お前ら、やっと……」

いったい何がやっと、なのだろう……。

アキは眉を怒らせ、ジュンを睨《にら》み付けた。ヒカルの手を握る万力のような力が、この上まだ増す。

「忠告しておくが……！　たとえお遊びでも今の私に攻撃を仕掛けようなどと思うな……！　私とヒカルに指一本でも触れた者は、誰であれ敵と見做《みな》すッ!!」

これ見よがしにヒカルの前でホールドアップし、アキの理不尽な言いつけに従うジュン。

「おいヒカル！ ムラサメのやつどうしちまったんだよ!!」

「俺が聞きたいっての!!」

深く追及することを諦めたようだが、ヒカルの顔を見て何かを思い出したようだった。

「……ああ、ところで……」

警告どおり触れないようにしながら、ヒカルにそっと耳打ちするジュン。

「前にお前が言ってた『アルマがやりたい』って例のやつ、いけそうだぞ。場所も俺が都合する」

「え、マジ？ っていうか、場所まで用意してくれんの？」

ガン見してくるアキをステイさせながら、ヒカルは声を弾ませた。

「……そういう条件なんだよ。あのクソジジイ……!!」

忌々《いまいま》しげに呟《つぶや》くジュン。その条件とやらが何のことかを、後でヒカルは知ることになるのだった。

第四章 「浪漫があると思うけど」

「メカウデの研究しろだあ!?」

ジュンがアスクレピオスの調整を依頼しに、カガミグループ影の研究主任、Dr.《ドクター》・G《ジー》を訪ねた時のことだ。

彼はメカウデの調整を引き受ける条件をジュンに提示してきた。

それは、「メカウデを研究せよ」というものだった。

突拍子がなさすぎて、ジュンは当然のように反発する。

「そりゃあんたらの仕事だろ。自分でできたら頼みに来ねえよ」

「ワシは趣味で研究しているからな、仕事じゃない!」

一人称こそ年輩の男性然としているが、口ぶりが若い。剽軽《ひょうきん》さすら感じる。

こんな胡散臭《うさんくさ》い科学者が、兄の尊敬するメカウデ研究の第一人者だとは……。

「研究といっても正確には、メカウデの生態調査だ。学校でやるだろ、昆虫観察の自由研究とか！」

「そんなのやったことな……いや――」

言い淀むジュン。カブトムシが好きな彼は趣味の範囲で昆虫観察はする。だが、それがマッジイの言う研究に結ぶつくとは思えない。

「ワシは長年メカウデを研究してきた。熱意のある者に指南もした。ナオヒトとかな」

唐突に兄の名を出され、ジュンはむ、と唸《うな》る。

「しかし！　最も興味深いことにはど～しても辿《たど》り着けん。それは今現在判明しているメカウデの力の、〝その先〟だ。それはどれだけ研究室で実験を繰り返したとてわかるものではない……そう結論づけた」

力強く拳《こぶし》を握り締め、力説するマッジイ。

「メカウデが潜在能力を発揮するためには、デライズした人間が鍵となる。しかし単にメカウデ使いが訓練を積むだけでは無理なのだ。無論、シャークルで隷属《れいぞく》させるなど論外だしな」

潜在能力を解放したメカウデ。

そう聞いて、ジュンの脳裏に鮮烈に蘇る光景があった。

自分に初めて敗北を味わわせ――その後幾度となく、限界を超えて強くなり続けたメカウデと、その相棒を。

「心当たりがあるようだな？」

「ヒカルとアルマのことを調べりゃいいのか」

見透かしたような顔が気に食わずぶっきらぼうに返すジュンだが、マツジイは大仰に首を振った。

「トリガーアームだけではない。お前には、多くのメカウデを、メカウデ使いをその目で見てほしい。そしてワシに逐一報告してくれ」

依頼の概要が見えてきた。

研究室でケーブルを繋《つな》いで得られる数値ではなく、メカウデ使いとメカウデの何気ない日々の中にこそ、自身の研究を押し進める不確定のデータがある。

マツジイは、そう確信しているのだろう。

「データが欲しいなら、あんたがその目で見たほうが確実だろうが」

「ワシが他のメカウデ使いを陰からじいっと観察してたら、怪しまれるだろうが!!」

「一応自分の風貌をを客観視できてるんだな……」

「じいっと」

「いいぜ、やってやるよ」

ジュンは腹を括り、挑むように言い返した。爺《じい》にかけたギャグを主張してきているが、意地でも気づかないふりを貫き通す。

「ま、それにこれはお前のためでもあるしな」

背後の巨大な培養器を振り返りながら、意味深に呟《つぶや》くマツジイ。

そこには、未完成の人造メカウデと思《おぼ》しき何かが浮いている。

「生命体であるメカウデと違って、人造メカウデは寿命が短い。いま調整したところで、どの道いつかアスクレピオスは使えなくなる」

「何……！」

告げられたその事実は、先ほどのギャグとは別の意味でジュンの心胆を寒からしめた。

「人工物は得てして、複雑になればなるほど耐用年数が短くなる。それは人造メカウデも変わらんさ」

石造りの建造物ならば、何百年雨風に晒《さら》されようと原形を保つ。

だが精密機械となれば、大切に扱っても数年の使用で限界が訪れる。

スマホ等ならバッテリーの交換で多少は延命できるが、内部部品の劣化は如何《いかん》ともしがたい。マツジイは人造メカウデも同じ理屈だと言っているのだ。

人間と同じ生命体のカテゴリーにある純正のメカウデと、人造メカウデとの決定的な差異を知り、ジュンは愕然《がくぜん》とする。

アスクレピオスが寿命を迎えたその後、自分はどうすれば——

「今お前が感じている不安は、ほんの一例に過ぎん。これから数多く起こるであろう問題に対処するためにも、お前はメカウデのことをもっと知っておく必要がある。理解したか？」

マツジイの言葉は、まるで疑問や苦悩を先回りするかのように投げられてくる。

「ああ、よおくわかったぜ」

ジュンはヒカルのことを研究するという一念だけで、彼が通う学校に転入してくるほどのバイタリティを持つ少年だ。

道理さえ通れば、どんな困難なことでも煩雑なことでもやり遂げてみせる。

「よし！　では、今日の調整をしてやるとするか。あっちの部屋に行くぞ」

陽気な足取りで奥の部屋へと先導するマツジイ。口ぶりからするに、どうやら調整は一度では終わらない。ここには足繁く通うことになりそうだ。

この科学者はメカウデの可能性の、その先をすでに見据えている。兄の師匠なだけはある。

「マツジイ……一つ訊かせてくれ」

だからこそ、今のうちに問い質しておくべきことがあった。

「あんたは全部わかってたのか。兄貴がアマリリスに乗っ取られてたことも、フィストがそれを陰から操ってたことも……全部」

それ程メカウデに精通した偉大な科学者であれば、カガミグループが実質フィストに支配されていることを察知できたのではないか。オルデラの暴走を未然に止めることもできたのではないか。

メカウデの行く末を見届けるため、メカウデの可能性を知るため、あえて全てを座視《ざし》したのではないか――。

科学者らしからぬ逞《たくま》しい背中に、ジュンの厳しい眼差しが叩きつけられる。

「さてな」

振り返りもせずのらりくらりと躱《かわ》し、マッジイは歩いていった。

悪人ではないが、真っ当な倫理観だけで動くというわけでもなさそうだ。

彼の行動原理の全ては、自分が求める知識のため。

溌剌《はつらつ》とした言動に騙されそうになるが、マッジイは正しくマッドサイエンティストなのだろう。

「確かに俺も、もっと知らねえとな。メカウデのことをよ」

こうしてジュンはマッジイの依頼を引き受け、様々なメカウデを観察することにしたのだった。

○●

アキによるヒカルの護衛が妙に厳重になってから、数日が経過した。

その日の放課後もヒカルは日課であるアルマの迎えに向かったが、場所はいつものＡＲＭＳ《アームズ》の本部ではなかった。

カガミグループは崩壊した本研究所の再建と平行して予備の研究所を暫定《ざんてい》的に稼働させており、アルマの関わっている研究も拠点をそちらに移すらしい。

ARMS《アームズ》の本部の設備規模では、研究がこの先停滞するかもしれないからとのことだ。

「じゃあ、これからはここに通うのか」

ヒカルは研究所で渡されたパーカーを羽織り、エントランスを出ながらアルマにこれからの予定を尋ねた。

〈ああ。調整されたアルビトリウム増幅器もここに移送されるそうだ〉

「そっか。広いもんな、ここ。…………なあアキ、歩きづらいんだけど」

言葉半ばに後ろを見やる。

「お前が手を繋《つな》ぐなと言うからこうしているんだぞ」

アキは背後からヒカルの腰を掴《つか》み、歩調を合わせて歩いていた。

もはや電車ごっこにしか見えない。

通学路や学校で手を繋ぐのは勘弁してくれと拝み倒したところ、アキはあの手この手で密着し厳重警護を試みてくる。

特に今日は、向かう場所がカガミグループの研究所と知ってから地縛霊……もとい守護霊もかくやという零距離を堅持し続けている。

休日の明日はアキとちょっとした遠出をする予定があるのだが、一緒に来るはずの他のメンバーの前でも変わらずこの調子なのかと思うと、少々心配だ。

「あの……もしかして、アマツガ・ヒカルさんですか？」

澄んだ声音で背後から呼びかけられ、ヒカルは振り返る。

エントランス脇の開けた歩道に、大きな車椅子に乗った子供の姿があった。

両目は長い前髪に隠れて窺《うかが》えないが、口許にはまるで童女のように可憐な笑みを浮かべている。

いち早く声に反応しヒカルを庇《かば》い出ていたアキだが、相手が子供だとわかるや身体の強張《こわば》りを解いていった。

「あ、うん。そうだけど……君は？」

「僕はカガミグループでお世話になっているカグラ・ミコトっていいます」

声だけでは判別できなかったが、よく見ると多分男の子だと思う。自信はないが……。

「医療班でメカウデ研究のお手伝いをさせてもらっているんです」

〈医療？〉

ミコトがメカウデのことを知っているとわかり、アルマがパーカーから全身を現した。

「わあ、あなたがアルマさんですか！　かっこいいなぁ……」

〈私の事も知っているのか～！　君はどんな研究をしているんだい？〉

かっこいいと言われて照れている。とろけた声音がそれを雄弁に語っていた。

「はい。僕、小さい頃に事故に遭って歩けなくなっちゃったんですけど……メカウデを医療に役立てる研究のお手伝いをしているんです」

あまりにあっさりと告げられ、呑《の》み込むのが遅れた。

確かに、怪我で一時的に使うにしては大仰な車椅子だ。それによく見ると、ぶかぶかの白衣を着ている。

「そっか……」

ヒカルはかける言葉を迷い、曖昧に頷《うなず》いた。

まだ声変わりもしていない小さな子供が、自分の境遇に挫けず頑張っている。それを知って、気安く「すごいね」などとは言えない。

「ヒカルさん。僕、あなたに憧れているんです！」

「えっ……俺？」

悩んでいるうちに、思いもよらない言葉がかけられた。

「メカウデの力を借りて人体の不具を治す研究……僕が被験者になるはずだったんですが、僕、人よりアルビトリウム値が少なくて……メカウデと上手くデライズできなかったんです」

ヒカルはとアキは、同時に息を呑んだ。

「自分は何もできないんだな、って諦めそうになりました」

声を萎ませるミコトに、ヒカルはかつての自分を重ねた。

自分と同じ、アルビトリウム値が常人よりも低い人間……メカウデに関わってから、初めて会った気がする。

「そんな時、ヒカルさんの話を聞いたんです。アルビトリウム値が少なくても特別な性質がある、すごく強いメカウデ使いがいるって……。それで僕も、頑張ればいつかきっとメカウデとデライズできるって、希望が湧いてきたんです」

「いや、俺はそんな……何の取り柄もないし……」

〈ああ、ヒカルはとてもすごいのだ！　私の最高の相棒だ!!〉

反射的に出かけた自虐的な言葉を遮り、アルマが我がことのように自慢した。

確かに真実はどうあれ、自分の存在に勇気づけられたというのだ。否定するのはミコトの発奮に水を差す。

ならば、彼にかける言葉は一つだった。

「俺が特別なんじゃなくて、アルマだから相棒になれたんだ。ミコトも力を合わせられるメカウデに出逢えば、きっと歩けるようになる！　研究、上手くいくよ!!」

大勢の前で、自分がどれ程役立たずなのかを糾弾された時。

誰よりも何よりも間近で励ましてくれた、アルマという存在がいたから——その先もやってこれたのだと。

「ありがとうございます!!」

何故か背もたれを振り返るように首を動かし、ミコトは何かに気づいたようにはっとした。

「ヒカルさん、アルマさん。今度、お話聞かせてください!」

用事を思い出したのか、お辞儀をして車椅子を反転させる。電動式のスムーズな走行で、あっという間に去って行った。

ヒカルの耳元で、鼻を啜《すす》る音が聞こえる。

〈自分で立ち上がることができない子供が、メカウデと力を合わせれば歩んでいけると信じてくれている……嬉しいものだな〉

アルマはわけて涙もろいが、今日ばかりはヒカルも感傷に浸《ひた》らざるを得なかった。

「ああ。あの子なら絶対大丈夫さ……」

ヒカルは不意に、アキの様子を窺《うかが》う。

小風に髪を揺らしながら、彼女は穏やかに微笑《ほほえ》んでいた。

「私の両親も、多くの人のためになると信じてメカウデの研究をしていたんだ」

かつてアキは、フブキと一緒に両親の研究を手伝っていたと聞いた。彼女もヒカルと同じように、ミコトの姿に幼い頃の自分や妹を重ねたのかもしれない。

優しい眼差しを湛《たた》えたその横顔は、さながら一幅の絵画のようで——ヒカルは思わず見とれてしまった。

周囲の全てを敵のように睨《にら》み付ける日々を送っているが、本当は心優しい友達の女の子。

彼女がずっとこんな顔でいられる日が、いつか訪れることを願いながら。


ヒカルたちから離れて進んでいくミコト。その車椅子の背もたれから、黒煙が昇り立つように不気味な闇が揺らめいている。

「——カガミグループと大っぴらに関わっているんだ……捜すまでもなかったね」

ヒカルも、アルマも、アキも。

仄《ほの》かな希望の光を見せてくれた少年が、自分たちに背を向けた途端その無垢な微笑みを引きつらせ歪《ゆが》ませていく様子など、窺い知る由《よし》もなかった。

○●

日曜の早朝。

ヒカルとアキは通学と逆方向の路線の電車に乗り、並んで座席に腰掛けていた。

曜日と時間帯のおかげか電車が空いているのはありがたかったが、今日はこれから一日かけての用事がある。

アルマはパーカーのフードから瞳である核を覗かせ、窓の外の景色を眺めている。

他の乗客に見られたとしても、こうしてじっとしていれば大きめのアクセサリー程度としか思われないだろう。

一方アキは相変わらず忙《せわ》しなく周囲に目を配り、何かを警戒している様子だ。

ヒカルは居たたまれなくなってスマホをポケットから出そうとしたが、

「——そういえば、ヒカル」

それより先に、アキが横から自分のスマホを差し出して、糾弾するように見せつけてきた。

画面には、メッセージアプリのトークルームが表示されている。

アキからの『起きているか』というメッセージに、ヒカルはゆるキャラがサムズアップしているスタンプで応えている。しかも五分と間を置かずにだ。

「これでは起きているかどうか判断できん」

「起きてるだろ、スタンプ送れてるんだから!!」

「ちゃんと文字で返せ」

何のことはない、『起きてます』と文字で書いて返せという注文だった。

しかし過干渉に不満を言うと、アキは一層頑なな態度になるのは学習済みだ。これ以上反論すれば、次からはまた何も言わず窓から迎えにやって来るかもしれない。

メッセージアプリへの返信をおざなりにしただけで自室の窓ガラスを蹴り破られるスリリン

グな日常に頭を抱えていると、電車は目的の駅に到着した。

〈初めて降りる駅だな……ヒカル、今日はどこに行くのだ？〉

声を潜《ひそ》めて尋ねてくるアルマ。


「カガミギャラクシーワールド。ジュンん家の経営する遊園地だよ」


アルマがノートに書き連ねた希望の中で最も実現が難しいのが、『多くのメカウデと一緒に遊ぶ＝交流をする』ことだった。

というのも、普通のメカウデはデライズしたメカウデ使いと一緒でなければ活動することができない。カガミグループ所属のメカウデ使いたちが、仕事や任務ではない『ただの一般人のお願い』のために動いてくれるとは思えなかったからだ。

ダメ元でジュンに相談していたのだが、なんと彼が場所も面子《メンツ》もセッティングすると言ってくれたのだった。

そうして今日招待されたのが、カガミギャラクシーワールド。

アルマにはわかりやすく遊園地と言ったが、正確には遊園地も含む総合アミューズメントパーク。かつて地元民に愛され、惜しまれつつも閉園してしまったテーマパークをカガミグループが買い取り、改装と増築を加えて再始動させようという計画なのだ。

オープン準備中のこの施設を、今日は関係者の内覧会として貸し切りで使わせてくれるとのことだ。

ヒカルの生活圏の最寄り駅・キタカガミ駅からはやや遠いこの降車駅も、再オープンに合わせて『カガミギャラクシーワールド駅』に改名する予定だという。

自分たちの経営する施設を公共の駅名に冠するとは、さすがはカガミグループ。

そもそもキタカガミ市自体、カガミ家の先祖によって名付けられたのだから、今さらな話ではあるが。


施設名を冠する予定の駅なだけあり、カガミギャラクシーワールドまではほぼ直結だ。改札を出てすぐ、その名のとおり宇宙にまつわる装飾に彩られた巨大な正門が目に飛び込んできた。

そしてエントランス前の広場には、すでに到着したメンバーの姿がちらほらとある。

「よお、来たな」

ジュンがガムを噛《か》みながら出迎えてきた。

その横には、眼鏡をかけた見慣れない大人の女性が付き添うように立っている。

そして彼の後ろにはトゥース、カズワ、そして血色から顔つきから姿勢から全て不健康な男・ワナーに、特攻服に改造した制服を着た大男のイマダ、カールがかったツインテールに左目に眼帯、そしてゴスロリ風に改造した制服で武装した少女のフォルテ。

この辺りはヒカルも面識のあるカガミグループの構成員だが、他に一人、見知らぬ無精髭《ぶしょうひげ》のおじさんがいた。

ヒカルは直接対峙《たいじ》してはいないが、かつてアキと戦ったカガミグループ振興三課の課長・ナンバだ。

アキは真っ直ぐジュンの元へと歩いていくと、声量を絞った声で批難する。

「こんな時に遊ぶなど……お前は今どういう状況かわかっているはずだ！」

「ヒカルのことは聞いてる」

ジュンはヒカルを一瞥《いちべつ》した後、半ば呆《あき》れ顔でアキを睨《にら》み返した。

「けどお前……対象を不自由にしなきゃ護衛も満足に務まらないのか？」

「何だと！」

「そもそもお前はヒカルを甘やかしすぎなんだよ。アルマと共に生きる道を選んだのはあいつだ……多少の危険を背負う責任はあるんじゃねえのか」

「……お前にはもう何も言わん。私がヒカルを守れば済むことだ……!!」

穏やかではないやりとりが聞こえ、ヒカルはアキを問い質す。

「なあアキ……〝状況〟って何だ？　もしかして、また事件でも起こってるのか？」

アキはピンボールのように視線を激しく彷徨《さまよ》わせ、勢いよく顔を逸《そ》らした。

「何でもない」

こんなにポーカーフェイスが下手だっただろうか。

それとも、アキの考えていることが何となくわかるようになってしまったのだろうか。

険しい顔つきになるアキに、今し方到着した別の一団から、妙な出で立ちの男が歩み寄っていった。パッと見でそれが誰かわからず、二度見するヒカル。

「アキ。考えようによっては、これほど安全な場所もないぞ。一般開放前のアミューズメント施設……そして集まったのはメカウデ使いだけなんだからな」

その頼もしく凜々《りり》しい声で何とかオオヤマだと判別がついたが、彼は声以外のおよそ全身が壊滅していた。

星形のサングラスをかけ、集合時からすでにブーメランタイプの海パン一丁に、前を開けたアロハシャツを羽織っただけ。あまつさえ白鳥の浮き輪を装備している。

どの時点からこの格好でいたのかは、一緒にここへやって来たであろうカヤノやタニ、クエンがオオヤマから大きく距離を取っていることから推測できる。

さらに彼らに付き添われてやって来た、フブキの姿もあった。

ARMS《アームズ》からはこの五人が招待されたようだ。

そして、招かれたのはカガミグループとARMSの面々だけではなかった。

「「一般人、いま～す……」」

「メカウデ使いだけ」というオオヤマの言葉に弱々しく反論したのは、ヒカルの友人イイヅカとナオカタだ。二人ほど怖じけた挙動ではないが、タガワも所在なさげに立ち尽くしている。

「いまーす!!」

対照的に、メルは堂々と元気よく挙手している。

「そいつらを招待したのも俺だ。一般人だけど、メカウデのことは知ってるから安心しろ」

意外にも、真っ先にフォローしたのはジュンだった。彼が招待したと言えば、カガミグループのメカウデ使いたちも異議は挟めないだろう。

メル、イイヅカとナオカタ、タガワの四人は、ジュンと一緒にメカウデ使いと力を合わせて窮地を乗り越えた縁がある。彼らを招待してもらえて、ヒカルも嬉しい。

特に、憧れのシラヤマ・メルと休日にアミューズメント施設に遊びに来たという事実がとてつもなく嬉しい。ジュン様々だ。


招待メンバーが全員揃ったのを確認し、ジュンが皆の前で説明を始める。

「このカガミギャラクシーワールドに招待した理由は各自どう考えてもらっても構わねえが……まあ、慰安旅行みたいなもんだ」

実際ジュンの言うとおり、ここに来た理由は各自様々だ。

ヒカルはアルマの希望を叶え、自分も遊ぶため。アキは名目上は普段と同様の護衛。

ＡＲＭＳとカガミグループは――協力関係を結んではいるが、オオヤマ曰《いわ》くまだ言い争いは絶えないというし、親睦を深める意味で呼ばれているのかもしれない。

「で、まあ、今の段階でフルに使えんのはプールだけみたいだから、今日はそっちに行くぞ。俺からの要望は一つ、『メカウデ使いは常にメカウデを展開しておく』ことだ」

ジュンがそう付け加えたところで、集まった面々がある種の緊張感に包まれる。

アルマが他のメカウデと交流したいことに配慮して言ったのだろうが、事情を知らないメカウデ使いはカガミ家の者に何かを『試されている』と捉えても不思議ではない。

そんな空気を察してかいないでか、ジュンは黙って踵《きびす》を返し、先頭に立って正門を潜って行った。

「何なの慰安旅行って……大丈夫？　うちの会社」

あまり乗り気ではなさそうなフォルテ。

「少しは考えろよ……こりゃ慰安なんかじゃねえ」

カズワは後頭部を掻《か》きながら、訳知り顔で窘《たしな》めた。

「ジュン坊ちゃんは次の人事で、〝メカウデ復興特別取締役〟って地位が内定してる――噂レベルじゃなく確かな情報だ。その役職の人間がメカウデ使い大勢呼んで、しかもわざわざメカウデ出して遊べって条件付けてんだ……考えりゃわかんだろ」

つまりジュンは、今後重要なポジションに就く、自分が重用するメカウデ使いを見定めようとしているのだと。

フォルテは訝《いぶか》しげだが、その推論を裏付けるのが年長者であるナンバの存在だ。

「だから課長も来たんでしょ？」

カズワは確信めいたにやけ顔で、上司に話を振る。

「いやあ、テーマパーク誘われて『それ休日出勤手当付きますか』って聞いたら『付けてもいい』って言われたからさ。遊んでお金もらえるなら、来ない理由はないかな～って」

ナンバはまるで悪びれる様子もなく、半笑いで打ち明けてきた。

愕然《がくぜん》とするカズワ。オッサンのくせに誰よりもイマドキ新社会人な打算的な思考回路の持ち主だった。

「まあ私は普通に遊ぶから何でもいいけどね」

そんな同僚を尻目に、トゥースはさっさと歩いていった。

「だよねトゥース、頑張って戦った僕たち名コンビには癒やしが必要なんだ!!」

ワナーがごますり口調でトゥースに擦り寄っていく。

彼は一人で勝手にトゥースと自分をカガミグループ随一の名コンビだと思い込んでいる。

が、トゥースのほうがどう思っているかは、無情なほどワナーに合わせようとしない彼女の歩調に顕《あらわ》れていた。

とりあえずカガミグループの面々も、各々気楽に楽しむつもりのようだった。

○●

巨大な正門を潜って入園した瞬間。

ヒカルはさながら、別世界に迷い込んだような錯覚に囚われた。

およそ果ての見えない広大な敷地内は、多種多様な宇宙にまつわるオブジェに彩られている。

街灯は夜空に光る星のように装飾され、人工衛星の形をした建物が見える。歩道の一部は月面のようにしつらえられている。噴水は天の川に見えるような効果が施されていた。

地上と隔絶された宇宙の世界が、訪れた者を出迎える。

キタカガミ市の街中に溢《あふ》れるドローンやホログラフのような、カガミグループの誇る科学技術が、それらの幻想的な光景を支え、確かなリアリティを与えている。

今いるのはまだ入り口付近だというのに、観覧車やジェットコースターの線路などはそのあまりの巨大さゆえに早くも存在感を叩きつけてきていた。

正式オープン前ということでまだ点灯していない飾りなども多いが、これが十全に稼働した時どれほどのイリュージョンを作り出すか、想像するだにわくわくする。

〈広いな、すごいな！　楽しそうだな!!〉

身を乗り出すようにあっちにこっちに手を伸ばすアルマに振り回され、苦笑するヒカル。

ヒカルやアルマと同じようにアキも忙《せわ》しなく周囲に視線をやるが、それは感激しているからではない。相変わらずの警戒心からだった。

「こういう施設で社会貢献するポーズをして、オルデラ絡みの大事故で世間からついたマイナスイメージを払拭したいんだろう。悪徳企業の常套手段だ」

「せっかく招待してもらったのに、そんな意地悪な言い方しなくていいじゃない」

カヤノがアキの腕をぽんぽんと叩いてなだめている。

アルマは放っておくと一人で勝手にどこかへ行ってしまいそうなほど興奮している。

先導していたジュンが、何をもたもたしているのかとヒカルたちの元へ戻ってきた。

「本当なら入り口でヤックマの着ぐるみがお出迎えするんだが……遊園地のほうはまだまだ準備中だからな」

キタカガミ市の英雄であるカガミ・ヤクモは、無数にグッズ化もされている。そのバリエーションとして、ゆるキャラ化も数多く果たしていた。

一番人気はヤクモを熊に模した『ヤックマ』だが、他にも犬や猫、鳥など様々な動物とコラボしたキャラが存在する。変わったところだと、ヤクモザウルスという恐竜キャラも有名だ。

よく見てみると、メリーゴーラウンドの中心に白馬に乗ったヤクモがいたり、建物の看板に肖像画が描かれていたり、パークのコンセプトの一つを担っていることがわかる。

カガミギャラクシーワールドはカガミグループ経営の大型バケーションリゾートであり、キタカガミ市の住人に愛されるカガミ・ヤクモの集大成的テーマパークでもあるのだ。

〈ああ……ヤクモがこんなにもたくさん……！〉

「よかったな、アルマ」

感極まって声を震わせるアルマを見て、ヒカルの表情も綻ぶ。

ジュンはアルマの喜びぶりを目にして気を良くしたのか、施設についての説明をさらに続けていった。

「カガミギャラクシーワールド。愛称は『ギャラワ』……今はキタカガミ市一ってとこだが、ゆくゆくは世界一の大きさまで広げるつもりだぜ」

オープン前なのにすでに愛称も用意されているとは、気合いが入っている。

カガミグループの力をもってすれば、その壮大な目標も決して夢物語ではないだろう。

「世界一か……お前ん家の会社、やっぱ最強じゃねえか!!」

「ま、まあな」

ヒカルが思わず拳《こぶし》を握り締めて賞賛すると、ジュンは照れくさそうに指で鼻を掻《か》いた。

何より目を引くのは、遥《はる》か彼方に居城のようにそびえ立つスペースシャトルの建造物《モニュメント》だ。

しかしこうしてスペースシャトルを目の当たりにして気づいたが、カガミグループの本社ビルもどことなくスペースシャトルの意匠があるように思えなくもない。

シャトルが好きなのだろうか……誰か、会社の偉い人が。

「すげー迫力、まるで本物みたいだ」

「本物だからな」

へー、と気のない相槌を返した後、ヒカルはぎょっとしてジュンへと振り返った。

「今、なん、て……」

「だからあのスペースシャトルは、本物だっての」

「……本物おおおおお!?」

「ああ、本物と全く同じ造りだし、燃料ロケットにだって中身入ってるぜ。真下には管制室も建ててある。準備すれば、ちゃんと宇宙まで飛んでいけるんだ!!」

「す、すっげえ……ってことは、あれもアトラクションなの!?」

興奮気味にスペースシャトルを指差すヒカル。

このカガミギャラクシーワールドに来てチケットを買って並べば、宇宙旅行が可能だということなのか。ついに人類が日帰りで宇宙に行ける日がやって来たのだ。

「訓練もなしに普通の人間が宇宙行けるわけねーだろ?」

一般人のささやかな夢想を、大企業の御曹司《おんぞうし》がジト目で否定した。

「いやそこは、カガミグループの謎の科学力とかで……」

しどろもどろに抗弁を試みるヒカル。ジュンだって楽しそうに説明していたくせに、梯子を外された気分だ。

「あのシャトルはあくまで飾りだ。パークの目玉の展示物だよ」

「じゃあなんでわざわざ本物と同じに作るんだよ!?」

「さすがにそこまでは知らねえっつうの！」

レプリカで問題ないだろうに……。

しかしテレビ番組か何かで、スペースシャトルの開発には国家レベルのバックアップが不可欠だと見聞きした覚えがある。それを世界的とはいえ民間企業が独自に作ってみせることで、技術力を誇示する狙いがあるのかもしれない。

「まあ身体能力が常人より遥《はる》かに向上するメカウデ使いなら、訓練しなくても宇宙環境に適応できるだろうけどな」

〈やったなヒカル！　私たちなら宇宙へ行けるみたいだぞ！〉

「いや適応するつもりないけどね!?」

ジェットコースター感覚でスペースシャトルに乗れるかと思っただけで、何が何でも宇宙に行きたいという願望があるわけではない。

「ま、宇宙進出は俺らカガミ家の目標の一つだからな。誰もが電車に乗る感覚でシャトルに乗る時代が、いつか本当に来るかもな」

ついでに添えられた説明で、先ほどの疑問が腑に落ちた。

カガミ家全体にとって宇宙は特別な存在で、そこへ至る方舟《はこぶね》であるスペースシャトルもまた象徴的な物なのだ。

〈一族の悲願か……。確かにヤクモも、よく星空を眺めていた〉

抜けるような晴天に星空を幻視し、しんみりと呟《つぶや》くアルマ。

「俺は宇宙より、メカウデ世界のほうが浪漫があると思うけどな」

ヒカルは一緒になって空を仰ぎ、感慨深げにそう結んだ。

カガミ家は長らくメカウデ世界への進出に重きを置いていたが、それはゲートの製作によって現実のものになろうとしている。

アルマの目指す別次元が、あの宇宙よりも早く辿《たど》り着ける存在なのだと実感した時。

ヒカルは不意に〝その日〟が着々と近づいていることを実感し、嘆息に寂寞《せきばく》を滲《にじ》ませた。

○●

テーマパークに隣接したスパリゾートエリアに移動し、男女それぞれの更衣室に移動する。

天井が高く、開放感がある更衣室は、全員が広々と使うに十分な大きさを備えていた。

しかしイイヅカとナオカタはヒカルのすぐ隣のロッカーを使い、水着に着替えている間やけに挙動不審だった。

「俺たち、招待されてよかったの……!?」

イイヅカが声を潜《ひそ》めて聞いてくる。

見知らぬ場所で、見知らぬ者たちに囲まれる居心地の悪さは、ヒカルも初めてＡＲＭＳ《アームズ》の本部を訪れた際に嫌というほど味わっている。

ただし自分の友人たちは、ここに好意的に招待されているという点で決定的に違う。

「来年には誰でも来れるようになるんだから、別にいいじゃん」

ヒカルは気楽にフォローする。メカウデ絡みの事故に居合わせた一般人とはいえ、カガミグループの研究所やＡＲＭＳの本部にでも招かれたのなら問題だが、ここは来年にはオープンするのだから。

それでも二人の疑念は深まるばかりだった。離れて着替えるカガミグループの面々を窺《うかが》い、

「まさか、偶然メカウデのこと知っちゃったから……」

「消される!?」

イイヅカとナオカタは同じ危惧に辿《たど》り着いた。

「そんな、始末する相手に贈り物するマフィアみたいな……」

海パンの紐を結びながら呆《あき》れるヒカル。

「多分、『メカウデ使いと一緒に一般人がいる』ことが重要なんだろ。カガミくんの中では」

タガワが涼しい顔で微笑《ほほえ》んだ。ヒカルの友人たちの中でも大人びて思慮深い彼は、そう解釈したようだ。

年下の少年たちが困惑しているのを察し、タニが助け船を出しにやって来た。

空手を強調するように、お手上げのポーズでおどけてみせる。

「そうそう、気にしないで楽しみなよ。今は俺も訳あって相棒のメカウデと離ればなれになってるし、立場的に君たちと変わらないからさ」

タニが相棒のメカウデを失ったという事情を知っているヒカルは、以前と変わらぬ彼の剽《ひょう》軽《きん》な態度に心が痛んだ。

タニの発言に反応し、離れてて着替えていたクエンがこちらを振り返った。小学校低学年のように、合羽型のバスタオルを巻いている。何か言いたげに一瞬口を開きかけ、またすぐに背を向けてしまった。

「何にせよ、たまには思いっきり遊ぶことも大事だ。カガミグループの連中とは、もっと腹を割って話せるようになりたいしな」

初めから水着で来たオオヤマは腕組みして仁王立ちし、皆が着替え終わるのを待っている。

彼の言葉は皆に安心感を与える。腰につけた浮き輪の白鳥すら、どこか凛々《りり》しげに見えた。

ところでオオヤマは浮き輪以外に荷物を何も持ってきていないようだが、プールで泳いだ後に着替えもなくどうやって帰るつもりなのだろう。

「そうなりたいよね……」

背後を振り返り、タニは祈るような声音で呟《つぶや》いた。

ジュン、カズワにワナーとイマダ、ナンバー——囲いとなって分かたれたロッカーの向こう側で着替えているであろう、カガミグループ組を見やるように。

○●

海パンを穿《は》き終えたヒカルは、素肌の上にアルマのパーカーを羽織る。

更衣室も、そこからプールへの通路も、全てが真新しい建材の香りで心地よい。

そこへ仄《ほの》かに塩素の風味が加わり出すと、俄然プールにやって来たという実感が湧いた。

〈よ～し、たくさん泳ごう、ヒカル！〉

「いいけど……お前泳げるんだっけ？」

〈任せてくれ！　今日のために、密かにお風呂で特訓していたんだ!!〉

アルマと談笑しながら通路を抜けると、眩い光に迎えられた。

南国のリゾート地めいた内装の中に、大小様々なプールやウォータースライダー、遊具などが見える。

その全貌を堪能する前に、腕組みをした人影が眼前に立ちはだかった。

「遅い!!」

女子組の中では真っ先に着替え終わったのだろう、アキは更衣室からの合流口でヒカルを待ち構えていた。誰ともなしに全員が着替え終わるまで待ってから行動したからとはいえ、男子より早着替えするのは素直にすごい。

アキの水着はスポーティなデザインではあるものの、十分に洒落っ気のある水着なのが意外だった。

同年代の女子の学校指定以外の水着姿を見るのは初めてかもしれない。

よく知る友達の女子の、普段とは違う装い――。

周囲を彩るリゾート空間よりもあるいは非日常的なその光景に、ヒカルは思わず目を奪われてしまった。

「おおおアキさん……なんというセクシャルな水着……!!」

背後でクエンが感動に身を打ち震わせていた。

セクシーかはともかく、そう聞いてヒカルは余計に意識してしまったせいか、アキを直視していると頰《ほお》が熱を帯びてくる。

「お、お前が早すぎるだけだろ！」

ヒカルは頰の紅潮を誤魔化すように、邪険に返す。アキは不満げに眼を細め、腕組みのままずいっと近づいてきた。

「更衣室までついていくのは勘弁してやったというのに……」

「妥協してもらってんの俺のほう!?」

勘弁してやった、とまで言われて、ヒカルにも反発心が生まれる。

真顔で「だったら次から一緒に着替えようぜ」——と返したら、どんな反応をするだろう。

……いや、やめよう。自分が負けるのは目に見えている。

同じく真顔で「わかった、そうしよう」などと了承されでもしたら、土下座して謝ってしまいそうだ。

「ヒカルくん、アキちゃ〜ん、お待たせ〜」

次にやって来たのは、メルだった。男子と違って女子は着替えに結構時間差があるようだ。

感嘆の溜息《ためいき》を漏らすヒカル。メルの周囲で、星々が瞬いているかのようだった。

「シラヤマさんの水着——」

アキと同じく、メルの水着姿を目にするのはこれが初めてのことだ。

憧れの女子の水着——しかもなかなか大胆でカラフルなビキニだ。彼女のスタイルの良さが強調されている。

飛び上がりたいほど嬉しいはずなのに、自分でも不可解なほどに感動が薄い。

アキの水着を見た時のような胸の高鳴りがない……。

まさか早くも女子の水着に慣れてしまったというのか。だとすると、アキのほうを先に見たことが悔やまれる。

ヒカルの内心の葛藤など露知らず、メルは目を輝かせてヒカルとアキをガン見している。

彼女はプールでのラブコメを鑑賞するに相応《ふさわ》しい水着を選んだつもりでいた。この秋話題のラブコメコーデだ。

シラヤマ・メルはラブコメを見守るためならばどこにでも行くし、何でも着る。

水着だろうと、バニー服だろうと、宇宙服だろうと。


無言でにやけているメルを見て誤解し、ヒカルはアキを見咎めた。

「ごめんねシラヤマさん、ほらアキ、いつまでも通せんぼしてるなって」

「毎朝注意しても、着替えの遅さが直らないこいつが悪いんだ」

アキはヒカルを親指で示しながら、不服そうに反論した。

「はわわわ、やっぱり毎朝着替えを見守ってるんだあ!?」

祈るように手を組み、身体をくねらせるメル。

「いやこいつが過干渉っていうか、心配性っていうか……！　特に意味はないからね!?」

ヒカルが必死に弁明すると、アキはむっとして詰め寄ってきた。

「なら聞くが。昨日の夜、状況確認の連絡をした時……返信に一時間もかかったな。何故だ」

「その時間……あー、多分風呂だわ」

いつまでやってんだ、という感じでジュンたち他の男子がちらほらと視線を送ってくる。

もちろんヒカルも、さっさと切り上げようとはしているのだが——

「風呂にはスマホを持ち込んで入れと言ったはずだ。時間潰しにもなるだろう」

「アルマが一緒に入ってるから、暇しねーんだって！」

あしらうように返していたヒカルも、だんだんとヒートアップしていった。

「じゃあお前はどうなんだよ、いちいち毎日スマホ持って風呂入って、音楽でも聴いてんのか？　それとも動画か!?」

「私はシャワー派だ。三分で済むからスマホは不要だ」

「三分ってお前……髪ケアする時間もねーじゃん!!」

「それも不要だ」

「要るわ！　いいか、若いうちからちゃんとやらないと……」

「これからは夜寝る前と朝起きた時、私に連絡しろ！　毎日だ!!」

「面倒くせぇー！　……じゃあ一日にその二回だけでいいんだな!?」

「それはあくまで定時連絡だ。こちらから不定期に送るメッセージにも速やかな返信を心がけろ！　これは義務だ!!」

「集中ダイエットのインストラクターか何かなのお前!?」

のべつ幕なしに言い合いを続けるヒカルとアキ。

周りの目など、すっかり意識の外に弾き出されてしまっていた。

ジュンは二人の漫才にはとうに呆《あき》れ果て、一人で周囲を見わたして設備をチェックしている。カガミグループの男たちも、誰からとなくそれに倣っている。

一方で、ARMS《アームズ》の男連中の反応は三者三様だった。オオヤマは面白い見せ物のようににやけ、タニは微笑《ほほえ》ましげに見守り。クエンはハンカチが手元にあれば嚙《か》みちぎりそうなほど強く歯嚙《はが》みしている。

ヒカルの友人は……タガワはまだ苦笑する程度で済んでいたが、イイヅカとナオカタは顔色も言葉も失ってしまっていた。

「「…………」」

中学三年生という多感な年頃の男子にとって、女子とのあの距離感、あの空気感はあまりに眩しくて。

何かもう、いつものように「彼女と毎日ラブラブでいいな～」などと茶化す次元をとうに超えてしまったように思える。

わけもなく目が死んだ男友達とは対照的に、シラヤマ・メルは夢見心地な面持ちでヒカルとアキを見つめていた。

「仕上がってるよ……エレガントで味わい深くて朗らかで絹のようにしなやかなラブコメ様が、挑戦の末にバランスよく仕上がってきてるよ……!!」

そしてソムリエめいた謎の論評とともに陶然としている。

ヒカルとアキが言い合いをしている間に、他の女子組も着替えを終えてやって来た。

やはり皆、ジュンの言うとおり最初からメカウデを展開している。水着とメカウデという取り合わせは、非日常的な洒落っ気を醸し出していた。

まずフブキは、アキと色違いの同じ水着を着ている。

カヤノは、フリフリのスカートタイプの水着だ。目にしたオオヤマがうーむと唸《うな》る。

「カヤノ……ちょっと子供っぽくないか？」

「同僚のブーメランパンツ見せられる女子の気持ちに寄り添ってから感想言おうか」

オオヤマの海パンを見て、げんなりとするカヤノ。

「それに私の水着は、チュラが選んでくれたのよ」

〈期待に応えるって……大事だよね……〉

ネズミっぽい愛嬌《あいきょう》のあるカヤノのメカウデ・チュラは、ちょっと変わっているようだ。誰の、何の期待に応えてのセレクトだというのだろう。

続いてやって来たトゥースは、黒いオフショルにショートパンツ。サングラスも決まっていて、大人の雰囲気を存分に醸し出している。

「うーんやっぱりトゥースの水着がモアグッド」

カサカサ虫めいた足運びで近寄ってきたワナーが、トゥースの水着を見てデレデレしている。

その視線を汚らわしいと一喝する少女がいた。

「何品評会開いてんだてめーは、あぁぁん!?」

トゥースと並んで歩くフォルテは、水着もゴリゴリのゴスロリ仕様。揃いのデザインのビーチパラソルまで装備している。

「お、お前には用はないんですケド」

「ワナーの分際でトゥース先輩勝手に見てんじゃねーよ監視台にでも座ってろ!!」

尊敬するトゥースを庇《かば》うように立ちはだかり、ワナーの肩を小突くフォルテ。

ワナーは大袈裟《おおげさ》にたたらを踏んだ。わざとだろうが、そう断言できない程度には彼の貧弱なボディには説得力がある。

「あー肩の骨折れた！　これは折れちゃったよー警察呼んでー!!」

「ハッ、警察はカガミグループに何も言えねえよぉ!!」

〈もう、暴れたら駄目でしょうフォルテちゃん〉

フォルテのメカウデ・リュッカが穏やかに窘《たしな》める。ハリネズミのような刺々しい見た目とは裏腹、声は幼く、そして優しかった。

〈フォルテちゃん。中二病が悪いって言ってるんじゃないの、中途半端なの〉

しかも、少女声なのに言葉が母《はは》みを感じる。

〈眼帯とゴスロリ服だけじゃなくて、言葉遣いも直してこう？　ね？〉

「うっせーなあいちいちキャラ付け添削してくんな！　お前あたしのママかよ!!」

ギクッとしてフォルテを振り返るヒカル。先日の襲撃者から、同じ煽《あお》り文句を繰り出されたことを思い出す。

人は何故、自分に口を出してくる存在を等しくママと呼ぶのか。

〈そんなこと言って、あなた家ではジャージじゃないの。お洒落は普段から意識しなきゃ――〉

「やめろ――――バラすなああああああああああ!!」

顔を真っ赤にしてリュッカを抱き締めるフォルテ。メカウデは人間のように口を塞いで発言を止められないので、こういう時は一苦労だ。

「……フ」

女性陣を一望し、トゥースは不敵に微笑《ほほえ》んだ。

別に見せたい男がいるわけでもなし、自分で楽しむためのプールだ。

気合いを入れて水着を選んできたわけではない。

それでも……それでも内心、トゥースは「勝った」と思っていた。

気合いを入れてきたわけではない。断じて気合いを入れてきたわけではないが、それでも自分が一番目立ってしまうのは致し方のないことのようだ。

その自負心が、最後にやってきた女性を見た途端、木《こ》っ端微塵《ぱみじん》に打ち砕かれる。

「すみません、お待たせしました」

カガミグループ社長秘書・イチキシマ。

彼女が身にまとうのは、白い布面積薄めのクロスビキニだった。それが彼女の褐色の肌とコントラストとなり、妖艶さを際立たせている。

首元に巻きつけた、雪豹のような高貴な雰囲気のメカウデ・シュレイアのほうが、素肌を覆う面積としては大きいぐらいだった。

大人の余裕を感じさせる無表情で、そのグラマラスな肢体を惜しげもなく晒《さら》すのだから、むしろ存在感は圧倒的だった。

「っ……イチキシマさん、こんな子供ばっかの親睦会でなに本気出してんですか……！」

生まれたての子鹿のように脚を震わせるトゥースの目許から、サングラスがずり落ちていく。

〈えー、見た感じアレまだ全力じゃなくねー？〉

追い打ちをかけたのが、彼女のメカウデ・サイト（自称アユミ）だ。九〇年代で時が止まったような古風ギャル気質な彼女から見て、イチキシマの水着こそ正しく「特に気合い入れていないナチュラルなもの」だという。

「マジで？　アレで!?」

〈っていうかツグミも負けんなし！　アタシのおすすめした水着はー？〉

「あんな古っ古な三角ビキニにハイレグ、九〇年代で絶滅したから！　それと人前じゃトゥースって呼んでって言ってるでしょ!!」

トゥースは大事なコードネームであり、職場ではむしろ本名より浸透させたい。

〈古くないしー。アタシの好きなルーズソックスとか、今でもバリバリ流行ってるじゃんー〉

「それ一巡してるだけ！」

トゥースとサイトの平和な小競り合いが火種となったように、他のメカウデとメカウデ使いたちも何やら言い合いを始めた。

「……賑やかだな」

ジュンは自分のメカウデのアスクレピオスを展開したところで会話はできないので、本日のメカウデ使いの中では唯一メカウデを出していない。

色々言いたいことはあるが、自分の言ったとおりメカウデを絡めて和気《わき》藹々《あいあい》としているのだから、ジュンも窘《たしな》めることはせず好きにさせた。

まさか喧騒《けんそう》が伝播して収まらないまま、一〇分も続くとは思わなかったのだが。

○●

更衣室からの通路を出てすぐに寄って集って騒いでいた一同だったが、それが一段落したところでジュンが呼びかけた。

「こっからは適当に遊んでくれ。そこらのもの全部稼働してるはずだから、何でも好きに使ってくれていい」

一番槍とでも言わんばかりに名乗りを上げたのが、カゲマルだった。

〈では拙者が音波を最大放射して、そこなプールに大波を作ってご覧にいれよう！　水遁《すいとん》の術、篤《とく》と御覧あれ!!〉

「んな貧乏くせぇことしなくたって、波を起こすプールぐらい標準搭載だっつーの」

好きにしろとは言ったが、さすがのジュンもその提案は止める。

目の前にあるのは自然に囲まれたコンセプトの普通のプールだが、少し移動すれば波の起きるプールも流れるプールも普通にあるからだ。

〈いいや待たれよ、拙者の波のほうが手作りの温かみがあるでござる!!〉

「こっちだってカガミ製の設備が手作りすんだよ!!」

手作りの定義に一石を投じるジュンを尻目に、カゲマルも自分が皆にエンターテインメントを提供すると譲らない。

忍者かぶれのカゲマルは、滅私奉公の精神も変な方向に強かった。

「音波でこーんなデカいプールに大波を起こせるわけないじゃないか……そんなんできたら、イルカのせいで海が大変なことになるだろぉ……」

ワナーはねちっこい口ぶりで、小馬鹿にするようにカゲマルを批判した。その相変わらずの陰険な性格を前に、カゲマルはぬぬぬ、と唸《うな》る。

〈決めた！　拙者は手伝わぬ、お主のみで皆が満足する波を作ってみせよ、ワナー!!〉

「無理無理無理無理」

〈ええい、そのやる前から諦める軟弱さは直っておらんようでござるな！　何事も挑戦してみなければわからぬ!!〉

ずるずると力ずくでカゲマルに引っ張られていくワナー。

「やーめーろーよー!!」

最大限、極限まで配慮した言い方をすれば——ワナーは人間味があるというか、自分に素直というか。保護フィルターをかけずに言い表すと、小物だった。

あっという間にプールに入らされ、手で掻《か》くよう強制されている。カゲマルのスパルタな怒号が飛んだ。

〈ひと掻きで起こる波は小さくとも！　それが積み重なればやがては、大海原を揺るがす怒濤《どとう》となるでござる!!〉

「何百年かかるんだよぅ————!!」

手作りの波が起こり始めたが、あまり温かみは感じられそうにない。

「頑張りなよー」

トゥースは憐れむように一瞥《いちべつ》したが、特に助けることもなく流れるプールのほうへと向かっていった。

「お供します、トゥース先輩♡」

トゥースになついているフォルテも彼女について行くようだ。

ヒカルがどこに行こうか考えていると、不意に甘やかな香りが鼻腔をくすぐった。

「初めましてアマツガさん、私カガミグループ社長秘書のイチキシマです」

名乗りながら、名刺を差し出してくるイチキシマ。

「は、はい」

スタイルの良い、水着姿の年上のお姉さんに間近に寄られ、ヒカルは動揺のあまり差し出された名刺を取り落としそうになった。

「防水ですので、ポケットにでも入れてお持ちください」

〈ならば、パーカーのフードに入れておくといい〉

「いや、そこに入れたらいつの間にかどっか行くだろ」

アルマの申し出を辞退し、海パンのポケットに名刺を仕舞う。

そこでふと思ったが、イチキシマはどこに名刺を持っていたのだろうか。フブキなどはポシェットのようなものを下げているが、彼女は手ぶらだ。

……深く考えないことにする。メカウデに収納機能があるのかもしれないし。

挨拶だけで終わるかと思いきや、イチキシマは深々と頭を下げ、話を続ける。

「オルデラとトリガーアームにまつわる一連の事件では、あなたに大変お世話になりました。

社長に代わりまして、心より御礼申し上げます」

「はっ……あ、これはご丁寧に……ありがとう申し上げます」

メカウデ関係の人間にここまで礼儀正しくされたのが初めてで、慣れない敬語がさらにふわっふわになってしまう。

「いいんだよんなこと、兄貴に直接出向かせりゃ」

妙に苛立《いらだ》った様子のジュンが、間に割って入ってきた。

「社長は多忙です。私で済ませられることでしたら、代わりに──」

「あーもう、いいからあっち行っててって！」

「あら」

イチキシマの背中をぐいぐいと押し、引き剝《は》がしていくジュン。

友達に母や姉を見られて恥ずかしがる末っ子が、こんな感じだろうか。

ジュンにも可愛いところがあるな、と微笑《ほほえ》ましくなった。

ヒカルはそのまま、プールサイドに佇《たたず》む。

微かに聞こえてくる波音。それは先ほどジュンが言っていたように人工のものだろうが、アルマは耳を澄ますように聞き入っているようだった。

しかしヒカルの行動を待つように傍《そば》でじっとしているアキに気づき、

〈それでは、他のメカウデと遊びに行こう。よろしく頼むぞ、ヒカル〉

「ああ」

今日のアルマは、見るもの全てに感傷的になっているようだ。

目にする光景を一枚一枚写真にして、余すことなく心の中に綴《と》じているかのように。

アルマは今、ARMS《アームズ》とカガミグループと共に、故郷へと繋《つな》がるゲートを作っている。

それが完成した時に何が待っているか、わかっているはずだ。

ヒカルの心にも、ふつふつと感傷がきざしていく。

自分は、アルマの希望を叶えているつもりだった。

永い眠りから覚め、ずっと失っていた記憶を取り戻し、ようやく戦いが終わった彼に——今までの時間を取り戻すべく、存分に楽しんでもらっていると自負していた。

けれどもしかすると、逆だったのかもしれない。

先ほどスペースシャトルを見ながら抱いた想いが、確信に変わる。

アルマは、やがて訪れる別れの前に……自分と思い出を作ろうとしてくれているのだと。

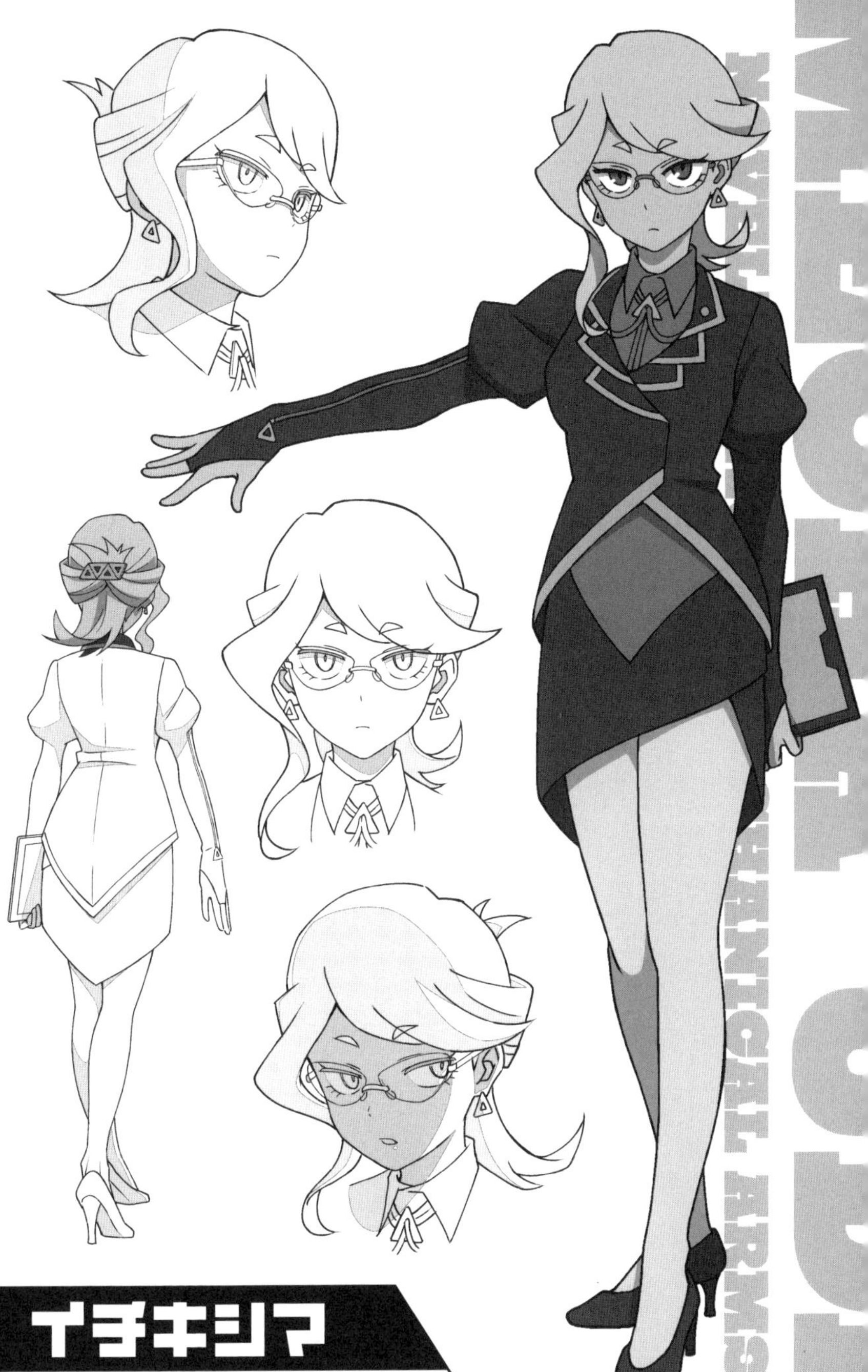

イチキシマ

キャラクターデザイン：内田陽子

第五章「お前の影として作られた」

小規模な川下り型のアトラクションに、泡のプール。ヒカルはアルマと一緒に、ギャラワのプール施設を満喫していく。

その都度、他のメカウデと遊んだり、談笑したりして交流を深めながら。

アルマは続いて、天上高くから螺旋《らせん》状に伸びるチューブを指差した。

〈ヒカル、あの高いところから滑るやつをやってみないか〉

苦笑しながら頷《うなず》くヒカル。お父さんになった気分だった。

ヒカルが歩き出すより先に、横からすいっと割り入ってくる者がいた。

「ウォータースライダーがしたいのか。いいだろう」

言うが早いか、先導して歩くアキ。ヒカルは愕然《がくぜん》としてその背中を見送る。

「施設内の移動もアキの許可制……!?」

どっちかというと、アキのほうがお父さんの風格がある。

ヒカルがどこに移動するにしてもピッタリとついて行くアキを見て思うところがあったの

か、出くわしたジュンが行く手を阻むように立ちはだかった。

「ムラサメ、いい加減うぜーぞ。ヒカルにつきまとうな」

「？　お前も一緒に遊びたいなら、素直にそう言え」

「どう解釈すりゃそうなるんだよ!!」

見上げたウォータースライダーには先客がおり、歓声を上げながら一人の女子が滑ってくるところだった。

「二人ともー、今こそあの時の決着をつける時だよぉーおおおおおお……」

ドップラー効果を伴って着水し、波の彼方へと消えてゆくメル。

ジュンが初めて転入してきた日、彼女の手引きでアキとジュンが果たし合いをすることになった時のことを言っているのだろう。

「シラヤマさん蒸し返さないで……!!」

ヒカルの願いも虚しく、当事者たちは思い出してしまったようだ。

「メルのお陰で思い出したぜ。てめえとの勝負は有耶無耶《うやむや》のままだったな」

「貴様が有耶無耶にしていた、の間違いじゃないのか？」

ジュンとアキが睨《にら》み合い火花を散らし合うと、他の面々も「何だ何だ」と集まってきた。

〈ふむ、では公平かつ健全に、泳ぎの速さ比べがいいだろう。幸い、競技用のプールも備わっているとだしな〉

「バカお前、坊ちゃんけしかけんな……!!」

素早く提案したアデルを小声で窘《たしな》めるカズワ。

しかしアデルの提案は、頭の良い彼ならではのファインプレーだ。ジュンとアキがメカウデで争おうとする前に穏便な勝負を提案することで、機先を制したのだろう。

もっとも、全力で水泳勝負するのが安全なわけではない。

「まだ本調子じゃないんだろ？　安静にしとけって」

ただでさえ虚弱体質な上に、数週間前まで大怪我で入院していたのだ。ヒカルがジュンの身体を気遣うのも無理からぬことであった。

「心配すんな、これもリハビリ代わりだ。こいつ相手なら、不調なくらいが丁度いいぜ」

不敵な笑みを浮かべ、拳《こぶし》を手のひらに打ちつけるジュン。

軽く屈伸をしながら、アキも余裕のある微笑をこぼした。

「威勢がいいな。お前が土下座して頼むなら、こっちはハンデとしてバタフライで泳いでやってもいいんだぞ?」

「意外と速ぇーやつじゃねえか!!」

アデルが言ったとおり、ギャラワのプールにはアスレチック区画の奥に競技用のプールが備わっている。

二五メートルの四レーンほどで、学校やスイミングスクールの半分ほどのものとはいえ、飛び込み台も設置された本格的なもの。リゾートプールにしては異例だった。

遊びに来た客が今のジュンたちのように、急に勝負をしたくなった時のために用意している
わけではないとは思うが……。

「お姉ちゃん、スポーツ万能なんですよ」

飛び込み台に上がる姉を見ながら、フブキが自慢げにヒカルに語る。

アキとジュンの泳ぎ対決はあっという間に始まり、そしてものの数秒で勝敗は見えた。

両者の差は一かきごとに開いていく。

妹のフブキが太鼓判を押すとおり、アキの泳ぎは見事なものだった。

メカウデの力を借りずとも、アスリート並の速さを見せつけている。

敗者の姿を見ない、武士の情けか。ゴールの壁にタッチしてからも、アキは後ろを振り返ろ
うとはしなかった。

「くっ……!!」

大きく、大きくアキに遅れてゴールするジュン。

スタート前の視殺戦こそ互角だったが、蓋を開けてみればアキの圧勝だった。

アキは手をついて、一跳びでプールサイドに上がる。

「はぁ、はぁ……」

一方のジュンは息を荒らげて両腕を使ってもなかなか這《は》い上がることができず、見かねたイ

チキシマが駆けつけ、脇の下に手を入れて高い高いをするように持ち上げていた。

アキの右太股からデキスが姿を現し、大の字に倒れ込んだジュンに目線を合わせる。

〈落ち込むんじゃねえよ。お前が遅いんじゃねえ、アキさまが速すぎるだけだ!!〉

ヤンキー気質のデキスだけに、正々堂々の勝負の後で含みのない晴れ晴れとした言葉をかけただけだが、それがかえってジュンの敗北感を助長した。

「くそおおおおおお……!!」

左腕で目を覆い、右拳《こぶし》をプールサイドの床に叩きつけるジュン。

ヒカルからすると、そこまで絶望的に悔しがる局面だろうか、と疑問なのだが……。

「ジュンくん……その悔しさが想いを深めるんだよ……!　悔し涙でできた轍《わだち》に嬉し涙は綺麗に流れるんだよ……!!」

メルが数秒で思いついていそうな格言っぽい言葉で慰めている。

カガミグループの面々は、さすがに言葉をかけられずに気まずそうにしていた。

〈ヒカルはアキたちと競わないのか?〉

アルマに聞かれ、ヒカルはバツが悪くなって頭を掻《か》く。

「今のアキの泳ぎの速さ見て、競おうとは思わないって……」

ヒカルは決してスポーツが不得手というわけではないが、さして情熱を傾けてはいないせいか、体育でもミスをすることが多い。まして、進んで他者と競おうとは考えない。

どちらかというと、やはり勉強のほうが得意だ。その点では、アキとは反対だった。

「……お互い苦手を埋めあえる存在ってことだね♡」

メルに耳元で謎に満ちた言葉を囁《ささや》かれ、ヒカルは蠱惑《こわく》感に総身を震わせた。

まるで思考を読まれたような不安に襲われるが、当のメルはスキップで離れて行き、集まったギャラリーの前に立った。

「というわけで！　ジュンくんのリベンジで他の人たちもアキちゃんと勝負だー‼」

そして唐突に提案する。相変わらずカガミグループの大人たち相手にも、全く気後れする様子がない。

刑務作業のような波作りからやっと解放されたワナーの腕で、カゲマルがメルのアイディアに共振するように深く頷《うなず》いた。

〈ふむ……いい機会かもしれぬぞ、ワナー。アキ殿は大恩あるお方であると同時に、超えるべき好敵手！　健全な勝負でお手合わせ願おうではないか！〉

「嫌だよあんな水着着たゴリラ相手に勝負なんてぇ――――‼」

ワナーの首根っこを摑《つか》み、競技用プールに軽々と放り投げるアキ。水を口に含んで吹いた程度のささやかな水柱が、アキの背後で立ち昇る。

「今度はメカウデで勝負か。ここにいるメカウデはどいつもこいつも私が叩きのめした連中だ。まとめて相手になるぞ」

全力で二五メートル泳ぎ切った直後でありながら、息一つ切らさずにカガミグループのメカウデ使いたちに睨《にら》みを利かせるアキ。

カズワ、ワナー、トゥース、フォルテ、ナンバ……。イチキシマ以外は、皆アキと対戦経験のあるメカウデ使いだった。

すでに一名、黒星がもう一つ刻印された者もいるが。

「おじさん一応、倒されたつもりはないんだけど……」

ひと山いくらで倒した扱いにするアキの無頼ぶりを前に、ナンバが控えめに抗議をする。

何となく勝負をする雰囲気になり始めたところ、艶《つや》やかで吐息たっぷりめの声が待ったをかけた。

〈オープン前に設備を壊されたら困るわ。荒事は控えてもらえる？〉

イチキシマのメカウデ・シュレイアだ。

麗しくイチキシマの首元に巻き付くその様は、高級な襟巻きのようで品がある。

〈さっき水泳で勝負をしたみたいに、メカウデでスポーツをすればいいでしょう？〉

社長付秘書のメカウデらしく、却下と同時に別案を提示する合理性に溢《あふ》れていた。

ちなみにイチキシマ本人は一切口添えすることもなく、プールサイドに寝転がったジュンを未だにじーっと見つめている。

〈おお……それは私も願ったりだ！〉

真っ先に賛同するアルマ。まさに『メカウデとスポーツをしたい』と希望の項目に連ねていた彼にとっては、渡りに船の提案だ。

「プールでやるスポーツって、ビーチバレーとか？」

〈メカウデ相撲がいいわ〉

タニの出した例示に食い気味に断言するシュレイア。

格調高雅な声音から突拍子もない提案が飛びだし、場が静まり返る。仕方がないので、シュレイアは自身で解説を継いだ。

〈メカウデ相撲っていうのは、メカウデを使って腕相撲をすることよ〉

「その名前で球技とかだったら逆に怖いって」

あまりにもそのまんま過ぎて、ヒカルは思わずツッコんでしまう。

『ウデ』型の生命体であるメカウデが普通の相撲をとるのは無理筋だし、連想するのは腕相撲以外にあり得ない。

「イチキシマさんのメカウデって、予想と違って変わったノリね……」

〈ウチも全然話したことなかったからビビったー。謎めいたオンナって感じ～〉

トゥースが意外そうに肩を竦《すく》め、サイトが同調する。

腕相撲ならばメカウデ使いの技量にもメカウデの特性にも左右されない、シンプルでフェアな勝負が可能だ。腕力が強い弱いもメカウデの特性ではあると思うのだが、ルールがシンプルな分経験による不公平さは小さくなる。

〈それならフォルテちゃんも一緒に遊べるねえ、よかった！〉

「なっ……私は参加するとは……！　いやでも、あの怪力女に仕返しするチャンスだし……」

リュッカに促され、フォルテは真剣に考えこむ。

「個々の訓練はあっても、メカウデ使い同士で模擬戦やる機会なんてないもの。スポーツから始めるのはいいと思うわよ」

カヤノがサポート担当らしい納得の仕方をする。

〈プールサイドに大の字に倒れる少年って……いかがわしいね……〉

彼女のメカウデ・チュラがジュンを見やって小声で血迷ったことを口走り、

〈(プールサイドに大の字に倒れるジュンくん……)〉

トゥースとフォルテの二人がピンポイントで反応していた。

「面白ぇー、やってやろうぜ、相棒!!」

〈ああ、嬉しいぜ。戦い以外でメカウデと競い合うなんざ、今までできなかったからな!!〉

イマダとそのメカウデ・ジョーが力強くクロスタッチをしている。すでにやる気十分だ。

それは他の面々も同じで、何だかんだでノリノリのようだった。

本日の参加者全員がプールサイドの一箇所に集まり、即席の試合場が形成されていく。

用意されたテーブルは、学校机を四つ正方形に並べたぐらいの大きさ。一見十分な広さに見えるが、メカウデが腕相撲をするとなるとこれでもまだ心許ない。

人間同士ならば、幼児と大人でもない限りは老若男女問わず、そこまで極端に腕の長さが変わるわけではない。しかしこれがメカウデ同士となると、個々がデフォルトとしている姿のサイズには開きがあるからだ。

例えばベーシックに人間の腕一本分ほどの大きさのアルマと比べると、デキスは体長も体高も人間の胴体を上回るサイズ。

身体のサイズも、人間でいう指に相当する部分の形も、メカウデごとに千差万別だ。人間のように直角に曲げ合った腕同士で組むことは難しい。

ゆえにルールも柔軟にする必要があった。とにかく相手と組み合い、身体の一部を地面（机の天板）につける、を基本とする。

〈人間の腕は大きくて太いほど強いかもしれないが、メカウデは違う。テクニックが鍵を握るってコトよ。血が騒ぐぜ〉

猪めいた意匠を持つオオヤマのメカウデ・スタルクが、鼻息を荒くしている。けっこうな巨体を持つ彼が柔よく剛を制すの精神を説いても、説得力に欠けた。

「じゃあ、プログラムで組み合わせを決めちゃいましょうか」

クエンがここぞとばかり、持ち込んでいたタブレットで即席のトーナメント表を組み上げてしまう。参加する者の名前を入力するだけで、ランダムに対戦が決定する仕様だ。

「……あ……」

にわかに息を呑《の》み、画面が皆に見えるようタブレットを回すクエン。

拡大表示された最初の試合の組み合わせは――

「私と、ヒカルか」

アキとヒカル――すなわちデキスとアルマが、最初の試合でぶつかることが決定した。

「ほー。こりゃ見物だ。噂に聞いてただけで、君の戦いを直接見たことはなかったからね、トリガーアームの相棒くん」

ナンバが悪戯《いたずら》っぽく薄ら笑いながら、ヒカルに視線を投げてくる。

〈挑発しないでください……戦うことになったら……私、勝てません……うう……〉

ようやく口を開いたナンバのメカウデ・オトヒメが、日本刀に変形するとは思えないじめっとした抗議を、澄んだ女声《じょせい》で口走っていた。リュウグウノツカイを思わせるどこか神秘的な見た目、そして煌びやかな名を持ちながら、やけに自己肯定感が低い。

「ヒカルは強いぞ！　真っ向から勝負したら、アキでも勝てるかどうか……な!!」

赤いブーメランパンツの男の太鼓判を背に受けながら、とぼとぼと机に向かうヒカル。

メルが楽しそうに観戦しているのが救いか。発起人なので当然といえば当然だが。

ヒカルとアキは椅子に腰掛け、互いのメカウデを差し出しやすい角度で前傾姿勢を取った。

〈手加減しねえぞ、アルマ!!〉

〈ああ、私も全力を尽くす！〉

力強く組み合ったデキスとアルマが、闘志の炎を燃やしている。

「あの、オオヤマさんの言ったことは気にしないで――」

ムキにならないようフォローするヒカルだが、意外にもアキは落ち着いた表情でヒカルを見つめてきた。

「いや、そのとおりだ。お前が強いことは、私が誰よりも知っている」

自分が勝つに決まっている、と強く反発してくると予想していたヒカルは、少し呆気に取られてしまった。

しかしアキは茶化して言っているのではない。自分を対等な勝負相手として認めている、本気の目であった。

「お前は随分成長した……だからこそ、手合わせをしてみたい」

ヒカルは胸が熱くなり、アキの申し出を真っ向から受け止めた。

「アキ……わかったよ。お前がそう言ってくれるなら……!!」

「本気で来い、ヒカル！」

「おう、全力でいくぜ!!」

アルマとデキスは、試合開始の合図と同時に渾身《こんしん》の力を籠め合った――。

○●

「十秒保たなかった……」

気迫十分で挑んだアキとのメカウデ相撲に、ヒカルは早々に敗退してしまった。

意気込みが必ずしも結果に反映されるとは限らない。これもまた、ささやかな青春の苦みであった。

ヒカルはひっそりと試合場所を後にし、トイレに行きがてら施設内をのんびり歩いて回る。

試合は盛り上がっているようで、大分離れても歓声が微かに響いている。

それを微笑《ほほえ》ましく感じるヒカルとは対照的に、アルマはしょんぼりと項垂《うなだ》れていた。

〈うう、すまないヒカル……期待に応えられなかった〉

「気にするなよ。俺も腕相撲弱いから、それが影響したのかもしれないし」

むしろ遊びにムキになるアキを見られて、ほっとしたぐらいだ。最近の彼女は護衛に根を詰めすぎている。

アキが妙に周囲に気を張るようになったのは、自分が二度目の襲撃を受けてからだ。単独犯が偶然続いただけなら、ああはならない。

(何か起こってるんだろうなあ……)

襲撃者の一人が『目障りな護衛の女がいなくなった』と口にしていたことから考えて、狙いはまたアルマなのだろう。途切れ途切れに内容を耳にした程度だが、このプールに来た時のアキとジュンの話からしても間違いない。

だが何故今さら、アルマを狙う悪いメカウデ使いが現れるのか。率直にアキに尋ねても、余計に頑なにさせてしまうだけな気がする。

自分がアルマと共にいる責任——というようなことをジュンは口にしていたし、聞くのなら彼がいいか。

何にせよ、色々と考えるのは明日以降だ。今日は、アルマや皆と遊ぶ時間を大事に——

「おぅわ!?」

唐突に背後からアルマにパーカーを引っ張られ、思考が中断される。

そう感じたのは勘違いだったが、理由はすぐにわかった。

〈ヒカル、大変だ！　また私が取れかかっているぞ!!〉

パーカーのフードが千切れかけ、アルマがだらんと垂れてしまっていた。

「結構頑丈に縫ったんだけどなあ」

このパーカーは前に一度フード部分が千切れ、手縫いで補修している。途中から補修作業に加わったアキに至っては、藁《わら》人形に釘でも打ち込むような勢いで針を刺しまくっていた。

見てくれはともかく、強度に問題はなかったはずだ。

まさかさっきのメカウデ相撲が響いたのだろうか。濡れるのを気にせずパーカーを着たまま泳いだのも原因の一つかもしれない。

〈あれから多くの戦いがあったし……それ以上に、たくさんヒカルと過ごした。このほつれは、私たちが共有した時間の証《あかし》なのだな〉

しみじみと呟《つぶや》くアルマ。少しセンチメンタリズムが過ぎる気がしないでもないが……そう考えるほうが心に落ちる。

着衣が傷むのは、過ごしてきた時間の集積なのだと。

〈それはそうと……何とかしてくれ～ヒカル～〉

ミノムシのようにブラブラ揺れながら、アルマは不便を訴える。

「って言われてもなあ……裁縫道具なんて持ってきてないし」

パーカーを脱いでしまえばアルマは自由に活動できるかもしれないが、それはメカウデと一緒に過ごしてほしいというジュンの提案に反する。

何より、このまま放置していたらフードが完全に千切れてしまうかもしれない。

それは、二度とごめんだ。ヒカルは強くそう思えた。

「そうだ、ヘアピンか何か……何でもいいから留める物ないか、みんなに聞いてみよう」

〈うう……すまないヒカル……〉

早速皆の元へ戻ろうとするヒカルの眼前に、横から綺麗に揃えた細指が差し出される。

振り向くと、いつの間に歩み寄ってきていたのかフブキが立っていた。

「私、お裁縫得意なんです。縫わせてください」

フブキはどこか母性を感じさせる笑みを浮かべ、そう提案した。

「そう……？　助かるよ！」

手近なビーチチェアにフブキと並んで腰を下ろし、パーカーごとアルマを手渡す。

フブキはパーカーを膝《ひざ》の上に載せると、ポシェット型のプールバッグの中からソーイングセットを取り出した。

慣れた手つきで針に糸を通し、取れかけたフードを器用に縫い始める。水に濡れて縫いづらそうに見えるのだが、彼女は意にも介していなかった。

〈おお〜〜〜、痛くない……どころか、むしろ心地いい……〉

気持ちよさげな声。ヒカルやアキの針捌《さば》きには痛がっていたアルマが、フブキの裁縫の前には脱力しきって安らいでいた。

核の光玉に表れる目の形も（⋂）で、笑みを形作っている。余程嬉しいようだ。メカウデは人間よりも感情がわかりやすい。

やがてアルマは得心がいったように深く頷《うなず》いた。

〈そうか、これが鍼《はり》治療というものなのだな！〉

「だからどこで仕入れてくるんだよそういう情報」

ヒカルが突っ込むと、フブキが小さく吹き出した。

そういえばアルマの『やりたいことノート』に、これまたどこで覚えてきたのか〝デトックス〟の項目があったのをヒカルは思い出した。これで堂々達成だろう。

フブキの左太股からシニスが現れ、彼女の縫製を見守っている。

〈フブキさまに手ずから直してもらえるとは……果報者だな、アルマ〉

「嬉しいのは私のほうだよ、シニス。お世話になったヒカルさんやアルマに、ちょっとでも恩返しできるんだから」

疲れた様子もなくけろっとしているシニスを見て、ヒカルはふと疑問に思った。

「そういえば、フブキの試合は終わったのか？　それともこれから？」

「私は初めから遠慮しました。腕相撲やったことないから、よくわからなくて」

フブキにかける言葉を探し倦《あぐ》ね、黙り込むヒカル。腕相撲はルールなどあってないようなものだ。一試合でも目にすれば概要は容易に摑《つか》めるので、わからないということはないはず。

フブキは他のメカウデ使いに、まだ少し遠慮をしているのかもしれない。

アマリリスに操られていたとはいえ、ＡＲＭＳ《アームズ》・カガミグループ双方に多大な被害をもたらしたことに、負い目を感じているのではないだろうか。

今日もどこか皆から一歩引いているように見えて、一層そう感じた。

「でも嬉しいんです。お姉ちゃんが楽しそうだから」

「アキが……？」

「はい」

フブキは針を進める手は止めないまま、しばし躊躇《ためら》うように沈黙する。

「子供の頃の私、お姫様に憧れがあって……」

やがてどこか苦みを含む微笑を浮かべ、静かに語り始めた。

「おままごとをするとお姉ちゃんにはいつも、勇者様の役を押しつけていたんです。シニスとデキスに敵役になってもらって、私は囚われたまま助けを待つだけのお姫様……」

ヒカルは御伽噺《おとぎばなし》のように紡がれる姉妹の過去に、黙って耳を傾けた。

「けどお姉ちゃんは何度言っても、敵役のはずのシニスとデキスを仲間にして、すぐに私を助けちゃって……。それじゃ物語にならないよって、私はむきになって怒るんです」

〈……〉

シニスも共に一冊のアルバムを見返すように、沈鬱《ちんうつ》な面持ちでフブキの追想に意識を委ねている。

「きっとお姉ちゃんは『一緒に戦ってくれる人』が欲しかったんですね。独りぼっちで何かをする寂しさ……今ならわかります。そんな私の言葉が、お姉ちゃんを追い詰めてしまった」

家族の仇《かたき》であるワーム型のメカウデ使いを探し、修羅《しゅら》さながらの日々を送っていたアキ。

フブキの言うとおり、助けを求めていた妹をその時助けられなかった、という悔恨もアキの心に大きな影響を及ぼしていたのだろう。

その一方でフブキは、自分の言葉が姉の呪縛になってしまったのだと思い詰めているのだ。

「だから周りから何て言われても、お姉ちゃん自身が拒否しても助けに来てくれるヒカルさんが……本当はお姉ちゃん、すごく嬉しかったんだと思います」

〈おうっ……おうっ……〉

針運びの心地よさのあまりか、アルマがオットセイのような声を上げている。

目が（≡）の形になっているので、今度は恍惚《こうこつ》としているようだ。

場の雰囲気にそぐわないと言えばそれまでだが、あまり湿っぽくなり過ぎないよう、針を手にするフブキがあえてそうしているようにも感じられた。

「俺さ……前は、自分とアキは住んでる世界が違いすぎる、って思ってた」

胸の裡を明かしてくれたフブキに応えるべく、ヒカルも本心を吐露してゆく。

「けどあいつも俺たちと同じ世界を生きてて……助けを必要とする時は絶対にあって、手伝ったらありがとうって言ってくれる……普通の人間だってわかったんだ」

アキだけではない。最初は考えていることが理解できない、狂犬のような奴だと思っていたジュンも、人となりを知っていくうちに「普通の自分」を求める普通の人間だとわかった。

きっとそれは人間には未知の存在に見えていたメカウデも同じで。

普通に生きることを望む、自分たちと同じ生命ある者と知ったから、わかり合えたのだ。

「なんか、羨《うらや》ましい」

そう言われて反射的にフブキへと目をやると、彼女は寂しさと嬉しさが同居したような、複雑な微苦笑を浮かべていた。

「私よりもヒカルさんのほうが、お姉ちゃんのことをずっと理解しているから」

「んな大袈裟《おおげさ》な……あいつの考えてること、未だに全然わかんないって」

それはさすがに持ち上げすぎだと、大仰に肩を竦《すく》めるヒカル。

「ヒカルさん……これからもお姉ちゃんのこと、よろしくお願いしますね」

「ああ。アキが困ってる時は、絶対に助けるよ」

誰に言われるでもなく、そうするだろう。

アキは、同じ世界を生きる人間であり……大切な友達なのだから。

フブキは満面の笑みで頷《うなず》くと、しっかりと縫い終えたことを証明するように、パーカーを力いっぱい広げて見せた。

「はいっ、できました！」

「すっげ……縫い目が全然わかんない。新品みたいだ！」

目を凝らしても縫い跡がわからず、とてもあり合わせの道具で補修したようには見えない。

裁縫の得意な人が縫うとこうまで違うのか。

アルマは拳《こぶし》を握り締め、天高く衝《つ》き上げた。

〈ヒカル……私は妙に力が漲《みなぎ》ってきている！　きっとパワーアップしたのだな!!〉

「お前がそう感じるなら、それでいいと思うけどさ……」

プラシーボ効果もバカにできない、とヒカルは思う。アルビトリウムを自己生成できる特性があるとはいえ、パーカーにデライズしているアルマにとっては、縫製のクオリティが本当に活力に関わるのかもしれないし。


試合場所から一際大きな歓声が聞こえてきた。

とりわけデキスの声が際立っている。あの勝《か》ち鬨《どき》にも似た雄叫《おたけ》びを聞くに、メカウデ相撲はアキが優勝を勝ち取ったのかもしれない。

「お、そろそろ戻らなきゃな」

また連絡もなく傍《そば》を離れたことをアキに咎められる前に、早く戻らなくては。

しかしヒカルが促しても、フブキはビーチチェアに座ったまま立ち上がろうとしなかった。

「私……いま本当に幸せです」

遠くから聞こえてくる楽しげな声に耳を澄まし、虚空に微笑《ほほえ》みながら感慨深げに呟《つぶや》く。

「だから、次はお姉ちゃんに幸せになってほしいんです」

〈フブキさま……〉

シニスの声は、感極まったように微かに震えていた。

「ヒカルさんがお姉ちゃんのこと、幸せにしてくれますよねっ？」

「誰がどうこうしなくても、あいつ今楽しそうだけど……」

「ヒカルさん」

心なしか光の薄れた、名状しがたい圧をまとった瞳で微笑みかけられ、ヒカルの背を冷たい汗が滑り落ちる。

ヒカルはわけもわからず、意味も深く考えず、

「はい」

と返すよりほかなかった。

○●

メカウデ相撲が終わり、各々がプール施設内の各所でのんびりと遊んでいる。

ビーチバレーを始めた者たち。アスレチックプールで遊ぶ者。流れるプールを何周もする者。ビーチチェアに寝そべっている者。

ヒカルの友人たちは、メルが率先して一緒にメカウデに絡みに行き、良い雰囲気で交流をしている。

アルマはというと、様々なメカウデと楽しげに話したり遊んでいるのが微笑ましい。

ジュンは一人、幼年用プールで浮き輪に乗って揺蕩《たゆた》いながら、それらの様子を漫然と眺めて

いた。

Dr.《ドクター》G《ジー》から、夏休みの自由研究のようにメカウデを観察しろ——などと言われた時は途方に暮れたものだが、いざ実行してみると意外なほどに気づきが多かった。

メカウデそれぞれの特徴……癖。色々なものが見えてくる。

「メカウデとの相性か……」

アデルはインテリ。カゲマルは武士かぶれ、サイトは二昔前のギャル。

フォルテのメカウデ・リュッカは何かおかんっぽい。ナンバのメカウデ・オトヒメは基本的に無口で、強さに反して自己肯定感が低い。

皆、メカウデ使いの性格とかけ離れていることが多い。イマダ本人とヤンキー気質がかぶってる、ジョーが逆に珍しいくらいだ。

つまり自分に近しい気質のメカウデだから、良質な相棒になり得るとは限らないということだ。マツジイの指令の意図が、おぼろげに見えてきた気がした。

ふと水音が聞こえてジュンが振り返ると、すらりとした脚が目に飛び込んできた。

「……私と一緒に遊びますか？　ジュンくん」

プールに入ってきたイチキシマが、ジュンの元へと近づいてくる。大人では膝《ひざ》上程度までしか水深がないため、浮き輪に乗っているジュンは遥《はる》か見下ろされる形となる。

「別にぼっちになってるわけじゃねーって！」

何故か気恥ずかしくなり、手を振って邪険に追い返そうとするジュン。

イチキシマはその手を取り、もう一方の手もきゅっと握って引き寄せてきた。

「ではバタ足から始めましょうか」

「泳げんだよ俺は！　見てたろ!!」

アキとの泳ぎ勝負はイチキシマも見ていたはずだが……もしその敗北を踏まえた上で彼女が泳ぎを教えようとしているのだとすれば、なおいたたまれない。

兄の幼馴染であるイチキシマとは子供の時、手を繋《つな》いで歩いたこともあった。

あの頃と変わらず細くて、温かな指。ジュンの手も大きくなったが、それでも追いつき、追い越すまでには至らない。

年上のお姉さんと、弟という隔たりは、今も同じだった。

「マツジイ……Dr．Gに言われたんだよ。これから自分だけのメカウデを見つけるために、『周りのメカウデを見ろ』って」

一人でいた理由を説明するジュン。

「俺は兄貴みたいに、メカウデそのものを研究できるぐらいの頭はない。けど逆に、兄貴にはできないことが俺にはある」

兄がマツジイに教えを受けて、メカウデの研究者として飛躍したように。

弟の自分は、メカウデ使いだからこそできることがあるはずだ。

「ではジュンくんは、どのようなメカウデをご所望なのですか？」

〈私を狙っているなら望み薄ね……まあ、今後に希望を持つくらいはアリだけど〉

イチキシマのメカウデ・シュレイアが顔を近づけ、そして勝手にフッてきた。いや、微妙に希望を持たせているのは、彼女なりのテクニックのつもりなのだろうか。

「何キャラだよおめーは」

〈強くて美しき者《キャラ》よ。君が憧れるのもわかるけれどね〉

「まあ……私たちが強いのは確かですが」

シュレイアは自意識過剰なところがある。イチキシマまで調子を合わせていた。

メカウデ使いとはいえ、非戦闘要員の社長秘書がいっぱしの戦闘力を備えているとは考えにくい。彼女なりのジョークと取っておくことにする。

ジュンは別に、すでに良好な関係を築いている他のメカウデとあらためてデライズしようとは思わない。

「兄貴に何を言われたか知らねーけど、あんま俺に構うなよ、イチキシマ」

「寂しいですね……私はジュンくんのことを、弟みたいに思っているのに。昔のように『お姉ちゃん』と呼んでくれませんか？」

「……」

得体の知れない痛痒が湧き起こる。泳ぎを教えるイチキシマから手を離して立ち、無意識に胸を押さえるジュン。

弟のように思っている——決して悪いことではないはずなのに。

面と向かって口にされると、何故か心がささくれ立つのを感じた。

イチキシマは、未だに泳ぎを先導するために両腕を伸ばしたまま、ジュンをじっと見つめている。

「……姉ちゃん……俺に構うなって」

ママやお母さん呼びをある日さりげなく母さん・お袋と変えてみせるような、子供なりの精一杯の抵抗だった。

そしてそういう自立心は得てして、大人からは微笑《ほほえ》ましく見破られている。

「そういうジュンくんこそ、お兄さんに『社長の座を奪ってやる』って啖呵《たんか》を切ったらしいですね」

「わ、悪いかよ……てか兄貴、告げ口したのか!?」

「嬉しそうに話してくださいました」

それはそれで不気味だ。絶対にありえないことだから、と笑い飛ばしているわけでもなさそうだし。

「ですので私も、ちゃんとジュンくんを観察しなければいけないと思いまして」

話が見えず困惑していると、イチキシマは無表情のまま誇らしげに胸に手を添え、自分の存在を示した。

「私は社長秘書ですよ。社長になりたいのなら、まず社長秘書に認められる必要があります」

「え、うちってそういうシステムなのかよ？」

イチキシマは唇以外の顔面のパーツが微動だにしないので、ジョークで言っているのかも判然としない。

社長の就任が本当に秘書の一存ありきだとすれば、ジュンは目標に向けてまた一つ超えるべき壁ができたことになる。

〈私は認めているわよ、君のこと。メカウデに理解ある男の子、嫌いじゃないから〉

早速またちょっと気を持たせてくるシュレイア。やはり一連の言動は、彼女なりのテクのようだ。

「私はまだ認めていませんが……」

「メカウデとメカウデ使いで意見統一しといてくれよ……」

ジュンがプールから上がって縁に腰掛けると、すぐ隣にイチキシマも座る。

「ジュンくんから見て、どうでしょう。このテーマパーク全体の印象は」

「何でもある総合テーマパークを謳《うた》ってるのに、昆虫コーナーがないのはマイナスだろ。顧客満足度が大きく下がるぜ」

プレオープンのギャラクシーワールドを、手厳しいレビューが襲う。

身内の経営する施設だからこそ、妥協は許されない。

要するに、ジュンの好きなカブトムシ関係の施設がないことが不満なだけなのだが。

「承知しました。一言一句違えず社長に具申します」

「何か含みないか……」

「ありません。社員の意見を過不足なく社長へ伝えるのも、秘書の職務です」

イチキシマは凜《りん》とした面持ちでいったん言葉を切り、

「仮にこの施設の建築に私的な意見を差し挟める余地があったのなら、レプリカではなく本物のスペースシャトルを設置したいと社長が仰《おっしゃ》った時点で、止めています」

今度こそ大いに含みのある語調でそう続けた。

「…………だよな……」

ぐうの音も出ずに頬《ほお》をひくつかせるジュン。シャトルについてはヒカルにも今朝ツッコまれたが、やはりあれが普通の感覚のようだ。

カガミグループ社長の座を目指すジュンにとって、今後この社長秘書は大きな難関になると言えそうだった。

「でも姉ちゃん、会社からほとんど出ないだろ。なんで今日に限って」

「もちろん、社長にジュンくんを頼まれたのが理由の一つです」

「お目付役なんざ、今までどおりトウドウで十分じゃねえか……」

「トウドウにも声はかけていたのですが、『僕は……カナヅチなのでパス、ですかね』、とのことです」

真顔を崩さないまま、トウドウのあの癖と気障《きざ》っ気のある喋《しゃべ》り方を真似しながら説明するイチキシマ。意外と芸達者で、茶目っ気がある。

「……ふうん」

トウドウはジュンが呼ばなくても来るつもりがあるなら来ると思っていたが、イチキシマからも声をかけられてはいたようだ。

確かにトウドウは、お目付役とはいえ四六時中ジュンの傍《そば》にいるわけでも、二四時間厳しく監視をしているわけでもない。

とはいえ、カナヅチというだけでプールに来なかったとは思えない。浮き輪を使えばいいだろう……とかではなく。

その証拠にジュンは最近、トウドウと顔を合わせる機会が減った気がする。

彼があまり干渉してこなくなったのは、お守りの必要がなくなったと判断したためか……それとも、他に何か理由があるのか。

「けれど私が今日同行した、一番の理由は……」

イチキシマの静かな威圧感に、思わず生唾を呑《の》むジュン。

イチキシマは眼鏡のブリッジを指で押し上げ、

「働き詰めだったので、リフレッシュしたかったんです」

「そりゃ納得の理由だ」

○●

お行儀良くしていたのは最初だけ。一癖も二癖もあるメカウデ使いたちが集えば当然こうなるだろう、という騒乱に、ギャラクシーワールドのプールはあえなく包まれていった。

竜巻のような水柱がいくつも立ち上り、天井高く人が飛び、仕舞いにはメカウデの激突音が木霊《こだま》し。

そして……笑い声が響き合っていた。その中心に、アルマがいた。

そうしてあっという間に夕方になり――メカウデプール会は解散となった。

当初は難色を示していた一部のメンバー含め、最終的には皆満喫していたようだ。

エントランスの巨大ゲートの前で、一同は解散する。

「アルマくんも、また遊ぼうね～！」

花の咲いたような笑顔で大きく手を振り、帰途につくメル。

〈……。ああ！〉

アルマは少しだけ躊躇《ためら》いがちに俯《うつむ》いたかと思えば、すぐに快く返していた。メルとの約束に、何か思うところがあるのだろうか？

友人たちを見送り、最後に残ったのはヒカルとアキ、ジュンの三人だった。ジュンに残るよう言われたためだ。

〈ヒカル、本当にありがとう〉

名残惜しげに皆を見送った後、アルマはしみじみと呟《つぶや》いた。

〈君に願いを言わなければ、今日こうして多くのメカウデと交流を持つことはできなかっただろう！〉

「大袈裟《おおげさ》だなあ……いいんだよ、俺たちだって楽しかったんだから」

〈それに、ジュンも、こんなに面白い場所に連れてきてくれて、ありがとう!!〉

「こんくらいのことでそれだけ喜ばれりゃ、気分いいぜ」

いささか照れ隠しも入っているのか、ジュンは悪態を吐くように返した。

「ヒカル。お前のクラスの友達……馴染《なじ》んでたよな？」

「ああ、最初は気後れしてたみたいだけど……途中からは普通に、みんな前から友達同士だったぐらいの勢いではしゃいでたし」

「なら第一段階ぐらいはクリアってところか。兄貴や俺の代じゃどうかわからないが……いずれ一部の人間だけじゃなく、世界そのものがメカウデを知る時代が来るかもしれないからな」

肩の荷が下りたように脱力するジュン。

ジュンは……そして新生カガミグループは、メカウデと人間の共存を望んでいる。彼の言う第一段階とは、〝メカウデ使いの友人である一般人〟がメカウデに慣れる、というテストケース。

ジュンがヒカルの友人たちを招待した理由は、そこにあるのだろう。

誰もが所持しているスマホとでさえ、本物の人間相手さながらのコミュニケーションが取れる時代だ。人間以外の心を持った生命体に対して、人間たちが自然に意志疎通ができるようになるのは、そう遠くない未来の出来事かもしれない。

「ところで、折り入って話って何だ？」

声を潜め気味に尋ねるヒカル。

ジュンをここに残して行くことに難色を示していたイチキシマまで先に帰らせたということは、この三人でしかできない話があるということだ。

「ああ、ここにはもう誰もいねえ。内緒話するにはもってこいだろ、なあ――ムラサメ」

「……」

ジュンは意味ありげにアキへと話を振るが、彼女は口を噤《つぐ》んだままだ。

「気分転換も済んだ……そろそろアマツガとも共有しとけよ。予告の日まで時間がないんだ」

「……知られる前に片付けてしまえば、その必要はないはずだ」

アキにしては珍しく、妙に気後れした表情で言葉も萎んでいる。

「往生際悪ぃやつだな！」

反対にジュンは声を苛立《いらだ》たせていく。

この謎の雰囲気で、アキとジュンがこれから何を話そうとしているのかは定かではない。しかしヒカルにもわかっていることがあった。

「いるっぽいけど、人……」

入り口から割に離れた、券売所の近くを指差すヒカル。椅子に座っている人影が見えた。

「何ぃ!?　んなはずはねぇ、今日は業者だって出入りは――」

慌ててヒカルが指差したほうへ振り向くジュン。その顔が、困惑に固まった。

〈ヒカル、あの子は〉

アルマに言われ、ヒカルは目を凝らす。

椅子ではなく、車椅子――以前カガミグループのビルの前で会った少年、ミコトだった。

ミコトもこちらに気がついたようで、車椅子を走らせてきた。自転車で走るぐらいのスピードだ。速すぎて怖くないのかな、と思ってしまう。

「ヒカルさん、偶然ですね」

「ミコトも招待されてたのか？」

「僕は別の用事で……」

そう聞いて、ヒカルははたと気づく。ミコトとの偶然の巡り合わせに顔を綻ばせているのは、自分とアルマだけだった。

ジュンもアキも、何だったら前髪に目が隠れて窺《うかが》いづらいが、ミコトまでもが表情を固くしている。

「……俺たちの知らない間に、とっくにヒカルに接触されてたってことか」

ジュンが意味ありげに呟《つぶや》いて視線を投げると、アキは何かを確信したように歯噛《はが》みした。

「ギャラワは今日、出入り業者まで含めて立ち入り禁止にしてる。そのカガミグループの内部連絡にアクセスした上でここに来るなんざ、悪巧みしてる奴以外いねーんだよ」

「ミコトも俺たちと遊びたくて、こっそりやって来たとかじゃないのか？」

ヒカルが苦笑交じりに反論しても、ジュンは一顧《いっこ》だにもしない。


「……ムラサメ。こ・い・つ・だ」


冷え切った声でジュンがそう告げた瞬間。

「お前だったのか」

アキは肩を震わせながらミコトを睨《にら》み付け、拳《こぶし》を固く握り締めた。

「……どんな境遇でも、メカウデと一緒なら前向きに歩んでいけるというお前の言葉……。私も心から感じ入り、励まされたんだ……」

そして腹の奥から怒りを絞り出しながら、デキスを展開する。

「おい!!」

その鋭い爪の切っ先がミコトに向けられていると悟った瞬間、ヒカルは訳もわからず慌ててアキを制止しようとした。

だが、ひとたび何かを敵と認識した瞬間から、アキに躊躇《ちゅうちょ》というものは存在しない。

矢となって空に放たれたアキは、ミコトに向けてデキスを大上段に振りかぶった。

思わず目を逸《そ》らしたヒカルは、直後響きわたった硬質な金属音で視線を呼び戻された。

「ひどいですよ。子供相手に」

デキスがミコトの座る車椅子の手前で止まっている。

よく見ると、ミコトの背から飛び出した何かによって受け止められていた。

「メカウデ……!!」

〈何だ……あのメカウデは……!?〉

ヒカルとアルマは同時に黒いメカウデの存在に気づき、そして同時に疑問を浮かべた。

ミコトは、メカウデの研究に携わりながらも体質のせいでメカウデを扱えないとヒカルたちに申告していた。何故彼が、メカウデを使えているのか。

ましてアキの本気の一撃を軽々と往《い》なすことができる者など、カガミグループの戦士にもざらにはいないであろう。

「お前の言ってたこと、どっからが嘘なんだよ。ミコト……」

ヒカルは自問するかのように、悄然と呟《つぶや》く。

彼の嘆きを耳にしたアキは、地面のアスファルトを蹴り砕くほどにデキスの力を加積した。

「下衆め！　私は人の心につけ込む演技が一番許せん……!!」

ミコトに受け止められているデキスを、力任せに押し切ろうとする。

「僕はただの一つも嘘は口にしていないよ。全部本当のことさ」

ミコトの雰囲気が変貌していく。

声変わり前の高い声は、口調の変化だけではなく不穏なものが交じり始め、無垢な微笑《ほほえ》みは昏《くら》い歪《ゆが》みを湛《たた》えてゆく。

「事故で歩けなくなったのも、メカウデの研究をしているのも、アルビトリウム値が低くて普通のメカウデとデライズできないのも……全部」

デキスとミコトのメカウデの間に稲妻のような力場が迸《ほとばし》り、閃光《せんこう》と共に弾ける。

押し切ろうとしたデキスを逆に大きく弾き上げられ、アキはたたらを踏んだ。

「彼は人造メカウデだからね」

デキスが離れたことで、ミコトのメカウデの全容が露わとなった。

黒いメカウデ……だがその全身は人骨のように細く、重量級のデキスを力任せに押し返す膂《りょ》力《りょく》があるようにはとても見えない。

メカウデの感情と生命の輝きを表す核の光玉がなく、眼窩《がんか》のように不気味に黒く落ち窪んでいるだけなのも、弱々しい印象に拍車をかけた。

さらに不可解なのは、黒いメカウデには骨のように見える以外の印象がないことだ。

今日、多くのメカウデと改めて交流した直後だからこそ、なおさらはっきりとわかる。

あまりにも異質なメカウデを前に、困惑を深めたヒカルはジュンを振り返る。

「人造メカウデって……お前のアスクレピオスみたいなやつだろ。誰でも使えるのか？」

「そんなはずはねえ……俺みたいに、使う人間の体質を考慮した特性はあるかもしれねえが……」

ジュンは生来の病気であるアルビトリウム不全症——独りでに身体からアルビトリウムが流出する症状を治すためにウロボロス、そしてアスクレピオスを使用している。

アルビトリウム値が多少常人より低くても使用できる可能性はあるが、ミコトのように極端に数値が低い人間ではそれは難しいはずだ。

よしんば起動はできたとしても、数値の低いクエンがカガミグループ本社で逃亡を図っていたサクガを止めようとヤケクソで使った時のように、あっという間に力を使い果たしてしまうはずなのだ。

〈——お前の人造メカウデのような出来損ないと一緒にするな、カガミの者よ〉

「喋《しゃべ》った！」〈喋った!!〉

ヒカルとアルマが驚きを綺麗にハモらせる。

「人造メカウデに意思はないんじゃないのか!?」

ヒカルはジュンに慌てて問い質す。

「ああ、それについては間違いない……！　やっぱあいつの言ってること、フカシか!?」

やはり、人造メカウデが心を持つことはあり得ないことのようだ。

いや……それよりも、黒いメカウデの声を聞いてヒカルは奇妙な感覚に襲われた。

追撃の機会を窺《うかが》いメカウデを睨《にら》み付けていたアキも、それは同様のようだった。

〈何だこの感覚は……あのメカウデを見ていると、身体が震える……!!〉

アルマの苦しげな声を聞いて、ヒカルは違和感の理由に気づいた。

「……あいつ声が似てるんだ。アルマと……!!」

黒いメカウデは細糸のようなアルビトリウムの光でミコトの背中と繋《つな》がりながら、不気味に浮遊していった。

黒い粒子を発散させながら奇怪に宙を揺蕩《たゆた》うその様は、さながら死神のようで——。

〈俺の名はオルマ——お前の影として作られたメカウデだ、アルマよ〉

第六章　「諦めさせるかよ」

「アルマの、影……!?」

黒いメカウデの言葉の真意がにわかには掴《つか》めず、ヒカルは怪訝《けげん》な面持ちになる。

その困惑を見て取ったのか、ミコトが含みのある微笑を浮かべた。

「君があまりにも寝坊助《ねぼすけ》なせいでいつしか造られた、代わりのメカウデってことだよ、アルマ」

ミコトの浮かべるその酷薄な笑みは、無垢で直向《ひたむ》きな子供という、ヒカルが抱いた初対面の印象とあまりに乖離していた。

〈まさか……この少年も何者かに操られているのか!?〉

ミコトの突然の豹変《ひょうへん》を目の当たりにし、アマリリスに操られるフブキのことを思い出したのだろう、アルマが危惧する。

〈さっき彼が言った、私の代わり、とは……〉

激しく戸惑い、ヒカルの肩の上で震えるアルマ。

ヤクモのことをやっとの思いで吹っ切り、アルマは長年の因縁に決着をつけた。今は前向きな毎日を送れていたのだ。

それなのに、今度はアルマのせいで作られたというメカウデが現れた。

振り切ったはずの過去がまたぞろ追いかけてきて、アルマを苦しめている。

ヒカルは唇を引き結び、ミコトをきっと見据えた。

「ちょうどいいからお前にも説明しとくぜ、ヒカル」

ジュンは長い息を吐き、ヒカルに解説を始める。

「今ちょっと、カガミグループがゴタついててな。うちからメカウデかっぱらって離反した連中が、群れて粋がってやがる」

未知のメカウデを前に臆することなく、ジュンはポケットに両手を突っ込んで吐き捨てる。

「この小僧は、カガミグループに居場所がなくなった連中に担がれて舞い上がってんのさ」

相変わらず、物事の芯を捉えて抉《えぐ》るようなジュンの言葉。しかしそんな挑発にもミコトは薄笑みを崩さずにいた。

「……だがその中の人造メカウデがアルマを模して作られてたなんて、俺も知らなかった。トウドウの野郎、相変わらず説明が足りねえんだよ」

ジュンがそこまで言い終えると、アキは再びデキスを構えて臨戦態勢を取った。

「お家騒動など勝手にやっていればいい。私が許せんのは、貴様らの組織がヒカルをつけ狙っていることだ」

「……俺？　アルマじゃなくて？」

自分を指差しながら、躊躇《ためら》いがちに尋ねるヒカル。

自分とアルマはセットだと思っているが、アキがわざわざ『ヒカルを』狙っていると口にしたことが気になった。

「メカウデのこれからの発展には、特別なアルビトリウムを持つ君の協力が必要なんだ」

すっかり居丈高な調子に様変わりしているミコトだが、そう聞いてなおヒカルは意図が摑《つか》めなかった。

「別に解剖したり電極を刺したりするわけじゃない、普通に実験に付き合ってもらうだけだよ。……君も昔やってたんでしょ？」

ミコトが意味ありげな視線をアキに送る。まるで、同じ穴の狢《むじな》だとでも言わんばかりに。

「ふざけるな!!」

これ以上の戯れ言を許すまいと攻撃を仕掛けようとしたアキは、続くミコトの言葉に思わず足を止めることとなった。

「——そして今、僕もやっていることだ」

「……」

アキは明らかに動揺していた。幼くしてメカウデの研究に人生を狂わされた少年が、自分や妹の境遇と重なったのかもしれない。

せめてもの反撃に、怒らせた言葉だけを投げかける。

「メカウデ研究発展のための自己犠牲か……献身に酔いたいなら勝手にしろ。だがヒカルを巻き込むな!!」

話が複雑になっていく中、ヒカルは自分なりに懸命に考え、結論を出す。

「俺に求めてるのが協力なら……学校帰りに寄って集って襲ってきたりしねえだろ」

暴力を伴って協力を強いる連中の目指すものが、正しいことだとは絶対に思えない。

大層なお題目を掲げたところで、ミコトのやろうとしていることはこれまでのカガミグループと同じだ。

相手の意志を尊重せず、力で屈伏させて従わせようとしているだけなのだ。

ヒカルはミコトの申し出を拒否し、アキに倣ってぎこちなく腕を構えた。

ジュンも背中からアスクレピオスの触手を覗かせ、敵意を示す。

〈ミコト……説得など必要ない。邪魔ならば倒せ。必要ならば奪え……!!〉

三人のメカウデ使いを前に不利を悟るかと思いきや、オルマは焦れたように吐き捨てた。

ヒカルは耳に響く嫌悪感に顔を顰《しか》めた。

「……同じだけど……違う……!!」

なまじ声質はアルマと同じなことが、彼にはひどく不快だった。

声音の一つ一つに、凍てつくような悪意が溶け込んでいる。

「言っとくが、ヒカルがアルマを目覚めさせたのは偶然だ。こいつを調べたって何も出やしねえよ」

ヒカルを顎《あご》で示しながら、ジュンが呆《あき》れるように断言した。トリガーアームを覚醒させた人間・ヒカルについては、ARMS《アームズ》で十分に検査が為《な》されているのだから……と。

白々しい庇《かば》い言を聞いて、ミコトは冷ややかに鼻を鳴らした。

「偶然？　そんな言葉はこの世にはないよ。全ての事象には必ず理由が存在する」

「主語がでけえんだよ。〝お前の世界〟にないってだけだろうが」

「それじゃあ君は、一〇〇年間何をしても目覚めなかったトリガーアーム……その覚醒がただの運で、どんどん進化して強くなっていったのも偶発的なものって言うんだね」

嘲るように小首を傾《かし》げるミコト。

「何もかも偶然頼りで一件落着して、メカウデとの共存を目指していく？　そんな日和見主義者にメカウデは導けない。君たちカガミ一族がいる限り、カガミグループは必ずまた同じ過ちを犯す」

ミコトの声音に、初めて感情が顕《あらわ》れたように感じた。それは憎しみと呼ぶには余りにささやかな心の揺らぎだったが、確かな負の感情が籠もっている。

「お前の目的は何だ。カガミグループを乗っ取って、何を企《たくら》んでやがる」

ジュンがそう話をはぐらかしたのは、ミコトの言い分を一部認めてしまったからにほかならなかった。

綺麗事だけでは組織は立ちゆかないという勧告は、まさに今カガミ一族が直面している現実だからだ。

「企むとはひどいな……むしろ、今まで当たり前にやってきたことじゃないか」

おどけるように返すと、ミコトの車椅子の後ろから勢いよく煙が吹き出した。

煙幕に包まれた影が薄れ、消えていく。

『これはこの前の仕返しだよ』

「!?」

ジュンは煙の刺激臭に、既視感を覚えたようだが……捨て台詞にまでは覚えがなかった。

『アマツガ・ヒカル……僕たちへの協力を拒むなら、それでもいいよ。君を研究する方法は、他にもある――』

煙が晴れ始めると、ミコトの姿はなくなっていた。

オルマは明らかに戦いたがっていたが、ミコトは逃走する機会を窺《うかが》っていたということだろう。

微かに残る靄《もや》も風がさらっていった頃、ヒカルも、アキも、アルマも、思い思いに項垂《うなだ》れていた。

ジュンは溜息《ためいき》をつき、独り言のように漫然と提案する。

「お前ら、明日も俺につき合え。今度は保養じゃねえけどな」

○●

翌日の放課後。ヒカルとアキは、カガミグループ分社ビルを訪れた。

最上階の社長室に向かい、そこで現社長のナオヒトと面会する。

エグゼクティブデスクに座るナオヒト、その後ろに控えるイチキシマ。

ヒカルとアキ、ジュンの三人が、対面に用意された椅子に座る。まるで面接のような雰囲気だった。

「君とは一度ゆっくり話をしたいと思っていたが……こんな形で実現するとは」

ナオヒトはヒカルへの挨拶もそこそこに、「すでにある程度の情報は伝わっているとは思うが」と前置きし、今回の事件について説明を始めた。

「事の始まりは、ARMS《アームズ》とカガミグループの協力関係に端を発する〝メカウデとの共存路線〟に反発する、我が社の関係者たちの離反。そして反逆なのだ」

反逆――およそ普通に生きていたら縁のない言葉に、ヒカルの身が引き締まる。

「反逆者たちの組織名は〝アルヴィノ〟……彼らはオルデラ事件のどさくさに紛れ、メカウデキューブや機密情報を奪取していた。無論すぐに対処するつもりでいたが、一つだけ危険なものも持ち出していたのだ。その計画もろともな」

「計画？」

ヒカルの問いに、ナオヒトは苦々しい面持ちで答える。

「その計画は――プロジェクト＝オルマ」

ナオヒトが視線を預けると、イチキシマは心得たように頷《うなず》き、胸に抱いていた端末を操作した。ヒカルたちの眼前に、長方形のウィンドウが投影される。

表示されたデータ映像の中心には、先日遭遇した人造メカウデの画像があった。

「オルマッ……!!」

アキが怒りのこもった眼で睨《にら》み付ける。

彼女のその様を見て益々顔の苦みを深めながらも、ナオヒトは説明を続けた。

「正式名称はオルタナティブ・アルマ……。つまりカガミグループの計画の要トリガーアーム、アルマの代替物《オルタナテイブ》だ」

〈私の、代わり……〉

『お前の影として作られた』――オルマの怨念めいた吐露を思い出したのか、アルマが当惑の色を深める。

「プロジェクト＝オルマは、アルマ……まさに君の代わりにオルデラを起動するメカウデ、言わば人造トリガーアームを生み出す計画だった」

「いつまで経《た》ってもアルマを目覚めさせられねえもんだから、いっそ同じのを一から作っちまえってことかよ……そんな計画、俺は知らなかったぞ」

過去にアマリリスの起こした事故を知っていたジュンですら、そんな計画は小耳に挟んだことすらなかったようだ。

「知らないのはお前だけではない。リスク分散のために並行して進められていた数ある計画の中でも……極秘中の極秘のものだからな」

プロジェクトは巨大化すればするほどリスク分散が重要となる。

アルマを目覚めさせ、オルデラの封印を解く——という本筋の計画が遅々として進まない以上、枝葉の補助的な計画を立案するのは企業として当然の流れだ。

「要はアマリリスのデータから、ウロボロスを創ったのと同じってわけか」

そう言いながらジュンが出してみせたアスクレピオスの触手を目で追いながら、ナオヒトは説明を続ける。

「もっとも難易度は桁違いだ……。アマリリスは十分にデータが揃っていて、能力の一部を再現するだけ……だがトリガーアームは多くが謎に包まれていた上、代替品はデッドコピーでは意味がない」

「ところがアルマは長い間眠りについていて、満足にデータも取れない……か」

ジュンはアルマに意見を促すような鋭い視線を送った。

〈あ……ヤ、ヤクモが記した情報などはなかったのか？〉

アルマが思い出したように問うが、ナオヒトは静かに首を振る。

「君についての詳しい情報は残っていない」

アルマがトリガーアームと呼称され重要視されるようになったのは、一〇〇年前のオルデラの起動実験事故の後だ。

どのようにしてオルデラを起動しようとしたか。その過程やデータの蓄積は文献でいくつも残っていたが、アルマ一個人のデータは何もないという。

何故オルデラを封印できたのか、どうすればオルデラを解放することができるのか不明瞭な以上、代替品を作るに当たってまず何を再現すればよいのかもわからないのだ。

「えっ、じゃあ最初から作れなくないですか……代替品」

「君は中々頭も切れる」

ヒカルの曖昧な疑問から何を言わんとしているかを悟り、ナオヒトは物柔らかな笑みを浮かべた。

「そう、人造トリガーアームなど作れるとは思ってはいなかった。少なくとも私はね。存在していること自体に価値がある計画だったんだ」

ナオヒトはプロジェクト＝オルマの真実を語り始めた。

　そもそもナオヒトは、カガミ家歴代当主がアマリリスに操られ短命なことを悟り、事前策を準備していた。

　アマリリスのデータからアルビトリウム制御に特化した人造メカウデ・アスクレピオスを開発することにした。オルデラが暴走した際に鎮圧するためだ。

　しかしそんなメカウデをただ開発していたら、アマリリスに怪しまれる可能性があった。

　アスクレピオスは最終的に、アルビトリウム不全症である弟の病状を回復するという大事な役目を担うもの。開発を邪魔されるわけにはいかない。

　そこでナオヒトが考えたのは、「何故人造メカウデ開発に着手したのか」という、わかりやすい目眩ましを用意することだった。

　何十年かけてもトリガーアームを目覚めさせることはできず、オルデラ起動計画が進まない。だから自分たちで制御できるトリガーアームを人工的に製作する。

　そうしてカガミグループは人造メカウデの研究開発をするようになった——という、もっともらしい誕生秘話を描いた。

　まずはアルマの代替品を研究し、その過程で様々なメカウデのコピーを試作していく——自然な流れの中に、アスクレピオスの開発を組み込んだというわけだ。

「案の定私を乗っ取ったアマリリスからも、プロジェクト＝オルマはノーマークだった。トリガーアームのコピーなど創れるはずがないと、奴もまた確信していたのだろう」

絶対にできないと確信していたのか……あるいは、そのアマリリスを裏で操っていたフィストが、念のためやらせておく価値がある研究だと判断して泳がせたのか。

いずれにせよ、プロジェクト＝オルマは水面下で密かに続けられた。

「そして計画の中心人物が、カグラ・ミコトだ。彼は幼いながらに天才的なメカウデ研究者で、率先してオルマの研究に携わり、そして自ら被験者に志願した」

「被験者、って……」

あまり響きの良くない言い回しに、ヒカルは表情を固くする。

「実際、彼は会社には秘密で、自分自身を用いてかなり危険な深度まで実験を進めていたようだ。そしてついに事故が起こり、後遺症で幼くして車椅子の生活を余儀なくされた。ところが……それからより一層、オルマの研究に没頭するようになってしまったんだ」

不意にジュンが横目で見やると、アキは眉根を歪《ゆが》ませていた。

幼い頃メカウデの実験事故で家族を失った彼女にとって、聞いているだけで心を抉《えぐ》られるような話であろう。

〈ミコトは何故そこまで、メカウデの研究に取り憑かれてしまったのだ……〉

「……それは私にもわからない。本人から聞くしかあるまい」

暗にミコトを「拘束する」と告げ、ナオヒトは話を本筋に戻した。

「アルヴィノは我々に脅迫状を送ってきている。自分たちの意に従わなければ、カガミグループを力尽くで乗っ取ると」

そこでナオヒトは椅子に深く座り直し、

「脅迫状にある期限、満月の日まであと三日……。その前にメカウデ使いの精鋭部隊を編成し、アルヴィノを鎮圧するつもりだ」

そしてヒカルやアキへ意見を求めるような視線を送った。

ここまで詳しく話したのは、首謀者とその目的を知った上で、備えてほしいからだろう。

アキはおもむろに立ち上がってイチキシマの元へと歩いていき、彼女へ手を差し出した。

「知っているアルヴィノの情報を全て教えろ。アジトの目星ぐらいはついているんだろう」

「疑わしい場所だけでいくつもありますし、その拠点も常に移しているようですが」

「構わない。全て回る」

イチキシマが困ったようにナオヒトを見ると、彼はしばし躊躇《ためら》った後、許可の首肯《しゅこう》を送る。

程なく、アキは自分のスマホの画面を仇《かたき》のごとく睨《にら》みつけていった。イチキシマから情報が送信されたようだ。

「ヒカル……ここにいろ」

そしてアキはもうこの場所に用はないとばかり踵《きびす》を返し、社長室を飛び出していく。

「いろって……ええ、いつまで!?　学校は!?」

「あいつがそこまで考えてるわけねえだろ……」

いつものことながら、アキの直情径行ぶりに頭を抱えるジュン。

しかしナオヒトはというと、むしろその向こう見ずな行動に好感を抱いたようだった。

「あの行動力は見習うべきところがある。できれば鎮圧部隊には彼女も加わってほしいところだが……問題は君だ。いや――君たちだ」

ヒカルと、すっかり消沈して無言になっているアルマに、ナオヒトは試すような眼差しを送る。

「ジュンには、君をもう戦いに巻き込むなと言われていたのだが……すでに巻き込まれている」

「おい！」

不意打ちでバラされて抗議するジュンを余所《よそ》に、ナオヒトはその切れ長の目をさらに細めた。

それは世界的大企業の若き総帥が問いかける、決断の選択であった。

「君たちはどうしたい。アマツガ・ヒカル、そしてアルマ」

○
●

淡い黄昏《たそがれ》が降り始めた頃。死んだように寂れた廃工場群に、派手な衝撃音が響きわたる。

アキがメカウデ使いの男をデキスで摑《つか》み上げ、工場の外壁に叩きつけたところだった。

「仲間を全てここに呼び集めろ……！」

「勘弁してください、無理ですよそんなの！」

腕から首、顔にまで攻撃的なタトゥーの入ったその荒くれ者は、アキの恫喝を受けて怯《おび》えたように首を振る。完全に戦意を失い、デライズを解除したメカウデキューブが足元に転がっていた。

それでもアキは、拘束の手を緩めない。

アキがカガミグループ分社ビルを飛び出してから四時間。彼女はすでに三箇所、イチキシマから教えられたアルヴィノのアジトと思《おぼ》しき場所を急襲していた。

だが、成果はほとんど得られていなかった。

確かに情報の精度は高く、何らかの研究の痕跡や、メカウデ使いが点在していたが、どこも一人二人が待機しているだけ。ダミーとして設置されている可能性もある。

アジトを潰してはＡＲＭＳ《アームズ》に報告して後を任せ、次に向かい……それを繰り返す。

日が沈んでからは、アキにも焦りの色が見え始めている。

カグラ・ミコトは自分たちに正体を明かした。

これまでは下っ端が密かに襲撃してくる程度で済んでいたが、この先ヒカルの危険度は飛躍的に上がる。後手に回ってはいられない。

〈アキさま、こいつ気絶してるみたいですぜ〉

「む……」

デキスに言われて我に返り、摑み上げていた力を緩める。

白目を剝《む》いた男はずるずると壁を滑り落ち、地面に倒れ込んだ。

「そんなことしなくても、呼んでくれたらこっちから来たのに」

背後から幼い声が響き、アキは弾かれるように振り返る。

いつの間にか、車椅子に座ったミコトが姿を現していた。

すでに展開されたオルマが、不気味にこちらを睥睨《へいげい》してくる。

「願ったり叶ったりだ……貴様さえ現れれば、後の雑魚《ざこ》などどうでもいい」

アキとて、考えなしに動いているわけではない。

ナオヒトの言っていたとおり、アルヴィノという組織は落伍者の集まり。強気に出られるのは、自分たちには特別なメカウデがあるという力の妄信からに過ぎない。

ミコトさえ無力化すれば、アルヴィノは瓦解《がかい》する。

オルマさえ倒せば――ヒカルは安全になる。

「連絡先を交換しようか？」

とぼけた口ぶりで提案するミコト。

アキは眼差しの鋭利さでその戯れ言を切って捨てる。

「不要だ。貴様とは明日から、連絡どころか言葉を交わすことさえなくなる」

言外に「今日ここで倒す」と宣言し、デキスを勇ましく構えた。

「その前に一つだけ聞かせろ。何故今回は、自分から姿を現した」

「オルマはまだ生まれたてで、その真価は未知数だ……実戦経験が必要なんだよ。こればかりは、研究だけじゃどうにもならないからね。それに――」

「ならば経験させてやろう」

アキはミコトが言い終わるのを待たずに深く一歩を踏み込み、

「敗北を!!」

ミコトの眼前へと急迫した。

横合いから撃ち込まれたオルマの拳《こぶし》が、デキスの爪を弾く。しかしアキは攻撃の手を緩めず、追撃を繰り出していく。

今日は逃走を許しはしない。

ミコトの言うとおり、オルマの力は未知数だ。

しかしいくらメカウデが強力であろうと、使い手が未熟では真価を発揮することなどできない。車椅子での生活を余儀なくされていたミコトが、戦闘訓練を受けているはずもなく。

たとえ相手が非戦闘員だろうと、アキは躊躇《ちゆうちよ》せずに叩きのめすつもりだった。

「くっ……」

攻防の応酬の最中、思わず歯噛《はが》みするアキ。オルマの攻撃は凄《すさ》まじく重い。ミコトとは糸のように細いアルビトリウムの線で繋《つな》がっているだけだというのに、大地に根が生えたような膂《りょ》力《りょく》だった。

〈貴様の力はその程度か〉

嘲笑と共に、ミコトの頭上高く浮遊していくオルマ。

メカウデ使いの戦闘力はすなわち、メカウデの戦闘力。

自分のせいでこれ以上アキが侮辱されるのが、デキスには我慢ならなかった。

〈舐めやがって……!!〉

ドリルのように錐《きり》揉《も》み回転して放たれたデキスの渾身《こんしん》の一撃が、ついにオルマを跳ね飛ばした。

〈ほう……〉

嘆声さえ、無感情に淡々と零《こぼ》すオルマ。

「よし。次の段階に行こう、オルマ」

ミコトが意味ありげに指示をする。車椅子の背後から何かが不気味に這《は》い出し、オルマの下部に取り付き始めた。

オルマの変形ではない、別のパーツだ。黒い残骸の束《たば》――メカウデの部品のようなものが自ら意思を持って変態し、どこかで見たような形に変わっていった。

（あれは――!!）

既視感の理由に気づくアキ。オルマが自分の身体の下部に装着したのは、フォルテのメカウデそっくりのガトリングガンだった。

掃射された針状の光弾を、デキスでの防御と自らの体術を駆使して回避していく。

「次だよ、オルマ」

ミコトが指示すると、オルマの下部のパーツがバラバラに崩れ落ち、空中でピタリと動きを止めて即座に再変態を始める。

まるで磁石に弄《もてあそ》ばれる砂鉄のような、奇怪な挙動だった。

今度はカズワのメカウデの蛇腹剣の形を取り、切っ先が変幻自在の軌道でアキとデキスに襲いかかった。

「そうか、そいつの能力は……!!」

「――そう、オルマはあらゆるメカウデの力を使える」

苦々しく吐き捨てるアキに、ミコトは不敵な笑みで答える。

フィストはカガミグループ所属のメカウデの技術を全て把握し、その戦闘法に完璧に対応していたが……オルマは、メカウデの情報そのものを自分の力とした。

全てのメカウデを導く存在、アルマ――トリガーアームのコピーとして生を受けたオルマは、情報として持つ全てのメカウデの能力をもコピーすることが可能なのだ。

「メカウデが存在する数だけ、オルマは強くなる……あなたに勝ち目はないよ」

「そのカガミグループのメカウデはどいつもこいつも、一度は叩きのめした奴らだっ!!」

アキは空中で回転ざま、蛇腹剣の繋《つな》ぎ目にデキスの爪を突き立てる。

オリジナルよりも強度は劣るのか、剣のパーツはあっさりと砕け、宙に飛び散った。

〈なるほど、なかなかの動きだ……だが〉

オルマのパーツは更なる変形を遂げ、今度は蠍《さそり》の尾めいた形状に変化した。

パーツが伸び、先端の針がアキの顔面目掛け一直線に突き込まれる。

「遅い！」

アキは跳躍したまま身をひねり、紙一重で針を躱《かわ》す。その勢いのまま突っ込み、カウンターを食らわせる目算だ。

だが、先ほど蛇腹剣を難なく見切ったことで、同じように紙一重で回避したのが災いした。

回避したアキの背後で、オルマの触手は弧を描いて旋回。死角からアキを急襲した。

「はっ!?」

アキは滞空したままデキスを眼前にかざし、なんとか防御が間に合ったが――それは防御をしてはいけない攻撃だった。

ほんの僅か、数ミリほどの突端がデキスの身体に突き刺さる。

それはアキの知らない、トウドウのメカウデの能力だった。

〈ぐあああああああ……!!〉

毒針を刺されたデキスは苦悶の声を上げて意識を失い、ガクンと項垂《うなだ》れてしまう。紅《くれない》の瞳のパーツからは、色彩が失われてしまっていた。

バランスを崩して落下したアキは、受け身も取れずに地面に叩きつけられた。

「うぐ、う……!!」

毒針の効力はアキ自身の身体にも及び、運動能力を殺されてしまっていた。

ミコトはゆっくりとアキの前に寄り、勝ち誇った笑みを浮かべる。

「これはつい最近戦った、あるメカウデの能力だよ。その使い手は用心深くて、自分のメカウデの情報をカガミグループのデータバンクにも一切入れていなかった……。けれどひとたびオルマと戦えば、このとおりさ」

情報を吸収するだけに留まらず、対戦するだけでメカウデの性能を模倣する能力。

たとえ一つ一つは劣化していたとしても、それを際限なく行使できるのが危険すぎる。

そして、昨日プールの帰りに逃走した際の捨て台詞の意味もわかった。

ヒカルが協力を拒むなら、それでもいい。研究する方法は、他にもある、と。

協力がなくてもヒカルは研究できる……オルマは、戦うことでアルマからもヒカルからもデータを得るつもりなのだ。

アキは今にも手放してしまいそうな意識を怒りで懸命に繋《つな》ぎ止めるが、ミコトを睨《にら》み付ける余力すらも残されていなかった。

指一本満足に動かすことができない。正座をした後の足の痺れが全身に回ったような、不気味な感覚だった。

〈お前如きでは俺には勝てない。おとなしくアマツガ・ヒカルとアルマを連れてこい〉

「ふざ……う、な……」

必死の反論も痺れで途切れ途切れになり、嗚咽《おえつ》のように虚しく響く。

〈ならば祈れ。叫び声が届けば、助けが来るかもしれんぞ〉

痛めつけたところで、大声など出せないというのに。

拷問を加えられることよりも、ヒカルがこの場に来てしまう恐怖のほうが勝る。

アキの頭上に、死神の鎌めいて無情にオルマが振り下ろされる。

しかしその黒き死の旋風は、空高く舞い降りたもう一つの黒い光によって大きく弾き上げられた。

〈何?〉

激しく飛び散る火花と、木霊《こだま》する衝撃音。車椅子ごと急後退し、距離を取るミコト。

「お姉ちゃんっ!!」

見上げることすら叶わぬアキの耳に、こんな場所へとやって来るはずのない妹の……フブキの声が聞こえた。

アルヴィノのアジトを潰したとARMS《アームズ》に送った連絡が何らかの理由でフブキに伝わり、自分を捜し回っていたのかもしれない。

「お姉ちゃん、しっかりして!!」

〈アキさま!　……デキス、何があった!!〉

シニスが必死に訴えかけても、デキスは毒で気を失ったままだ。

〈双子のメカウデか……。面白い〉

オルマがフブキを標的に定めてしまった。

「よ、せ……来……な……」

このメカウデの能力を伝えなければ、フブキが危ない。

懸命に叫ぼうとしても、吐息が漏れるだけだ。いよいよ意識が薄れ始めた。

激しく交錯する激突音が、断続的に耳朶《じだ》を叩く。

戦うな。私を置いて逃げろ……。

せっかく再会した妹が……ようやく日常に戻ってこられた、大切な妹が……。

悲痛な願いもろとも、アキの意識は途切れていった。

○●

アキが社長室を出て行ってからも、ヒカルは言われたとおりにおとなしくカガミグループ分社ビルで待っていた。

質問を投げた後、無言でじっと自分を見つめ続けるだけのナオヒトと、同調行動を取るように無言を貫くイチキシマ。助け船を出してくれることもなく、黙り込むジュン。

静まり返った空間で、ヒカルとアルマはただただいたたまれず、二人揃って目だけを忙《せわ》しなく彷徨《さまよ》わせていた。

しかしフブキから「すぐ来てほしい」と連絡を受け、渡りに船だとばかりダッシュで社長室を後にし、彼女に教えられた場所へと急行した。

フブキからのその連絡が、オルマと戦う前に送られたものだと知ったのは、それからしばらく経《た》ってのことだった。

灯りの満足にない廃工場群の只中で、地面に力なく倒れるアキとフブキの姿を発見した。デキスとシニスが展開されているが、その二人とも使い手同様に気を失っているようだった。

「アキ！　フブキ!!」

ヒカルはアキを抱き上げ、必死に呼びかける。

「アキ！　しっかりしろ、アキ!!」

〈生命に別状はないようだ……〉

アルマは動揺を押し殺して姉妹の様子を探った。

幸い致命傷こそ負っていないが、ところどころ傷ついた二人を見れば、ここで戦いが行われていたことはわかる。

辺りをよく見わたすと、夜闇に隠された破壊の痕跡が、戦いの凄《すさ》まじさをさらに如実に伝えてきた。

〈う……〉

フブキの右脚からシニスの呻《うめ》き声が聞こえた。

〈シニス、一体何があった!?〉

〈オ、オルマだ……。追い返すことはできたが……っ、強すぎる……。……早くアキさまとフブキさまを病院へ……頼む……!!〉

アルマの問いにヒビだらけの身体で応え、シニスは再び崩れ落ちた。

応援を呼んで姉妹をARMS《アームズ》の本部の上に建つ病院に運んだ頃には、日付が変わろうとしていた。

二つ並んだベッドにそれぞれ横たわる姉妹。

顔や腕に包帯が巻かれた二人を、ベッドサイドの椅子に座ったヒカルは遣《や》る瀬《せ》ない顔で見つめていた。

こうして病室でアキを見るのは、ジュンと戦ってシニスとデキスのメカウデキューブを取り戻して以来だろうか。

アキとフブキは未だに眠ったままだが、シニスとデキスは何とか意識を取り戻していた。展開し続けられてはいるが、怪我の度合いでいえば、姉妹よりも余程上だ。シーツの中から出たその身体は無数にヒビが入り、ボロボロになっている。

メカウデも生命体である以上、怪我を負えば回復は自身の治癒力に依存するしかない。

シニスとデキスは、弱々しく声を震わせながら事の顚末《てんまつ》を語り始めた。

アルヴィノのアジトを潰していくアキの前に、ミコトが自ら姿を現したこと。

無数のメカウデの能力を駆使するオルマに、アキが敗北を喫したこと。

そしてアキを助けに来たフブキも、奮戦虚しく倒されてしまったこと——。

〈——メカウデの能力を模倣する……。オルマがそんな力を……〉

戦慄《せんりつ》するアルマ。シニスとデキスは、憎しみの籠もった声で吐き出していった。

〈オルマはメカウデとの戦いを楽しんでいる〉

〈そしてあのガキにとっちゃ、戦いはレベルを上げるためのゲームに過ぎないんだ……!!〉

顚末を聞き終わったヒカルは、悄然と項垂《うなだ》れた。

「カガミグループに恨みはないとか言ってたけど、本当にゲーム感覚なのか……」

ミコトはアキとフブキの二人を相手にしながらも、二人を放置して去って行った。さらなる増援の到着を懸念して早めに姿を眩ましたとも考えられるが、シニスとデキスを強引に奪うぐらいの時間はあったはずだ。

アキはかつてヒカルに、『何故自分にとどめを刺さなかった』と疑問をぶつけてきた。

アルマと出逢って間もなかったヒカルは、訳もわからず自分に襲いかかってくるアキを必死にやり過ごしたに過ぎない。だからその質問を聞いて、自分とアキは住む世界が違うのだと痛感したのを覚えている。

メカウデ使いにとって敵のメカウデ使いは脅威であり、徹底的に排除するのが当然なのだと。

それをしなかったミコトが、戯れに混沌《こんとん》を振り撒いているだけだと考えるのは、ある意味自然なことだった。しかし、本当にそうなのだろうか……。

〈ヒカル……頼みがある〉

いつしか黙考していたヒカルは、シニスの声に意識を引き戻された。

〈あの社長、アスクレピオスの……人造メカウデの開発者らしいな〉

デキスが言葉を継ぐ。ナオヒトのことを指しているのだろう。今日の社長室でのヒカルとの会話を聞いていたようだ。

シニスとデキスは意思を共有するように頷《うなず》き合い、

〈私たちを――オルマのように改造するよう伝えてくれないか〉

事もあろうに、メカウデ研究者に自分たちを改造してもらうよう頼んできた。

一瞬どうしてそんなことを言うのか、理解できず固まったヒカルだったが、

「な、何言ってんだよ！　お前らまさか、またオルマと戦うつもりか!?」

〈俺たちが止めたところで、アキさまは必ずまた戦いに行く〉

デキスの言うとおりだろう。アキが目を覚ませば、仮にシニスやデキスが戦いを拒否しても一人で向かう。そういう少女だ。

〈覚悟はできている。今以上に強くなれるなら、私たちは死んでも構わない〉

〈な！　何てことを言うんだ……〉

シニスの悲壮な訴えに、言葉を失うアルマ。

シニスとデキスは、自分たちの頼みがどれほど無茶な方法かは承知の上で言っていた。

そんな捨て鉢な覚悟を認めるわけにはいかない。

「無理矢理改造して、強くなれるわけないだろ!!」

メカウデの仕組みなど全く理解していないヒカルでも、それだけは確信を持って言えた。

〈ではどうすれば強くなれる！　どうすれば君やアルマのような力を発揮できるんだ!!〉

血を吐くようなシニスの叫びに、ヒカルとアルマは打ちのめされた。

彼がまさか、自分の無力さを嘆くなど思いもよらなかったからだ。

そしてその嘆きは、デキスも共有しているものだった。

〈七年だぞ……俺たちは、アキさまとフブキさまが小さな頃から、ずっと一緒に育ってきたんだ！〉

〈そして私たちは、アキさまの長きにわたる復讐とともにあった！　アキさまは……青春の全てを復讐に費やしてきたんだ!!〉

シニスとデキスは口々に叫び、人が崩れ落ちるような仕草で力なくベッド下の床に横たわった。

〈ようやく復讐を果たして……アキさまは笑われるようになった……自分の信じるもののために戦われるまでになられた〉

そしてシニスは変わってゆくアキを見てきた喜びと、今、彼女の力になれない無念さを訴える。

〈それなのに……それなのに、私もデキスも、アキさまに必要な力を出すことができない！

何度も負けた!!〉

〈俺たちに力があれば……！　オルデラやフィストと戦い抜いた、アルマ……お前みたいな力があれば……!!〉

初めて聞く、二人の弱音だった。

絶対の自信を持ち、事実強い。鬼神の如き力を発揮して戦場を駆け抜けたメカウデ・シニスとデキス。

ヒカルにとっても、強いメカウデの代名詞のような兄弟だった。

その二人がまさか、自分たちの弱さを悔やみ、負い目を感じていたなど……。

二人はアキの従者のように恭《うやうや》しく従い、常に彼女を支えてきた。

常日頃からアルマと他愛のない言い合いをしてきたヒカルと違い、アキに弱音を打ち明けることなどできなかったのだろう。

かける言葉が見つからず、床に視線を落とすヒカル。

その時。病室のドアが乱暴に開かれ、入室して来る者がいた。

果物籠《かご》をベッドサイドテーブルへ放り投げるように置いたのは、ジュンだった。

「メカウデの研究者なら、俺もツテができたとこだが……改造なんざやめとけ」

ドア越しに病室内での話を聞いていたようで、ぶっきらぼうに言い放つ。

「改造して強くできるなら……とっくにやってんだろ。昔のカガミグループなら」

ジュンのもっともな意見に、気が動転しかけていたシニスもデキスも、さすがに少し冷静さを取り戻した。

カガミグループはシャークルという装置でメカウデの意識を剝奪し、兵器として隷属《れいぞく》させていた。既存のメカウデを強化する術《すべ》があるなら、それがどれほどの危険を伴おうが躊躇《ためら》わずに行使していただろう。

おそらくフィストがそうしたように、オルデラの力を取り込むことがメカウデが自力で進化する唯一の方法なのだ。

しかしここには、その唯一の進化と、さらにもう一つの方法で強くなった経験のあるメカウデがいた。

〈シニス、デキス。私は自分のことを強いと思ったことは一度もない〉

精一杯に身体を伸ばして二人に顔を近づけ、アルマが穏やかな声で語りかけた。

それは為《な》す術《すべ》のない敗北を味わったばかりのシニスとデキスにとって、謙遜どころか皮肉にすら聞こえる手痛い一言だった。アルマの圧倒的な力を、何度も目の当たりにした二人にとっては。

歯噛《はが》みするように震える二人に、アルマは優しい声音で告白を続ける。

〈ただ、ヒカルと一緒なら何でもできる気がする……そう信じている。本当にそれだけなんだ〉

アルマは一〇〇年前の事故でオルデラの光を浴び、特別な存在になった。

だがそれだけでは同じ条件で強くなり、かつ記憶を失った自分と違って重ねた年月の分――執念で、性能を超越する強さを獲得したフィストを止めることなど、決してできなかった。

自分を強くしたのは、相棒との絆。ヒカルを信じる心だ。

〈そのぐらいアキとフブキを思っている君たちなら、きっと強くなれる。信じるんだ〉

一片の疑いもなく信じていることだからこそ、アルマの言葉はシニスとデキスの荒《すさ》みかけた心に深く染み入っていった。

〈アキ様を……〉

〈信じる……〉

ヒカルも微笑《ほほえ》みながら頷《うなず》き、ジュンは興味がないふうを装って虚空を見やる。

そしてヒカルもまた、未だ言葉にできずにいる思いを形にする時がやって来たのを感じた。

自分は今、何をすべきなのか。

○●

アキたちの病室を後にしたヒカルとジュンは、病院の出入り口の前でどちらからともなく立ち止まった。

しんと凍り付いた夜闇に包まれ、行き場をなくした胡乱《うろん》な思いが彼らの胸の裡を彷徨《さまよ》う。

「一手遅れちまったが、連中の動きは俺たちが逐次探ってる。もう少しでケリがつくはずだから、心配すんな」

ジュンは事務的な固い口調で、彼なりの気遣いをかける。

「わかった」

ヒカルは曖昧に相槌を打つよりほかなかった。心配するなというのも無茶な話だが、今はカガミグループの対処を信じるしかない。

「お前らはどうすんだ。さっき兄貴に聞かれた時、黙っちまってたけど」

アキが飛び出していった後の社長室で、ヒカルはナオヒトに問いかけられた。

『君たちはどうしたい』と。

その時ヒカルは、「頑張ります」といった返答でお茶を濁《にご》していた。

そして今も、思いや考えを、これだという言葉に託して表すことができないでいる。

〈私は前のように、ヒカルと一日行動を共にする〉

ヒカルの代わりに、アルマが幾許《いくばく》か強張《こわば》った声でそう宣言した。

「そうだな、オルマのことが片付くまでは、そのほうがいいか」

同意するヒカルだが、アルマは力なくかぶりを振った。

〈いや……そうではない。この件が解決してからも、ずっとだ〉

口調に何か不穏な決意を感じる。ヒカルは困惑しながら聞き返した。

「ゲート作るのはどうするんだよ。俺、ずっとＡＲＭＳ《アームズ》には行けないって」

〈ゲートの製作は、延期だ。……いや、中止だ〉

ヒカルとジュンが、思わず言葉を呑《の》み込んでアルマを凝視する。

〈私は、この世界に残ることにした……!!〉

人が感情の遣り場を見失ってそうするように。

アルマは拳《こぶし》を強く握り絞め、悲痛に震わせていた。

〈それが君を戦いに巻き込んでしまった、私の責任なんだ〉

ひどく深刻な、それでいて悲愴な吐露。

だがヒカルは「またか」とげんなりしてしまったのが正直なところだった。

そして、「変わらないな」という安堵《あんど》も。

アルマはヒカルが危険に晒《さら》されることに責任を感じているようだが、それはすでに何度か乗り越えたことだ。お互い納得ずくの相棒関係だと思っていた。

しかしいざ再び危機に直面すると、自責に苛《さいな》まれる。誰よりも優しい、アルマらしい決心だった。

〈今回の件が解決したとしても……また同じような事が繰り返される気がするのだ〉

「だろうな。カガミグループは内外に敵を作りすぎた」

アルマの危惧は、ジュンによって無情に肯定される。

オルデラ事件の後に霧散した多くの職員、そして散逸した情報。

火種はごろごろ転がっている。だがそれはジュンもすでに覚悟の上だ。

カガミグループの清濁全てを受け容れ、自分の理想とする会社に変わっていけるよう、最善を尽くす。若き少年は、見果てぬ夢を折れぬ意志で完徹する強い意志を固めていた。

〈メカウデ世界に向かうのは、この世界に危険な輩《やから》がいなくなったと保証されてからにすべきだ〉

ジュンも今度はさすがに言葉にこそしなかったが、『そんな日、一生来ねえかもよ』と表情で語っている。

ヒカルは子供を諭すような穏やかな口調で、アルマへと語りかけた。

「俺の護衛なら、アキがいるから心配すんなって」

〈アキだけでは心配だ！〉

「アキが聞いたら怒るぞ絶対……」

アルマの頑固さは自分が一番よく知っている。ここはもう、ぶっきらぼうに突き放すほうが効果的だろうとヒカルは判断した。

「お前の『やりたいこと』はもう、だいたいやれただろ？　だから、メカウデ世界に行っても大丈夫だって」

だがそれを耳にした途端、アルマは目を伏せて押し黙ってしまった。

〈……〉

「アルマ？」

話しかけても、返事はない。

「おい、アルマ」

顔を近づけて覗き込むと、ぷいっとそっぽを向いてしまった。

「何むくれてんだよ、おい……おいって」

ヒカルはムキになってアルマを追い、上体を忙《せわ》しなく動かす。

アルマはひょい、ひょいと視線をかわしていく。意地でも目を合わせないつもりのようだ。

〈ヒカル……私が何故怒っているか、わかるか?〉

「はあ!? わかるわけねーだろ、ちゃんと説明しろよ!!」

〈察してくれなければ嫌だ!!〉

「だから彼女かよ!」

呆《あき》れて無関心を装っていたが、思わず横からツッコんでしまうジュン。こういうアルマの面倒なムーブを、彼は前にも見たことがある。

〈嫌だーっ!!〉

とうとうヒカルにバンザイをさせ、パーカーを無理矢理脱がせるアルマ。

肩に乗ったペットのような軽やかさで地面に飛び降りると、器用にぴょんぴょんと飛び跳ねて逃げ始めた。パーカーをキャンディの包み紙のように捻《ひね》って己を包《くる》み、さらに速度を加速させる。

捕まえようと追いかけて手を伸ばすヒカル。

その捕獲を妨害するかのような挙動で、何かが空からアルマの傍《そば》まで飛んできた。

キタカガミ市の住人には馴染《なじ》み深い、カガミグループ製の配達用ドローンだ。

どこで使い方を覚えたのか、ドローンに乗ってみるみる宙に浮いていくアルマ。

さながら、メカウデ用のタクシーだ。

ドローンアルマは、あっという間に空の彼方へと消えていってしまった。

「あいつ満喫してんなあ、カガミグループ……」

ジュンは手刀で額に庇《ひさし》を作り、アルマを載せたドローンを呑気《のんき》に見送った。

「あーもう、久しぶりにワケわかんねえ！」

乱暴に尻餅をつき、頭を掻《か》きむしるヒカル。

「お前らいっつも喧嘩してんな……」

「お前にだけは言われたくない」

恨めしげにジュンを睨《にら》むヒカル。彼がアキと顔を合わせて、口喧嘩一つなく終わる日のほうが珍しい。

ヒカルは縁石に立てかけていた鞄を開け、中から一冊のノートを取り出した。

アルマの記している『やりたいことノート』だ。

勉強。お出かけ。交流。様々な項目に○がつけられている。

「乗り物に乗りたい」と書いてあるのを見つけ、それにも○を描いておいてあげた。

すでに多くの項目が達成されている。さすがにノート一冊丸々をやりたいことで埋めることは難しいだろうから、今後増えたとしても数個だろう。

ヒカルはあらためて、アルマがこのノートを書き続けた意味を考える。

そして、一つの結論に至った。

「――けど今回で、喧嘩の仕納めにしなきゃだよな」

尻の埃《ほこり》を払い、ノートを手にしたまま緩やかに立ち上がった。

「わかってんじゃねーか」

ジュンはヒカルの決意に満ちた横顔を見届け、用は済んだとばかりに歩き去って行った。


これからも戦いは終わらない。何らかの事件は起こり続けるだろう。

楽観的なヒカルですら、それは確信が持てることだ。

ノートに無数に記した小さな願いをどれだけ達成しても、一番の願いが叶わなければ意味がない。


「……諦めさせるかよ。あいつの夢」

正円に限りなく近い月を仰ぎながら、ヒカルは決然と呟《つぶや》いた。

第七章　「ここは俺たちに任せて、先に行け」

カガミ・ナオヒトは社長室の端末で、社のデータベースにアクセスしていた。

セキュリティレベル・8。カガミグループ総帥である彼の立場などで、ようやく閲覧を許される深度の機密情報だ。

その中には、カガミ・ヤクモも名を連ねるカガミ家家系図もある。

分家の項まで進むとカグラ・ミコトの名があったが、このレベルのデータベースであっても特段これといった情報は記録されていない。

本当に天性の天才少年という以外に表しようがない経歴であった。優れたメカウデ使いの才能もあったというような記述は、ただの一行とて存在しない。

それにしても、この少年のメカウデへの……オルマへの執着は異常だ。一体どんな方法を用いたのか、何度も凍結されかかったプロジェクト＝オルマを自力で存続させた跡もある。

一体何がそうさせるのか。事故で車椅子生活を余儀なくされているからというだけでは説明がつかない。

メカウデに依存しなければ生命に関わるような、自分の弟と同じような何か重い理由が――彼にもあるのだろうか。

続いて「プロジェクト＝オルマ」の詳細を今一度確認する。

ナオヒトがアマリリスへの目眩ましとして用意したこのダミーの計画が、どのように行われていたか。

こちらもプロジェクトの変遷そのものに特筆すべき点はない。

だが列挙されているオルマの性能は、優れたメカウデ研究者であるナオヒトをして驚嘆させる凄《すさ》まじいものだった。

「……オルマはカガミグループのデータベースに登録された、あらゆるメカウデの能力を模倣できる……。自己再生能力も高く、人造メカウデでありながら自我を有する……」

トリガーアームの代替品は務まらないにしても、十二分に驚異的な戦闘能力を持つメカウデだ。

フィストがオルマを手駒とせず放置したのは、彼が単純な戦闘力を欲してはいなかったからか、それとも完全には御せない存在だと踏んだか。

そんな謎めいた人造メカウデであるオルマを、病弱な上にただの研究者であるミコトがデライズして操っているのがますます不可解だ。

「さて、どうやって攻略すべきか――」

ナオヒトは自分が「今回の事件についてどうしたい」とヒカルに尋ねた時、彼が最後まで答え倦《あぐ》ねていたことを思い出していた。

彼の選択がどうあれ、これから編成される鎮圧部隊にオルマの情報を共有して対処を任せるほかない。

ナオヒトがデータベースへのアクセスを切ったところで、社長室に秘書のイチキシマが入ってきた。

彼はそれまでの鉄面皮を和ませて話しかける。

「そういえば、ギャラクシーワールドはどうだった？」

「皆さん、大いに楽しまれていました。ただジュンくんは、『何でもある総合テーマパークを謳《うた》ってるわりに、昆虫コーナーがないのはマイナスだろ。顧客満足度が大きく下がるぜ』と言っていましたが」

イチキシマがプールでジュンに宣言したとおり、本当に彼の感想を過不足なくナオヒトに報告していた。

「……正式オープンまでに増設するとしよう」

心から嬉しそうに、嫋《たお》やかな微笑を湛《たた》えるナオヒト。

背丈も、態度も、言葉遣いも、自分が知っている頃からは色々なものが変わってしまったが……やはりジュンは、可愛い弟のままだ。

そんなナオヒトの心の裡を見透かすかのように、休暇のバカンスであっても無表情を崩さなかったイチキシマもまた――どこか子供のような幼い微笑《ほほえ》みをそっと浮かべるのだった。

ナオヒトとイチキシマは、幼馴染で長い付き合いだ。

しかしイチキシマは、ナオヒトがアマリリスに操られていることも知らず、また彼がそれを予見して対策を立てていたことも聞かされていなかった。そのため、ある時から態度が豹変《ひょうへん》してしまった彼のことをずっと心配していたのだ。

オルデラにまつわる事件は解決し、アマリリスの呪縛からも解放されてナオヒトは元の優しい青年へと戻った。

これでようやく――

安堵《あんど》に瞑目《めいもく》したイチキシマは、響きわたった轟音《ごうおん》にすぐさま目を見開いた。

「何!?」

ナオヒトが慌てて立ち上がるより先に、社長室のドアが乱暴に破られる。

そして凶相に彩られた無数のメカウデ使いが、雪崩《なだれ》を打って室内へと突入してきた――。

○●

ヒカルと別れた後、ジュンはDr《ドクター》．G《ジー》ことマツジイの研究所を訪れていた。

以前と同じように、研究室の奥にあるメンテナンスに特化した部屋で、アスクレピオスを調整してもらう。そのついでに、マツジイに頼まれた『メカウデの観察』結果を報告していた。

調整といっても、スパナやトンカチで派手にバラすような手順ではない。ケーブルを繋《つな》ぎ、内部にデータを送信したりアルビトリウムの流れを調節したりといった、地味な作業だ。

しかしこのメンテナンスは、兄ナオヒトをしてマツジイにしかできないと言わしめる繊細な作業なのだ。

それを雑談交じりにこなしてしまうところが、マツジイが多くのメカウデ研究者に尊敬される存在たる所以《ゆえん》なのだろう。

様々なメカウデの言動、メカウデ使いとのやりとり、メカウデ相撲での戦績など、ジュンのする話に「ほう」「なるほど」と逐一反応を返しながら、マツジイは作業を進めていった。

「やはりお前はメカウデを見る目がある。面白い話が聞けたわ」

「遊んでただけだぞ」

ギャラクシーワールドでのメカウデ観察報告は、世間話のようなものだ。

「なあマツジイ……オルマについて教えてくれないか」

ジュンは今日の本題、自身が遭遇した人造メカウデ・オルマについて質問していった。

自分が一度会敵し、その異質な存在感や意思を持っている点に驚かされたこと。

そしてその後、強力なメカウデ使いであるアキとその妹フブキが、オルマに手も足も出ずに倒されたという事実。

ギャラワでの他愛のない話を聞かせていた時の興味津々な表情から一転して、マツジイは冷ややかな面持ちでジュンの話を聞いていた。

「そうか……目覚めたばかりだと思っていたが、オルマはそこまで強くなっていたか。やはり、アルマに触発されたのだろうな」

「オルマってのは一体何だ。どうして人造メカウデなのに、心を持ってやがる」

オルマが繰る言葉を聞いてわかった。あれはどう見ても、人工的に作ったプログラムなどではない。普通のメカウデと同じ、感情があったのだ。

「あのミコトってガキは、アルビトリウム値が常人以下だ。つまりオルマも――」

「そうだ。特異な方法ではあるが、奴も自力でアルビトリウムを生成できる」

マツジイはキーボードを叩く手を止めず、淡々と事実を返した。

オルマは人間の力を借りず、自力で稼働《うご》いているのだと。

「自分でアルビトリウムを生成できるのは、オルデラが暴走した時に影響を受けたアルマとフィスト……それにアマリリスくらいのはずだろ」

ジュンは怪訝《けげん》な顔つきで訊き返す。

「一〇〇年前のオルデラ起動実験の場にいたのは、その三人だけではない。他にもいたのだよ、オルデラの光を浴びた……名もないメカウデが」

マツジイの言葉は、にわかには信じがたい。それほど重要なメカウデだったのなら、ジュンが知らないはずもない。実験中に事故を起こしたアマリリスのように、札付きのメカウデについてはジュンも熟知しているのだ。

「だが起動実験の事故で眠りについていただけのアルマと違い、そのメカウデはもう目を覚ます見込みはなかった。人間でいうところの脳死状態のようなものだった。数十年もの間な」

そう言われてようやく納得できた。死んでしまったのなら是非もない。

が、続くマツジイの言葉は予想だにしないものだった。

「だからワシは、そのメカウデの核を人造メカウデに移植し、蘇生を試みた。……それがオルマの原形となったのだ!!」

「おい！　何てえげつない実験してやがる!!」

嫌悪感を露わにするジュンだが、マツジイは何ら疚《やま》しさを感じている様子はなかった。

「課程がえげつなかろうと汚かろうと、その果てに生まれるものが輝いていればそれでいい。それこそが、ワシの好きな科学というモノだ!!」

無茶を言っているが、一理ある。少なくともジュンは腑に落ちた。

助からずに朽ちるはずだった一つの生命が、別の存在として再誕したことは紛れもない事実だ。医療でいう臓器移植と同じなのだ。

「それで性格もアルマぐらいおとなしけりゃ、もっとよかったんだろうけどな」

結局オルマは、無差別にメカウデを襲う危険な存在となった。科学のもたらす光にはなれなかったということだ。

「その失敗が元で、死んだメカウデの核を用いた研究は破棄された。オルマも廃番《ロストナンバー》として処理されたはずだ。それがまさか、反乱軍の御輿《みこし》として担がれるとは……」

額を押さえ、深く息を吐くマツジイ。

しかし実際には、研究の凍結と廃棄は表面上のもので、オルマはしっかりと保管されていた。

「されたはず、って……あんたは確認しなかったのか。確実に処理しなきゃ後々面倒なコトになるって、わかってたはずだろ」

ジュンの詰問も愚痴っぽくなる。

危険性を承知しておきながら、いつか再利用できるのでは――などという貧乏根性か好奇心か、何らかの欲を出して保管するに留めてしまったのではないか。

その結果、オルマはカガミグループの脅威と化してしまったのだ。

「ワシは万能じゃない。メカウデを研究してみないかと言われればするし、調整してほしいと頼まれれば引き受ける。が、言葉にして伝えられていないことに関しては手を出さんよ」

「……！」

マツジイの答えは、意外なものだった。淡々とした口調には諦観も自棄もなく、むしろ確固たる意志を感じる。

「ナオヒトは、己が人生を懸けてお前を守る計画を組み立てた。そしてフィストとアルマの因縁は、一〇〇年前から続く歴史だ。無関係のワシが出しゃばって何になる」

「あんた……」

マツジイの返答は、たった今ジュンが投げた質問に向けてのものではなかった。彼はジュンが自分に疑心を向けていることにも、初対面の時からとっくに気づいていたのかもしれない。

何故それだけメカウデに精通し、巨大な科学力を持っていながら……フィストやアマリリスの企《たくら》みに介入し、止めようとしなかったのか――という、ジュンの疑念に。

マツジイは一本筋の通った信念に基づいて動いているのだ。決して探究心を優先して他の全てを犠牲にする科学者ではない。

「あんたの言うとおりだ。俺も物事を先読みして対処できるほど賢くない……起こったことに対して行動するだけだ」

ジュンがそう結論づけると同時。アラームが鳴り、アスクレピオスを収納していたカプセルのカバーが開く。

繋《つな》がれていたケーブルが自動的に外れていき、マツジイは調整が完了したアスクレピオスを手に取る。

曇りなき輝きを放つボディを一望して満足げに口角を上げると、マツジイはアスクレピオスをジュンへと手渡した。

アスクレピオスを装着し、具合を確かめるように拳《こぶし》の握り開きを繰り返すジュン。先頃気になっていた、違和感や重さがほとんどない。

初めてアスクレピオスとデライズした時のような、内側で息づくようなアルビトリウムの脈動を感じる。

「ようし」

アスクレピオスを衣服の中へと収納するのと入れ替わりで、ジュンのスマホにメッセージの着信があった。

カガミグループ社員からの緊急連絡だ。

ジュンはその内容に息を呑《の》み、殴られたような勢いでマツジイに振り返った。

「……兄貴とイチキシマが、誘拐された……!!」

「むぅ……！」

アルヴィノの制圧にジュンは深く関与するつもりはなかったが、こうなると話は別だ。

肉親に手を出した以上、この手で徹底的に叩き潰す。

ジュンは今、瞬《ねぐら》を突かれた虎と化したのだ。

「行ってくる。調整ありがとよ、マツジイ」

難しい顔で黙り込むマツジイに別れを告げ、踵《きびす》を返すジュン。

「ワシが好きなものが、もう一つある！」

その背を再び快く叩いたのは、気骨溢《あふ》れる声だった。

「後先考えずに突っ走る元気な若者だ！　そういう面白い奴らがいなければ、科学を究める意味はない！」

緩やかに振り返るジュン。沸騰しかけた頭が冷え、顔から険が薄れていく。

この気風《きっぷ》の良いじいさんの心意気に触れ、胸の裡に滾《たぎ》ってくるものがあった。

「己の信念と直感の元――先へ進め、ジュン!!」

頼もしいマツジイの激励に、ジュンは不敵な笑みを投げ返す。

「いちいち誰かに言われるまでもねえ、俺は進み続ける!!」

○●

目覚めた時。隣のベッドには、痛々しく包帯を巻かれて眠る妹の姿があった。

「――……」

アキはベッドの上で上体を起こしたまま、しばらくの間放心していた。

フブキは以前、アマリリスとの戦いに颯爽《さっそう》と駆けつけ、姉妹で力を合わせてこれを撃破した。フブキがあまりに普通に戦えるものだから、彼女が前線で戦い続けることをアキは当たり前のように受け容れてしまっていた。

しかし、フブキは長期のリハビリを必要とする身。七年間メカウデ使いとして鍛え続けた自分と違って、過酷な戦いでは身体が保たないのだ。

それなのに不甲斐《ふがい》ない姉を助けるために奮戦し、こんなにも傷ついてしまった。

フブキに大怪我をさせたのは、自分だ。

「私は……何を、やっているのだ……」

掠《かす》れた声で、きれぎれに言葉を呟《つぶや》くアキ。

自分はいつもこうだ。

ヒカルとアルマを護衛すると息巻いておきながら、結局ヒカルに救われた。

最愛の妹がようやく手にした日常を守ってやれず、むしろ彼女に助けられた。

怒りに任せて先走っては倒される、それを何度繰り返してきたことか。

勉強もできない。美味しいお菓子も作れない。

自分には、戦いしかないのに。

自分たち姉妹のような悲劇を繰り返させないために、メカウデを悪用する輩《やから》を叩き潰す――

そして平和に生きる人々を守る。

その一心で戦い続けてきたというのに――。

「っ……」

悔しさで総身が震え、傷が痛む。しかし身体の傷より、心のほうが何倍も痛かった。

気を失うように再び眠ってしまうか。吊り糸が切れた人形のように、ふっとベッドに崩れ落ちそうになったその時。

テーブルの上のスマホが震え、アキは意識を繋《つな》ぎ止めた。

「――――何ッ……!!」

メッセージを見て愕然《がくぜん》とする。

送信者はジュン……アルヴィノによって社長と秘書が拉致され、研究所のアルビトリウム増幅機が強奪されたという内容だった。

すでに同じ情報を共有しているはずの、ARMS《アームズ》のメンバーからは連絡がなかった。おそらく療養しているアキを気遣ったのだろう。

しかしアキは、今回ばかりはジュンに感謝した。顔を合わせれば喧嘩ばかりだが、彼は自分を信頼してくれているのだ。

大きな戦いが始まろうとしていると教えられた、その時。

アキの脳裏に、一条の光明めいて一人の少年の顔が浮かんでいった。

「そうだ、私はヒカルに教えられたのだ。本当の強さとは……傷つき倒れた時、くじけずに立ち上がることなのだと」

死んだように曇っていた目に、力強い生気が宿っていく。

どれ程疎まれようと、どれ程傷つこうと、決して諦めずに戦った……普通の少年。

たとえ何度倒されようとも、ヒカルのように立ち上がり、心折れずに戦ってみせる。

彼を守り抜くと誓った、自分の信念に懸けて。

ベッドから跳ね起きたアキは、おもむろに病院着を脱ぎ捨てた。そして瞬く間に、黒い戦闘服へと着替え終わる。

「……そうだろう？　デキス」

〈ああ、こんな傷何ともねえ！　何度だって戦うぜ、俺も!!〉

デキスもまた、闘志を示すように天井高く衝《つ》き上がった。

そしてアキは、眠るフブキの傍《そば》で跪《ひざまず》き、そっと手を握る。

「フブキ。今回だけ……もう一度、お前の力を貸してくれ……」

そう囁《ささや》くと同時。まるで心と共に託されるかのように、フブキからシニスが解除され、アキの左足へとデライズした。

本来、適合者本人が意識して解除しない限り、デライズしているメカウデを誰かに渡すことはできない。無理に引き剝《は》がしでもすれば、その箇所からアルビトリウムが流出し、生命に関わる。

姉の祈りが妹に届き――ささやかな奇跡を起こしたのだ。

失っていた片腕を取り戻したかのように、昂揚《こうよう》がアキの全身を駆け巡っていく。

「シニス。今一度、私とともに戦ってくれ!!」

〈はっ!!〉

シニスとデキス。兄弟のメカウデが、雪辱を誓うように勇ましく見得を切る。

無数の悪漢を震え上がらせた歴戦の戦士――〝鐵《くろがね》の双腕《そうわん》使い〟ムラサメ・アキが、一時《ひととき》の再誕を果たした瞬間であった。

○
●

いつかアキと一緒に訪れた、埠頭のコンテナ置き場。

アルマは波止場前の車止めに座り、星明かりを映す海を寂しげに見つめていた。

荒い息を隠しもせず、ヒカルは大股で近づいていく。

気配に気づいたアルマは、驚いて振り返った。

〈ヒカル!?　どうしてここが……!!〉

ヒカルは肩で息をしながら、スマホの画面をかざした。マップのアプリが開かれている。

「ドローンは車のナンバープレートみたいに番号あんの。ジュンが教えてくれた」

アルマの使ったドローンの識別番号からＧＰＳの信号を特定し、反応を追いかけてきたのだ。目視で探し回らなくて済む分、むしろドローンで逃走してくれて手間が省けた。

〈ヒカル一人で歩き回るなんて、危険すぎる！　いつ狙われるかもわからないというのに!!〉

「だよな……アキもいないし。またお前に逃げられたら今度こそ俺、摑《つか》まっちゃうかも」

わざとらしい口調でとぼけてみせると、アルマは動揺しながらヒカルの膝《ひざ》元に縋《すが》りついた。

〈君はまたそうやって……できもしない脅しで……！〉

「お互い様だろ」

おどけるように口角を吊り上げると、ヒカルはアルマの隣に胡坐《あぐら》をかいた。

二人並んで、闇を湛《たた》えた海へと遠い眼差しを送る。微かな波音にしばし聞き入っていたが、折を見計らって本心を吐露した。

「お前の考えてること、察せたら一番いいんだけど……中途半端に想像するより、ちゃんと教えてくれないか。お前の口から」

アルマとはこれまで、何度か喧嘩をした。

衝突と呼ぶにはささやかな言い争いだが、結局それは互いの本心を十分に伝え合わないことが原因だった。

アルマは何度も何度も迷うように言葉を呑《の》み込み、ついに意を決して語り始めた。

〈……メカウデ世界へと繫《つな》がるゲート……思っていたよりも早く完成しそうなんだ〉

自分が、この世界に残ると決意した、本当の理由を。

〈私は何年もかかるものだと思っていたから、正直驚いた〉

ヒカルも全く同じ感想だった。

いくらこれまでの研究の積み重ねがあるとはいえ、メカウデの始祖オルデラの莫大な力を以てしても叶わなかった次元ゲート構築が、そこまで順調に進むものなのか。

〈やはりアデルの協力が大きい……それに、世界を飛び回っているすごい科学者が知見を授けてくれているらしいのだ。しかもその科学者は今、キタカガミ市にやって来たようなんだ〉

謎の科学者はいざ知らず、アデルの頭脳が大いに助けになっているというのは皮肉な話だ。

カガミグループがシャークルでメカウデの意思を奪ってさえいなければ、アデルのようなメカウデの協力を得て、もっと早くに研究が進んでいたかもしれないのだから。

「でも、それって……いいことじゃないのか？」

動揺をひた隠しながら、ヒカルは強いて声を明るくした。しかしアルマは反対に、気後れした面持ちで俯《うつむ》いていた。

〈驚いて……動揺した。そして……いやだな、と思った〉

「え……？」

聞き間違いではないようだ。だがそれは戦いが終わってから今日までの、アルマのゲート制作の頑張りと矛盾する感情だった。

けれどヒカルには、その矛盾が痛いほど理解できてしまった。

〈だから私は、やりたいことをノートに書き留めることにしたのだ。未練があれば……その分だけ、この世界を離れる日が延びるような気がして。そんなことをしても、研究の進捗には何の関係もないのに……〉

ヒカルはアルマの独白を黙って聞きながら、鞄を開けて再びノートを取り出した。

アルマはそのノートに縋《すが》りつきながら、言葉の熱を強めていく。

〈私は一刻も早く、メカウデ世界へと行って復興に努めたい！　そして同じぐらい、少しでも長くこの世界にいたい！　釣り合っているんだ……二つの思いが、どうしようもなく釣り合ってしまっているんだ!!〉

真面目で誠実なアルマらしい苦悩だった。

どちらかを妥協すれば、その分だけ苦しくなる。相反する願いを等しく大事にするのは、彼の優しさの証《あかし》だった。

〈さっきは君を守るだ、責任だ、ともっともらしい理由をつけたが……違うんだ〉

アルマは悲痛に全身を震わせながら、ついに感情を爆発させる。

〈私は、ヒカルと離れたくない！　ずっとずっと一緒にいたいだけなんだ!!〉

まるでアルマの激情に呼応したかのように、大きく寄せた波が波止場で砕け、水飛沫が舞う。

雨粒めいた雫《しずく》を頬《ほお》に受け、ヒカルは囁《ささや》くように呟《つぶや》いた。

「一瞬、お前のほうから言ってくれてラッキー、とか思っちまった」

〈え？〉

釣り込まれるように顔を上げるアルマ。

「俺だって同じだよ。朝お前に起こしてもらってさ、アキが迎えに来て……学校でカガミが突っかかってきて、たまにみんなで遊んで……そんな普通の日々が、変わらずにずっと続けばいいなって思ってた」

独白に合わせ、頬《ほお》に跳ねた雫《しずく》がささやかに滑り落ちてゆく。

「たった数か月の出来事なのに……小さい頃からずっと続いてきた日常みたいに思えてた。俺の毎日にはいつの間にか、お前がいるのが当たり前になってた」

アルマは好奇心の塊だ。他愛のないものに興味を示し、目を輝かせる。

やりたいことがある限り、アルマはこの世界にいてくれると思っていた。

だからノートに希望を書き記していくことを提案した。けれどやがて、それは失敗だったと気づいた。

項目が増える数より、ついていく丸の数のほうが上回り始めた時、不安が募り始めたから。

いつしかヒカルは、言い訳めいた質問を頭の中で唱えていた。

お前が作ってるゲートって一方通行なのか？　世界と世界を繋《つな》ぐんだろ？

簡単に行き来できるなら、土日はこっち帰ってきてもよくねえ？　あ、お前の故郷って、土日ある？

聞きたいことはいくらでもある。少しでも安心材料が欲しい。

けれどヒカルは、終《つい》ぞそれを口にはしなかった。知れば知るほど落胆するかもしれないし、質問をした数だけアルマの未練が大きくなるかもしれないから。

「だから、ぶっちゃけるぞ」

せめて今……ただ一言だけ、偽りのない本心として伝えたいことがあった。

「俺も――お前と離れたくないよ、アルマ」

〈ヒカル……私は……!!〉

ぽろぽろと涙を零《こぼ》すアルマ。

それを見て、懐かしさと嬉しさがヒカルの胸を包んだ。

最初はメカウデのことを機械生命体といわれても、ピンと来なかった。

機械で、生命体……つまり生物？　その二つって対義語じゃないの？　不思議で仕方がなかった。

けれど悲しみで……感動で……そして喜びで涙を流せるアルマを見て初めて、理屈を超えて理解できた。

メカウデは生きている……心がある。自分たち人間と同じなのだと。

「でも……だからこそだろ。お前と過ごす時間がさ。残り数週間でも、数年でも、変わらないって。お前のやりたいこと、やるべきことに……」

だから相棒になった。友達になった。

大切な友達にかける言葉は、ずっと変わらない。


「──つき合ってやるよ、最後まで」


ヒカルはアルマに右手を差し出し、指と手を固く結び合う。

〈ありがとう！　ヒカル……!!〉

メカウデ──『ウデ』型機械生命体。

彼らは何故、腕の形をしているのだろう。

自衛のために、最も攻撃に特化した部位となったのかもしれない。

人間と効率よく共生関係を結ぶために、行動を補助しやすいよう努めた結果かもしれない。

そのような仮説を聞いたような気がするが、ヒカルは今、ふと思った。

握手という、あらゆる種や文化の壁を超えて可能な〝友好の手段〟を可能とするために、彼らは『ウデ』型の生命体となった。

心ある生命同士で手を繫《つな》ぎ合うために、彼らはメカウデとなったのではないか──と。

ポケットが震え、ヒカルはスマホを取り出す。着信相手はジュンだった。

言い知れぬ予感があり、アルマにも聞こえるようスピーカーにして通話を繋《つな》ぐ。

『ヒカル。俺の兄貴と、秘書がアルヴィノに誘拐された……』

事実を淡々と告げるジュンだが、声が微かに震えている。彼も動揺しているのだろう。

『それと、研究所のアルビトリウム増幅器も強奪された』

〈な……！〉

絶句するアルマ。社長らの誘拐もさることながら、ちょっとした建物ぐらいの大きさがあるアルビトリウム増幅器の強奪までやってのけたとなれば、無軌道なチンピラの集まりの域を超えている。

アルヴィノは紛れもなく、凶悪なテロリスト集団なのだ。

『犯人が立て籠もってるのは、この前行ったギャラワだ。俺はこれから部隊連れて乗り込む……それじゃあな』

「サンキュ」

かなり焦っているようだが、一方的に通話を切られる前に感謝だけ伝えることができた。

先日皆でカガミギャラクシーワールドに遊びに行った帰り、ミコトと偶然遭遇した理由がやっとわかった。

まさかアルヴィノが、オープン前の大型テーマパークも拠点に利用しようとしていたとは。

ギャラクシーワールドはカガミグループ経営の大型施設。しかも一般開放前で、敷地内の大半が工事中。

元カガミグループの人員が密かに出入りし身を潜めるのに、これほど適した場所もないだろう。稼働可能な一部施設にジュンたちが遊びに来ることは、彼らも想定外だったかもしれないが。

「……」

〈……〉

ヒカルとアルマ、それぞれの視線が交錯する。先ほど交わした言葉を――アルマに最後までつき合うという誓いを、早速果たすべき時が来た。

自分は関係ないとか、危険だから君は巻き込めないとか、そのような後ろ向きなやりとりは二人の間にはもう必要ない。

「オルマの企《たくら》みを止めて、アルビトリウム増幅器を取り戻そう。あれはフィストの願いが籠もったもんだろ」

〈ああ、そして捕まってる人を解放しよう……!!〉

ヒカルは勢いよくパーカーを翻《ひるがえ》し、颯爽《さっそう》と腕を通す。

月光に照らされた機甲の輝きが、交わした約束の証《あかし》だった。

「〈二人で!!〉」

○●

陽が沈み、闇が立ち込め始めた頃。

カガミギャラクシーワールド最寄り駅の入り口前広場に、カガミグループ選りすぐりのメカウデ使いたちが集結していた。

彼らはナオヒトが選抜し、アルヴィノ掃討の任を受けていた者たちだ。

「目的は、クーデターの鎮圧!!」

社長のナオヒトが誘拐された今、陣頭指揮を取っているのはその弟であるジュンだった。

「ARMSとカガミの共同戦線……そして、新生カガミグループ初の大規模作戦だ!!」

ジュンは集まった面々に対して檄を飛ばす。

何とも堂々とした振る舞いだ。ジュンはヒカルの友人らと瓦礫《がれき》の中から脱出する際、アデルによってリーダーシップ適性を見出されていたが、そのカリスマは着々と育っている。

作戦の構成員は元ARMS《アームズ》と旧カガミグループそれぞれの中でも、場数を踏んだメカウデ使いたち。

ARMSからはオオヤマ、カヤノ。バックアップ要員にクエンとタニ。

カガミグループからはジュン、振興三課のカズワ、ワナー、トゥース、スレイグ、フォルテ、ナンバ。〝白鴉《しろがらす》〟四天王のイマダ、ユアン、イリエ。同じく四天王のナトラはバックアップ要員だ。

封鎖された最寄り駅の構内には軍用テントが敷設され、クエンら非戦闘要員が詰めている。サポート体制は万全だ。

とはいえ両陣営合わせても十数名。対して相手の規模は、これまでの調べからゆうにこちらの一〇倍以上と予想される。

これから行われるのは、少数精鋭での鎮圧作戦だった。

メカウデ使いたちは皆表情を引き締め、戦いに備えている。

「カガミグループを敵視してる連中がわんさといるんだろお!?　嫌だ帰りたいー!!」

ただ一人ワナーだけは、人目も憚《はばか》らず泣いて駄々をこねていた。

〈いい加減に腹を決めんかワナー!　人間とメカウデに仇《あだ》なそうとする悪鬼どもを、我らの手で調伏《ちょうぶく》するのだ!!〉

嫌がる彼を無理矢理引っ張ってきたカゲマルが、勇ましく叱咤《しった》する。もちろん怒鳴れば怒鳴っただけ、余計にワナーを竦《すく》ませるだけだ。

見かねたトゥースがそっと顔を近づけ、優しい声で囁《ささや》いた。

「ワナー。アルヴィノの拠点を突き止めたのは、あんたとカゲマルの探索能力もあってこそじゃないか。もっと自信を持ちな」

「ええ!?　そ、そうかなあ!?」

現金なもので、ワナーの表情がぱあっと華やぐ。

「ああ。それに私の見たところ、クーデター組の連中はあんたより弱い奴ばかりだよ」

蠱惑《こわく》的な囁《ささや》きの追撃で、ワナーは下卑た笑みを浮かべていった。

弱いと認識した相手にはとことん粋がるワナーの気質を理解した、トゥースの策略だった。

むしろワナーは増長のあまり「アルヴィノのやつらをどうやって痛めつけてやろうか」などと息巻き、フラグを立て始めている。数分後の彼の運命が見えるようだった。

その様子を見てげんなりしているジュンにも、トゥースは軽やかに歩み寄って耳打ちする。

「あんなんでもメカウデ使いとしては上澄みなんだ。煽《おだ》てて上手く使わなきゃですよ、坊ちゃん」

〈よくわかんないけどさー、ワナーは根はいいやつじゃん？　ああいう子をゴキゲンにすんのが偉い人のお仕事だしー！〉

トゥースのメカウデ・サイト（自称アユミ）も言い添える。彼女は今日もゴキゲンだ。

面倒だと感じつつも、ジュンはトゥースらの助言に理解を示した。

これまでカガミグループの従業員全員をゴキゲンにできなかったのが、今回の騒動の一因だからだ。

ジュンはメカウデ使いたちの前に立ち、声高に宣言した。

「俺はいずれ必ずカガミグループのトップになる！　そして人間とメカウデの共存に尽力してくれた奴は今以上に厚遇するつもりだ！　ここに集まってくれた奴らのように……な!!」

堂々たる演説をヒュー、と口笛で囃したのは、年長者であるナンバだった。

「何ともやる気の出るお言葉。やっぱ経営者は、若い子のほうが思い切りがあっていいねえ」

顎《あご》を撫《な》で擦りながら、思案顔で片笑みを浮かべている。

ナオヒトも超巨大企業の社長としては異例の若さだが、弱冠一三歳のジュンがここまで皆の心を摑《つか》むカリスマ性を見せるのは、新しい時代の幕開けを予感させた。

それもまずは、旧時代の遺した万難を排してからの話だ。

周囲に警戒線を張ったことは程なく敵にも知られる。いや既に察知されており、あちらも準備万端の可能性が高い。

その可能性を踏まえた上で、ジュンは舞い上がっているワナーに早速指示を出した。

「ワナー、カゲマル。オルマの詳しい居場所はわかるか」

メカウデの位置を探る方法はいくつかあるが、カゲマルの音波ソナーでアルビトリウムの固有振動数から追跡するのが手っ取り早い。

〈わざと標《しるべ》のごとくアルビトリウムを残しておるようですな。敵の親玉はあの、巨大な宇宙船のある場所に陣取っていると見て間違いないでござる!!〉

ギャラクシーワールド内の最奥にあるスペースシャトルを指し、意気揚々と告げるカゲマル。

オルマの反応を辿《たど》るまでもなく、遠く離れた位置からでもわかる程にアルビトリウムを発散させているようだ。

「大分遠くだな……。で、隊長。ここからどう動く？　君の指示に従うぞ」

腕組みをしながら飄々《ひょうひょう》と尋ねるオオヤマ。

敵は数で圧倒的にこちらを上回っている。

分散して攻め込むか、一部が陽動を引き受けて別の者たちが密かに潜入するか。作戦は様々考えられる。

「悪い、細かく作戦立ててる時間なかった。全員で正面から突っ込んで、一人残らずブッ潰す……それだけだ!!」

ジュンは僅かな逡巡《しゅんじゅん》もなく即答した。開き直るでもなく、気後れするでもなく。

いっそ気持ちの良い思い切りに、メカウデ使いたちは微苦笑交じりに頷《うなず》いていった。

そして、その決断をあえて言葉にして讃えながら歩み寄ってくる者がいた。

「立派な作戦じゃないか」

今し方この場に到着したアキだった。シニス、デキスを展開し黒い戦闘服に身を包んだ彼女からは、曇りなき覚悟が漲《みなぎ》っている。

「今の私は、その作戦以外やるつもりはない」

怪我を労ってアキには作戦への参加を呼びかけてはいなかったが、決意に満ちたその瞳を目の当たりにしては、オオヤマたちも口は挟めない。

一方で、散歩の途中に立ち寄ったような気軽さでこの戦場へと足を運んだ者もいた。

「いつもそうだろ」

やはり遅れてやって来たヒカルは、パーカーから顔を覗かせているアルマともども、落ち着き払った様子でアキと肩を並べた。

効率など度外視し、正面突破で敵を蹴散らすのが最もアキの性に合っていることを、ヒカルも十分理解している。

「「ヒカル……!!」」

アキとジュンが、能天気な闖入者《ちんにゅうしゃ》を心強そうに見つめる。

来ると思っていたが、本当に来るとは。

修飾なくアキとジュンの思いを言葉にすると、そうとしか言えなかった。それがアマツガ・ヒカルの人となりを端的に表している。

「いいか、一人残らず完膚なきまでに叩き潰せ！　二度とこんなくだらねえこと考える奴が現れないよう、徹底的にな!!」

沸々と湧き上がる闘志を空に解き放つように、ジュンが大声でぶち上げた。

「おぉ～悪の組織の親玉っぽい台詞」

「その組織、俺たちの新しい職場だぞ……」

カヤノの呟《つぶや》きに呆《あき》れるオオヤマを、横合いから巨大なまん丸い何かが突き飛ばして割り入ってきた。

「オデ、頑張る！」

カヤノに懐いているスレイグが、そのゴム鞠のような身体を両拳《こぶし》で打ってやる気を見せている。さながらゴリラのドラミングだ。

「はいはい、一緒に頑張ろーねー」

スレイグの剃り上がった頭を優しく撫《な》で、棒読みで鼓舞するカヤノ。また一人、ゴキゲンに戦えるメカウデ使いが増えた。

「おいでなすったわよ」

落ち着き払った声で告げたのは、白鴉《しろがらす》四天王の紅一点・ユアン。

〈いかがわしい数……〉

彼女の肩を止まり木にするようにデライズしているクジャクめいて華麗なメカウデ・フォンが、気流の流れから敵の蠢《うごめ》きをいち早く察知したのだ。

「たっぷりと暴れてやるぜ！」

〈全員殺す……!!〉

白鴉四天王一好戦的な男・イリエがバキバキと拳を鳴らし、その相棒であるワニのような姿のメカウデ・ゴイルが物騒なやる気を見せている。

「それと俺は、兄貴とイチキシマを助けるためになるべく消耗しないで進みたい。初っ端だけ何人かサポートしてくれると助かる」

「おう、引き受けた!!」

最前線に突貫してナオヒトを自ら救出するというジュンの決死の思いに応え、イマダが胸板を拳《こぶし》で叩く。

ジュンは「よし」と応を返して、思いきり息を吸い込んだ。

「行くぜえええええええええええええええええええ!!」

夜空に轟《とどろ》く叫びを号砲に、メカウデ使いたちは一斉に走りだした。

正門ゲートを抜け、テーマパーク内に突入する。まずはメイン通路の向こうから、カガミグループの制服を着た構成員たちが雪崩《なだれ》を打って襲いかかってくるのが見えた。

無灯火の建物内からも、控えていたメカウデ使いたちが続々と吐き出されてくる。

夢と希望を振り撒くテーマパークが、瞬く間に血腥《なまぐさ》い戦場へと姿を変えた。

「面白ぇ、蹴散らしてやろうぜ!!」

〈おうよ相棒！〉

イマダが宣言どおり、一番槍を務めんと先行する。

相棒のメカウデ・ジョーが雄々しく駆動音を響かせながら変形し、巨大な三輪バイクへと変わった。前輪タイヤに二本の突撃槍を備えたその威容は、バイクというよりまさに戦場を駆け」

る騎馬戦車《チャリオット》だ。

「さあ坊ちゃんたち！　乗ってくれ!!

ヒカルとジュンは走りながら頷《うなず》き、バイク形態のジョーの前面にある左右のカウルそれぞれに飛び乗った。

まさしくカガミグループの特攻隊長が駆る無双の暴走族《ゾク》車が、爆音を奏でながら突撃する。

そして、特攻隊長はARMS《アームズ》メンバーにも存在していた。

「アキ！　お前はこっちだ!!」

オオヤマが共に戦う猪のように勇ましいメカウデ・スタルクを変形させてゆき、丸頭鋲《リベット》に彩られたクラシックなサイドカーが完成する。

心得た様子でサイドカーの側車に乗り込むアキ。

それを合図にジョーとスタルク、二機のメカウデは競うように爆走を開始した。

露払いを頼んできたジュンだけではなく、ヒカルとアキも共に最前線へと運ぶのは、オルマを倒せるのはこの三人だという確信がオオヤマにもあったからだ。

アキは並走するジョーのバイクの前面で屈むジュンを一瞥《いちべつ》し、

「私とヒカルの足を引っ張るなよ、カガミ」

「誰に言ってんだ？　俺はヒカルの足手まといになったことは一度もねえよ、お前と違ってな」

「何だとぉ……敵にはなったくせに……!!」

「ああもう、頼もしいなあホント!!」

ヒカルはヤケクソ気味に叫びながら、猛々しい疾走に身を任せた。

爆走するバイクとサイドカーに正面切って立ちはだかる者はさすがにいないが、敵はメカウデの火砲で弾幕を作り行く手を遮ろうとしてくる。

スピードを維持しながらの蛇行で爆発を躱《かわ》し、衝撃波《ソニックブーム》をまといながら二台のマシンは突き進む。

爆発音を耳にしたジュンは、はっとして背後を振り返る。

すでにかなり小さくなっていたが、味方メンバーたちが遠慮なく遊具を損壊させながら戦っているのが見えた。

「……なるべく壊すなって言っとくの、忘れたああ……!!」

頭を抱えるジュン。多少は仕方がないとはいえ、事前にそう言い含めておかねば更地になるまで暴れそうな連中だ。

この戦いが終わった時、味方側が拵えた損害のほうが大きいだろうという嫌な確信がある。

「しかも猿山のボスは、一番高価《たけ》ェもんあるとこに陣取りやがって……!!」

「本物のスペースシャトルだもんな……」

今からその付近で戦いをすることになるかと思うと、ヒカルも冷や汗が止まらない。

国宝の飾ってある部屋でチャンバラを始めるようなものだ。

「壊れた分の修繕は、ふん捕まえたアルヴィノの連中にさせればいい」

アキが真顔でとんでもない提案をする。当然一蹴《いっしゅう》するかと思われたジュンだが、

「たまにはいいこと言うな、お前」

ええ～……と唖然《あぜん》とするヒカル。どうやら本気のようだ。

何となくアキは、自分が手加減なく暴れた時の被害を有耶無耶《うやむや》にしようとしている気がする。

かつて戦闘で学校の旧校舎を丸々潰した時、オオヤマたちが頭を抱えていたのを思い出した。

そうこうしているうちにスペースシャトルが間近に見え、ヒカルはオオヤマに礼を言ってサイドカーから飛び降りた。

ヒカルたち三人がシャトルへと向かっていくのを見届け、イマダとオオヤマはバイクとサイドカーをスピンターンさせる。

数十人からのメカウデ使いたちが、自分たちを追って雪崩《なだ》れ込んでくるところだった。

ここは一歩も通さない。

数奇な偶然で敵味方に分かれてしまったが、オオヤマとイマダはそれぞれの組織に所属する前、同じ暴走族《チーム》で走ったこともある。敵対し大喧嘩したこともある。

因縁のある悪友同士であった。

怒声を上げ、武器を振るいながら向かってくる有象無象たちは、さながらあの頃の光景。

あの頃、あの日、あの夜の抗争相手のヤンキーたちだ。

「それじゃ、今夜は昔みたいに二人でバカやるか!!」

「味気ない相手だがな……!!」

イマダの誘いに苦笑するオオヤマだが、彼は血が滾《たぎ》ってくるのを感じていた。

今でこそ丸くなって組織の長のように祭り上げられているが、元は喧嘩っ早いチンピラ。こんな戦いこそが性に合っている。

二人だけの同窓会は、盛大なものになりそうだ。

イマダとオオヤマは笑みを交わし合い、競うようにアクセルをふかす。

「「いくぜ!!」」

○●

カガミギャラクシーワールドの最寄り駅構内に設置されたテントの中、持ち込まれたモニターには遊園地内での戦いの様子が克明に表示されている。

クエンは人員の流れを把握し、イヤーカフ型の通信機を通じて前線のメンバーたちに状況を報告している。

心配なのは、遅れて合流したアキには通信機が渡されていないことだった。それと……ヒカルにも。

そしてクエンの隣には、複雑な面持ちでモニターを見つめるタニの姿があった。

タニは決して戦闘特化のメカウデ使いではないが、前線に赴いて味方をサポートするのが今までの彼の役目だった。

しかしケレックスがアマリリスによって破壊されてしまった以上、彼はメカウデ使いとわたり合う術《すべ》を持たない。

他のメカウデとの適合など、試そうとも思わない。彼の相棒は、ケレックスただ一人だからだ。

「……ケレックス……」

歯がゆさに身を焦がしながらも、自分に今できることをする。

その強い思いの中でタニが無意識にこぼした感傷を、クエンが掬《すく》い上げた。

「――それについては、僕を信じてください。必ず導き出します……最適解を」

クエンは今、カガミグループと合同で様々なメカウデ研究を行っている。ケレックスのように、停止してしまったメカウデを復活させる研究もその中には含まれている。

みんなと来たプールで合羽型のバスタオルを巻いてこっそり着替えていた男の言葉とは思えない、頼もしい横顔であった。

「ありがとう、クエン」

ともすれば素っ気ないその気配りをありがたく呑《の》み込み、タニは晴れ晴れと首肯《しゅこう》した。

「今は、このクーデターの鎮圧に尽力しましょう。施設内ネットワークの掌握は完了しました。やはりあちら側に電子戦担当はいないようです」

割り入るように淡々と状況を説明する、白鴉《しろがらす》四天王のナトラ。

彼は半目のまま淡々とキーボードを叩いている。

施設内のマップが表示され、各所のデータが解析されていく様が見て取れた。

「君やっぱり僕とキャラかぶってるぞ!!」

インテリ眼鏡サポートキャラという地位を揺るがされることを恐れ、今日も今日とて厳重注意するクエン。

むしろチャラい洒落っ気と科学者のギャップがある分、ナトラのほうがキャラが立っている恐れもある。

クエンは負けじと情報収集を始めた。

しかし科学者二人を先置き、戦場に起きつつある異変に最初に気づいたのはタニだった。

「……倒したはずのメカウデ使いが、起き上がってる……?」

限界まで拡大され、解像度の粗さが少々目立つウインドウの中。

昏倒して大の字に倒れたアルヴィノの構成員が、幽鬼のように立ち上がっていた。

○
●

「ほいっと」

ネズミのように愛らしいメカウデ・チュラから、ハニカム構造で形成された光のバリアーを発生させ、カヤノはアルヴィノ構成員のメカウデが放った一撃を防いだ。

戦闘が得意ではないカヤノが前線に参加したのは、こうしてアタッカーのサポート役をするほうが得策だと判断したからだ。

事実、彼女のメカウデの特性を理解しているハイエナ……もといワナーが、いつの間にか彼女の背後に身を隠している。

オルデラからの攻撃をともに凌《しの》いだ仲、カヤノのサポート力の高さをワナーは十分に把握している。というか、彼女を隠れ蓑にして敵を楽にしばこうとしている。

カヤノはそんなワナーのずる賢い挙動に目聡《めざと》く気づくと、一目散にダッシュして彼から距離を取ってしまった。

しかしワナーはめげない。近くにかつての相棒の姿を発見し、高速の摺り足で忍び寄っていく。

「トゥ、トゥース。僕と連携しようよ。名コンビの復活だ！」

「今は一人のがやりやすいから、あんたも一人で頑張んな」

〈てか今ツグミとの名コンビはアタシだしー〉

「こら、サイト！」

またもコードネームで呼びかけるサイトをどやし、グラインダーに変形させる。

上手く風を摑《つか》んで上昇し、遠くへと滑空していった。

「トゥース————————————ッ!!」

彼方へ飛び立つかつての相棒に手を伸ばすワナーだが、その手は無情にも届かない。

〈いつまでトゥース殿に甘えておる！　いい加減独り立ちせぬか!!〉

めそめそしているワナーを一喝し、カゲマルはアルヴィノ構成員に音波攻撃を浴びせていく。

一方トゥースは押し寄せるアルヴィノ構成員の直上を滑空し、観覧車へと辿《たど》り着くと、最頂点のゴンドラに陣取る。そしてそこから、スナイパーライフルに変形させたサイトで地上の敵を狙い撃っていった。

精緻《せいち》な狙撃で一弾一弾確実に敵を仕留めていくトゥースとは対照的に、地上では後先考えず弾丸をバラ撒きまくっている少女もいた。

「粉々になっちまえオラアアアアアアアアアアアアアア!!」

カールのツインテールが発射の振動で弾む。

ガトリングガンに変形させたメカウデ・リュッカの弾丸を撃ちまくっているのは、ゴスロリ服の少女・フォルテだった。

針状の光弾が際限なく発射され、向かって来るアルヴィノのメカウデ使いたちが為《な》す術《すべ》なく被弾していく。

「サクガのジジイに一度使われてこびりついた加齢臭消すにはー、撃って撃って撃ちまくるしかないからさァ!!」

以前一人だけ敵前逃走を図ったサクガに、自分のメカウデであるリュッカを使われたことを根に持っているようだった。

〈フォルテちゃん、そんなにきれい好きなら自分のお洋服ちゃんと洗濯しないと……毎日替えてないでしょ。おしゃれ上手さんなのに勿体ない〉

「は？　下着だけ替えれば七日は余裕でしょ」

お母さん気質のリュッカをして返す言葉を全消滅《ロス》する、フォルテの恐るべき生態。まさにお洗濯キャンセル界隈女子。

リュッカはもはや全てを諦め、弾丸の射出に専念することにした。今着ているのが何日目なのか、怖くて聞けない。

「ギャ――――――――――ハハハハハハハハ!!」

トリガーハッピーの境地に至ったフォルテはなおも休まず、光弾を驟雨《しゅうう》の如くバラ撒いていくのだった。

一つでも多く武勲を立てようと奮戦していたカズワは、背後からの急襲に気づいて振り返り様《ざま》にアデルをかざした。

巨大な警棒に変形したメカウデとアデルが交錯し、火花が散る。

襲撃者の顔を見てはっとするカズワ。

「てめえ、何でこんなとこに……!!」

襲いかかってきたのは、学生時代の級友の男だった。

「お前こそなぁにいい子ぶってんだよ、カズワ!!」

警棒を素早く振るい、カズワを打ち据えていく男。

「人間の力を遥《はる》かに超えた破壊と暴力を、好きなように振るえる！　俺たちが厳しい訓練に耐えてメカウデ使いになったのは、そのためだったろう！　俺たちを裏切ったのはカガミグループじゃねえか!!」

カズワは鼻白んで舌打ちする。

一応は自分と同じエリートの道を歩んでいながら、テロ集団に堕するとは憐れな男だが……挫折ならば自分も味わった。カガミグループへ不満を募らせた時もある。

ほんの少しでも何かが違っていれば、自分もあちら側でメカウデを振るっていたのかもしれない。

感傷に絆《ほだ》されている間に、敵の警棒を受け止めたアデルが押し込まれていた。

「っ……おいアデル！　剣になれ!!」

カズワは警棒を弾き上げて飛《と》び退《すさ》ると、急《せ》かすように命令した。

〈私はパンチのほうが得意だと言ったはずだぞ〉

アデルは反論するが、カズワはその頭を摑《つか》んで凄む。

「俺は剣のほうが性に合ってんだよ！　言うこと聞かねえと、またシャークルで簀《す》巻《ま》きにすんぞ!!」

〈やれやれ……まあ、いいだろう。今回はお前に合わせてやる〉

どこか嬉しそうに苦笑すると、アデルはかつてカズワが使っていた剣型に変形した。

刀身が展開して鞭《むち》のように大きく撓《しな》り、蛇腹剣となって旋回する。

「俺はこれからのカガミグループで！　もっともっと、上に行くんだ――――っ!!」

「うわあああああ!?」

魂の叫びとともにかつての同僚を一閃したカズワは、今一度舌打ちをして次の敵の元へと走っていった。

「今時珍しく上昇志向のある若者。世の中まだまだ捨てたもんじゃない」

攻防の狭間《はざま》にカズワの青い叫びを耳にし、ナンバは苦笑した。

手にしているのは、日本刀めいたフォルムに変形したメカウデ・コテツだ。

ナンバとすれ違ったアルヴィノ構成員が、居合抜きのような華麗な斬撃《ざんげき》でバタバタと倒れていく。まるで、あらかじめ定められた殺陣を見ているかのようだった。

笑いながら機銃掃射しまくっている危ない部下にも、ナンバは出会い頭に声をかける。

「フォルテちゃんも、気合い入ってるねえ」

「課長はどうなんですかー、はりきっちゃうんでしょ?」

振興三課での上司に褒められ、フォルテは一息つきながら聞き返した。

「おじさんはほら、これ以上出世すると面倒な仕事増えそうだから。坊ちゃんがさっき言ってくれたみたいにさ、たまにボーナス弾んでもらうぐらいの地位《とこ》が一番良いんだよね」

飄々《ひょうひょう》とした口ぶりとは裏腹、ナンバは背後から迫ってきた相手を一瞥《いちべつ》もせずに斬り伏せる。

異変が起き始めたのは、その直後だった。

今し方斬り伏せた相手が……周りに倒れているメカウデ使いたちが、糸で吊り上げられるようにしてゆっくりと立ち上がっていく。

彼らに共通しているのは、黒い拘束帯のようなものが全身のところどころに巻き付いていることだ。

「シャークルと同じ原理か……それをメカウデの側に使われるなんて、こういうの、因果応報っていうのかな」

茶化すような口ぶりで、オルマの能力を冷静に分析するナンバ。

メカウデの意識を剝奪し、隷属《れいぞく》を強いる悪魔の道具、シャークル。それと同じ効果の能力を、わざわざ見た目も同じようにして人間に行使しているのは、間違いなくオルマの悪辣《あくらつ》な意趣返しだろう。

しかもこの黒い拘束帯は、人間もろともデライズしているメカウデにまで支配力が及び、隷属させている。

『全員、気をつけてください！　以前アマリリスが起こした事件と同じです……アルヴィノ構成員は、オルマの分体に操られています!!』

前線で戦う全員に、クエンからの通信が入る。

オルマは自身の分体——言わば人間とメカウデを同時に操るシャークルを、この場にいるアルヴィノ全員にあらかじめ打ち込んでいたのだ。

意識の消失がスイッチとなり強制支配が発動する。つまりナンバたちは、最低でも二度このメカウデ使いたちと戦わなければいけない。

「気を失えばオルマの操り人形か……。悲惨だね」

変わらず苦笑交じりに軽口をこぼすナンバだが、目は笑っていなかった。

張り切って受けたはいいが、安請け合いだったかもしれない。これは骨が折れそうだ。

……などという謙遜は、振興三課課長ナンバとは無縁のものであった。

「やっぱこんな危ないもんは、ちゃんとした大人が管理しなきゃ駄目だわ。そう思うよね？」

問いかけられたメカウデ使いは、すでにもう一度倒されて地面にのびていた。

カヤノにもトゥースにも見放されたワナーは、半泣きで戦場を逃げ回っていた。

実力はあるのだが、大勢に凄まれるとつい怯んでしまう。これはもう、如何《いかん》ともしがたい彼の生態だった。

ましてや今彼を追うのは、オルマの分体で再起動したバーサーカーたち。血走った無数の目で睨《にら》まれれば、ワナーでなくとも恐怖するだろう。

「数が多すぎる――――っ！　何とかしてよカゲマル!!」

〈ならばお主がこやつらをまとめて引きつけ、プールまで走って誘き寄せるでござる！　拙者の水遁《すいとん》の術で一網打尽にしてくれよう!!〉

「こっからプールまでどんだけ離れてると思ってるんだよ！　お前こそいい加減、思いつきだけでもの言うのやめろよぉー!!」

この遊園地エリアからプールまで、一キロ以上はある。メカウデ使いの中でも屈指のもやしっ子であるワナーでは、オルマの操り人形たちを大勢引き連れてそこまでマラソンをするのは厳しすぎる。

さらに救いのないことに、一〇〇歩譲って命懸けでその誘導を完遂したところで――カゲマルは水遁の術など使えない。

「でもでも、こうやって大声でピンチを訴えれば……何だかんだいって優しいトゥースは遠くから援護して助けてくれるんだあ！」

走りながら両拳《こぶし》を顎《あご》に添え、可愛らしい媚び仕草を見せるワナー。

〈トゥース殿なら今し方、『世話の焼ける子だね』とか言ってフォルテ殿の元へと向かったのを見たが!?　いやはや流石《さすが》の速駆け!!〉

「あああああああああああトゥース見捨てないで僕のほうが世話の焼ける子だから────────！　でも助ける者を天秤に掛ける、その容赦ゼロなドライさもグッド!!」

ワナーは泣きながらカゲマルの音波を発射し、アルヴィノ構成員たちを跳ね飛ばしていく。

彼にとっては残酷な事実だが……トゥースは間違いなく、助けるべき者を天秤に掛けてもいない。

安心していたぶれる雑魚《ざこ》相手でなければ十全に戦えない……この「上澄み」をうまく使っていかなければならない、これからのカガミグループの苦労が偲ばれる。

しかし、ワナーは気づいていなかった。トゥースの援護がなくとも、自分がすでに何者かに幾度か窮地を救われていることを。

白鴉《しろがらす》のユアンは、自身のメカウデ・フォンを振るって旋風を巻き起こし、アルヴィノ構成員を吹き飛ばしていく。

眼前の敵に集中し、華麗に戦い続ける彼女は、遠く背後から銃型のメカウデに照準されていることを察知できていない。

死角から放たれた弾丸が、無慈悲に彼女の心臓を貫く――ことはなかった。

弾丸は空中で跳弾し、あらぬ方向へ飛んでいく。

フォンは未だに、危険な直撃弾を免れたことに気づいていない。何事もなかったように、戦闘は続く。

「フッ……」

賑々しく暴れ回るARMS《アームズ》とカガミグループメンバーを建物の影から見つめ、口許に柔らかな微笑を浮かべるのは――トウドウだった。

オルマとの戦いで重傷を負った彼は、表向きは作戦に参加せずに味方すらも存在を知らないサポート役として戦場で暗躍していた。

時に味方への攻撃を密やかに防ぎ、時に取りこぼした敵を一撃して昏倒させ――影に徹して共同作戦を援護していたのだ。

敵味方の誰も気づかないアラクランの閃《ひらめ》きが、銀の残光となって夜闇を切り裂く。

「最後のご奉公……ですかね」

ハットの鍔《つば》を摘んで意味ありげに呟《つぶや》くトウドウ。

眇《すが》めた瞼《まぶた》の奥に、ジュンの勇姿がありありと浮かぶ。

メカウデ使いたちの前で、これからのカガミグループについて威風堂々と宣言する姿。

仲間たちを頼り、共に戦おうとする姿勢。

ナオヒトとイチキシマを取り戻すと、意を決して最前線に突っ込んでいく勇姿。

影から見届けたそれらどれもが、少し前のジュンならば決して目にすることはできないものだった。

ジュンのお目付役として、時に兄として、時に教師として傍《そば》でずっと見守ってきたが……成長する時は、あっという間だ。

いつもどおり浮かべられているニヒルな微笑の中には、彼自身ですら気づかない一抹の寂しさが交じっていた。

もうジュンには、自分の助けは必要ない。

彼が向かった彼方のスペースシャトルを見やりながら——トウドウは、仮初めのお目付役の終わりを感じていた。

○●

聳《そび》え立つスペースシャトルを標《しるべ》に駆けていたヒカル、アキ、ジュンの三人は、誰からともなく足を止めた。

発射台の側にある広場。不気味に鳴動するアルビトリウム増幅器を背後に臨みながら、ミコトは車椅子に座り悠然と待ち構えていた。

近くに見える建物は、おそらくシャトルの管制室だろう。

彼の背から起ち上がりヒカルたちを見据えるオルマは、視認できそうな程濃い殺気を立ち昇らせている。

ヒカルたち三人は、決然とした面持ちでその巨大な悪意と対峙《たいじ》した。

「ブッ潰す前に一つだけ聞かせろ」

投降の意思など微塵《みじん》もないであろう相手だ。ジュンは冷ややかな目を向けて問い質す。

「表で暴れてる奴らは愉快犯か何も考えてねー馬鹿がほとんどだろうが、てめえの目的は何だ。自分をそんな身体にした、カガミグループへの復讐か?」

以前も投げかけて、はぐらかされた問いだ。今日ばかりは煙には巻かせない。

ジュンは今回の事件の主犯がミコトだと判明してから、ずっと疑問に思ってきた。

実に一〇〇年にわたり入念に準備をしてきたフィストは、ARMS《アームズ》とカガミグループ両陣営を掌握した上で行動に移した。それに比べれば、アルヴィノのクーデターは刹那《せつな》的過ぎる。

ミコト程の頭脳《あたま》があれば、もっと入念に準備をする必要があるとわかるはずだ。

「返り討ちにする前に答えてあげるよ。目的なら、ちゃんと在る」

しかし当の本人は、澄ました笑みを湛《たた》えたまま意趣返しをした。

「復讐なんていう愚かな動機なんかじゃないさ……少なくとも君たちが掲げた新しい目標よりは、ずっと実現性が高い」

〈新しい目標……〉

思い当たるように声を落とすアルマ。

「そう、メカウデとの共存だよ。この地球上で、別々の種が共存できた例が一つでもあるかい？　こう言えば君たちは『ある』と反論するかもしれないけれど……それは全て『支配』を耳触り良く言い換えただけの、偽りの共存だ」

生まれ変わったカガミグループが理念として掲げる、メカウデとの共存。

それを実現不可能な夢に等しいものだと、ミコトは冷静に断じた。

この地球で言えば、人間とその他の動物……あるいは動植物や昆虫同士。異種生物の関わり方には様々ある。

糧としての肥育。愛玩のための飼育。果ては寄生や、広義の意味での共生……だがそれらは全て共存ではないのだと。

「同じ生物同士ですら大きな格差が生まれるのに……異なる生命体同士で対等な関係なんてあり得ない。だから、今までのカガミグループの方針が理に適《かな》っていたのに」

話を聞いていたアルマが光球上のパーツを上向かせ、微かな怒り眉を表現する。

同胞がシャークルによって迫害される様を何より厭《いと》ってきた彼にとって、かつての理念に還るべきだというミコトの言い分は決して受け入れられるものではない。

「ましてカガミの人間には絶対に不可能だ。自分たちのことしか考えていない……私欲と野心の塊だからこそ、アマリリスにも幾世代にわたって弄《もてあそ》ばれた」

幼い外見にそぐわない酷薄な詰責。

当のジュンは激情に駆られるどころかミコトの言葉を聞くほどに呆《あき》れていき、今や欠伸《あくび》でもしかねないほどつまらなげに肩を掻《か》いていた。

「僕が実現してみせるよ。メカウデと人間との、本当の共存を」

語りに熱を込めるミコトに、オルマが痺れを切らしたように割り入る。

〈話はその辺にしておけ、ミコト。どちらが正しいかなど……戦いの結果でしか証明できない〉

ミコトの背とアルビトリウムの光線で繋《つな》がったオルマは、ヒカルたちを威嚇《いかく》するように拳《こぶし》を握り締めた。

そして、ここまでミコトの話を聞いていたヒカルたちも、もはや説得では止められないであろうことを痛感したのだった。

「ミコトより、てめえのほうがわかりやすいかもな」

オルマにそう皮肉を吐き捨てながら、ジュンはアスクレピオスを胸の前で構えた。

「シニス、デキス、いくぞ!!」

〈〈はっ!〉〉

アキの言葉に応え、シニスとデキスが競うように勇ましく展開する。

「アルマ!!」

〈……ああ!!〉

そしてヒカルの気迫に呼応し、アルマが巨大な拳へと変形。

ヒカルの左目に、アルビトリウムのオーラが炎となって着火した。

最強のメカウデ使い三人が揃い踏みし、カガミグループが生み出した最凶の亡霊と対峙《たいじ》する。

戦端を開いたのは、一直線に飛び出したオルマだった。

ヒカルは右拳を突き出し、オルマの突進を迎え撃つ。

激突し、激しいスパークが巻き起こる。

オルマの大きさは、変形する前の普段のアルマとさほど変わらない。

それなのに、相変わらず凄《すさ》まじい膂力《りょりょく》だ。

拳と拳の拮抗《きっこう》が決着し、大きく跳ね上がるアルマ。

その機を逃さず、左右からアキとジュンが飛びかかる。

オルマはアルビトリウムの光線を伸ばし、旋回して二人の速攻を牽制する。

そのまま唸《うな》りを上げ、ハンマーのように猛回転するオルマ。アキの立つ場所に猛烈な勢いで打ち据えられ、石造りの床が捲れ上がる。

間一髪で回避し跳躍したアキは、空中でシニスとデキスの後部からブースターのように噴射、ミコト本人を狙いに急迫する。

オルマが咄嗟《とっさ》にミコトの元へと戻り防御しようとするが、その身体に緑色の条線が次々と絡みついていった。

「捕まえたぜ……!!」

オルマはジュンのアスクレピオスの触手によって捕縛されていた。

ヒカルとアキが攪乱し、攻撃を引きつけ、ジュンがアスクレピオスの力でミコトとオルマのデライズを強制解除する。

この三人だからこそ可能な、見事なコンビネーションだった。

（……何だ……!?）

決着を確信した直後。違和感と既視感が綯《な》い交《ま》ぜになり、ジュンは困惑する。

オルマのアルビトリウムを思うように制御できない。

ついにトリガーアームを我がものにしたと勝ち誇ったあの時……ヒカルとの初めての戦いで、彼からアルマを引き剝《は》がしたあの時と、同じ感覚――!!

〈この不快なものをどけろ――〉

オルマがアスクレピオスの触手を捩《ねじ》り摑《つか》み、強引に引き千切る。

ジュンは慌てて飛《と》び退《すさ》り、警戒を強めた。

「……こいつ、オルマとデライズしてねえのか!?」

兄からアマリリスを引き剝がした時と同じに、アスクレピオスの能力で強制解除を試みたが失敗した。

ジュンが逆説的にそう推測するのは、無理からぬことだった。

「しているさ……したんだよ。ただ僕のアルビトリウム値があまりにも低すぎて、君がデライズしていないと誤認するのも無理はないけれどね……」

ミコトと最初に会った時、彼が『ちゃんとデライズできない』と言っていたのを思い出す。己の非力さを自嘲するようなミコトの卑屈な笑みに、ヒカルは居たたまれない気持ちになった。まるで、いつかの自分を写真に映したかのような……。

そんなヒカルの心境を慮るように彼を振り返ったアルマは、思わぬ閃《ひらめ》きに貫かれた。

ヒカルがミコトにかつての自分を見たように、アルマもオルマに自分を重ね、気づきを得たのだ。

アルマと他のメカウデの最大の違いは、アルビトリウムを自己生成できることではない。

それは――無機物にデライズしていること。

〈車椅子だ……オルマは、あの子の車椅子にデライズしているんだ!!〉

「よくわかったね……アルマ。正確には車椅子にも、だけどね」

ミコトは肩をずらして車椅子の背もたれを見せた。

オルマとミコトを繫《つな》ぐ糸のように細い光線は確かに、ミコトの背中ではなく車椅子の背もたれから伸びていた。

「もう一つ付け加えると、僕が座っているこの車椅子自体、元は実験に失敗して破棄された人造メカウデ……オルマの一部なんだよ」

ミコトの言うことはいちいち専門的すぎて難しかったが、それでもヒカルは理解とは別のところで何かが繋《つな》がっていくのを感じていた。

「メカウデを元に作った車椅子にデライズしてる……それってつまり……」

これまでのミコトの言葉と問答が、形容しがたい不吉な像を結んでいく。

「そう――オルマは人間だけじゃない、メカウデにもデライズできる」

ヒカルたちは言葉を失って立ち尽くす。

それはアマリリスはおろかフィストにも為《な》し得なかった、全く未知の能力。いや、オルマだけが持つ生態といっていい。

「全ての人間と、全てのメカウデにオルマをデライズさせるのが、僕の目標であり……人間とメカウデの本当の共存さ」

〈アルビトリウム増幅器を奪ったのは、そのためか!!〉

アルマが嘆くように叫ぶ。

フィストはアルビトリウム増幅器を用いて全人類を管理しようとしたが、それはまだ人間としての生は保証されていた。ミコトとオルマの企《たくら》みはもはや、人間とメカウデ双方の種としての存在意義すら奪おうとする惨《むご》いものだ。

車椅子の背後から黒い残骸の束《たば》が這《は》い出て、オルマの身体の下部に取り憑いた。そして不気味な蠢動《しゅんどう》とともに形を為していく。

形成されたのは、四角い砲口の光線銃だった。見たことのないメカウデだが、ヒカルたちに対戦経験がないだけでカガミグループ所有のメカウデの一つなのだろう。

〈お前たちが俺をア・ル・マ・に・変・え・よ・う・と・し・た・ように……今度は俺が、全ての生命をオルマへと変えてやろう!!〉

叫びとともに、光弾を乱射するオルマ。

ヒカルたちは咄嗟《とっさ》に跳び退り、メカウデで防御する。弾かれた光弾が、空に地に散って爆ぜていく。

「いかれてやがる……アマリリスを人間にしたら、こんなひねたガキが出来んのかもな」

オルマ誕生の経緯をヒカルたちよりも詳しく知るジュンは、オルマの怨嗟《えんさ》の叫びで彼の憎悪の根源をおよそ摑《つか》めた。

一〇〇年前のオルデラの起動実験で死にかけたメカウデが、アルマのコピーとして二度目の生を受ける……全く別の存在に変えられてしまった。

ならばいっそ、全ての人間とメカウデを自分と同じ目に遭わせてやる――。

幼稚な破滅願望だが、まだ理解はできる。

だがジュンが理解できないのは、ミコトだ。何故オルマの憎悪に身を任せ、その野望に荷担する？

自分の兄のように、普通にしているように見えてすでに精神も支配されているのか!?

……考えても無駄だ。捕らえてからゆっくりと聞けばいい。

後はどうやってこのひねた小僧から、ひねたメカウデを刮《こそ》ぎ落としてやるかだ。

「人類を全てオルマに……そんなこと、させるものか!!」

アキは光弾の爆裂によって巻き上がった煙幕を突き破り、オルマを急襲する。

変形途中のオルマに喉輪をするようにシニスでかち上げる一方で、デキスをミコトへと振り下ろす。

多重デライズをしていようと、ミコトに最初のデライズをしている以上、彼がオルマの起点だ。気を失わせればそれで事足りる。

しでかしたことの代償に、大怪我は覚悟してもらう。

「沈めっ!!」

オルマの動きは封じたままだ――今度こそ捉えた。

しかし、またもと言うべきか。横合いから何かが飛び出してきて、デキスを弾き飛ばした。

意識外からの攻撃で体勢を崩し、錐揉《きりも》みしながら吹き飛ぶアキ。

「何っ!?」

新手の出現を観じて警戒したアキは、その全貌を目の当たりにして愕然《がくぜん》とした。
・・・オルマが、もう一体いる。
見た目の細部が違う……より空洞の目立つフレームだが、ミコトの車椅子の背後から新たに光線で繋《つな》がっているメカウデは、紛れもなくオルマだった。

〈無駄だ。お前の動きは全て学習している〉

ややトーンの違いもあるが、声も同じだ。

不敵な笑みを浮かべるミコトの前で、二体のオルマが浮遊する。

「ただ分体を放つしか能がないアマリリスとは違う……オルマは本体に匹敵する性能を持った分け身を造り出すことが可能だ。君たちとの戦闘のおかげですでに、二つも完成している」

本体に近い性能を備えた分体……言わば真分体。

オルマのこの度外れた能力が、ミコトの拠り所だったのだ。これならば、人造メカウデの残骸という『材料』がある限り、オルマはいくらでも増殖する。

メカウデ使いだろうと、会社《カガミ》だろうと、世界だろうと、あらゆるものと戦える。

「何でもありかよ、こいつ」

ヒカルがぼやくと、まるでそれを咎めるようなタイミングで地面が揺れ出した。

アルビトリウム増幅器が置かれた周りの床が開き、台座ごと下降していく。戦いに巻き込まぬよう、地下に退避させたのか……？

新たに出現したオルマはミコトから大きく離れ、車椅子の後ろから放たれた黒い残骸の群れがそれに追随する。

磁力に引かれる砂鉄のように規則的な動きで次々に残骸が集まり、オルマを中心に膨れ上がっていった。

ヒカル、アキ、ジュン。三者三様の顔つきでオルマを見上げる。三人の目線がじわじわと上向いていく。

皮膚の下で全身の血液がざわつくような、言葉にしがたい嫌悪感だけは共通のものだった。

人間はもちろんのこと、持って生まれた体長から成長過程で何十倍にも激変する生物は、地球上には存在しない。数度の変態を繰り返す昆虫であってもそれは同じだ。

しかしそんな自然の摂理を容易《たやす》く覆す超常の生命体が、メカウデだ。

かつてアマリリスが、崩壊したカガミグループ本社の頂上で新たな巨塔として開花したように……オルマもまた、異形の巨大生物へと変貌していった。

暴走したオルデラはまだメカウデのフォルムの範疇――『巨大な手』としてのシルエットを保っていたが、こちらは腕を模しただけの異形。

人間の手が巨大な化け物になったらこう描かれるのではないかと思えるような魔物だった。

螺旋《らせん》状に捻れた腕の先からパーツが五本の指状に枝分かれし、その五本の指を腕として先端にまた五指が生まれ——全身が自己相似図形、フラクタル構造で形成されていた。

その異様は、さながら神話の生物だ。

「……ああ、何でもありみてえだな」

先ほどのヒカルの言葉を拾い、ジュンが引きつった笑いを浮かべる。

この巨大さが、この異形が、カガミグループが生み落としてきた怨念の結晶だというのか。

アマリリスの巨大化形態は、それ以上先がないという識別番号を割り振られZ—アマリリスと呼称された。

この巨大オルマ——いわばZ—オルマもまた、悪意ある巨山としてヒカルたちの前に立ちはだかったのだ。

「なるほどな……増長して全ての生命を支配しようとするわけだ……!!」

苦く吐き捨て、アキはZ—オルマの胴体を一閃する。文字どおり表面に擦り傷が刻まれた程度で、それも瞬時に修復してしまった。

こんな化け物を、さらに増殖させられるとしたら——。

子供の夢想でも、マッドサイエンティストの戯言《たわごと》でもない。ミコトは本気で、オルマの野望を成就させるつもりでいるのだ。

ヒカルたちにとって、すでに絶望的ともいえる戦局になってきたところへ、ミコトは更なる駄目押しをしてきた。

先ほど彼は、分け身が『二つ』完成したと言っていた――。

「これはオルマが創る、メカウデとの未来の一端……。次は、人間との未来の一端を見せてあげるよ。一番わかりやすい例でね」

ミコトがそう言うと同時。彼の背後の暗闇の中から、一つの人影が幽鬼のように歩み出てきた。

「っ……ぁ……!!」

ジュンが驚きのあまり目を見開き、吐息を震わせる。

ナオヒト社長とともに誘拐された秘書、イチキシマだった。

カガミグループの秘書服姿だが、首元や指などの見えている肌の部分の大半が闇色に染まっており、首から電子回路のように伸びたラインが目許まで浸食している。

制服の右腕のジッパーが開いて姿を見せているメカウデ・シュレイアも、同様に闇色に絡め取られていた。

ヤクモの骸や、ジュンの身体をフィストが操っていた時のような、メカウデによる強制支配を思わせる無惨な姿だった。

「お姉ちゃん……」

動揺のあまり、ジュンはあれほど恥ずかしがっていた呼び方に戻っているのに気づいていない。

「彼女はオルマの真分体によるデライズの栄えある第一号だよ。これでオルマは三体……フェアな戦いになったね」

おどけるように薄ら笑うミコト。

一つは巨大な魔物、一人は人質……フェアという単語のページを開いた辞書ごと殴りつけてやりたい衝動に駆られたヒカルだが、横から聞こえる悲痛な息遣いがそれを止めた。

「あ……あ……」

怒りに任せて真っ先に突っ込んでいくかと思われたジュンが、戦意を失い震えていたのだ。

それどころか、今にも倒れてしまいそうなほど顔を青ざめさせていた。

彼のか細い肩を力強く摑《つか》んだのは、アキだった。

「しっかりしろ！　お前が彼女をオルマの呪縛から解き放つんだ！　アスクレピオスなら、それができるだろう!!」

メカウデに操られた肉親と対峙《たいじ》した経験があるアキだからこその、厳しくも優しい叱咤《しった》だった。

「あ、ああ……わかった!!」

身の震えを収め、目に生気を取り戻すジュン。

三対三だろうが、三体百だろうが関係ない。ミコトの狂気が事ここまで至った以上、全てのオルマを倒すしか戦いを終わらせる方法はないのだ。

不可解なのは、アルビトリウム増幅器が完全に地下に収納されて床が閉じても、地面の揺れが止まないことだ。ヒカルたちは、ずっとそれが気になっていた。

〈アキさま、何か変だぜ！〉

〈この揺れは、オルマが発しているものではありません！〉

デキスとシニスも異変に気づき、辺りを探る。

イヤーカフ型の通信機に通信が届き、ジュンはミコトたちから目を離さないまま受信ボタンに触れる。

通信を送ってきた相手は、駅のテントに詰めているクエンだった。

『カガミくんか!?　そっちはどうだ、制圧できたか!?』

「今バチバチにやり合ってるとこだよ！　定期連絡なら後にしてくれ!!」

『この施設のネットワークを掌握して色々調べていたんだけど……アルビトリウム増幅器が、移動しているんだ』

「それもわかってる……地下に隠されちまった！　今から取り返すところだっての!!」

クエンはジュンにあしらわれるのも構わず、焦りを深めながら通信を続ける。

『じゃなくて……移・動・し・て・い・る！　地下の通路を通って移送されているんだよ！』

「……は？」

一瞬ではクエンの報告の全容を理解できず、固まるジュン。

『……増幅器が運ばれている先は……スペースシャトルだ！　すでに発射のカウントダウンを始めている!!』

「何だとお!?」

ジュンはヒカルとアキに、大声で通信の要点を伝える。

「こいつら、シャトル使ってアルビトリウム増幅器を宇宙まで持ってくつもりだ!!」

思わず彼方にそびえるシャトルへと目をやるヒカル。

「初めっからシャトル狙いでここを占拠しやがったのか!!」

〈みんなで遊びたかったわけではないのか……！〉

本気でその可能性を考えていたらしく、アルマが神妙な顔つきで呟《つぶや》く。

呆《あき》れながら向き直ったヒカルは、ミコトがいないことに気づいた。

そこでようやく、ミコトの真の狙いを悟る。

「……三対三ってわざわざ口にしたのも、作戦のうちか！」

これから三対三で戦うとヒカルたちに固定観念を抱かせておいて、自分は速やかにこの場を離れる。イチキシマを投入して動揺を誘ったのも、意識誘導の一環だ。

完全にこちらの思考を操っている。

クエンの通信と合わせて考えると、ミコトはオリジナルのオルマとともに宇宙に上がり、アルビトリウム増幅器を使って地球全土の生命体に強制デライズを行使するつもりだ。

「あいつらだけ宇宙に行っちまったら、手の打ちようがなくなる！」

〈絶対に止めるぞ、ヒカル!!〉

アルマの覚悟を共に握り締め、ヒカルはシャトルへと向けて走りだす。

だがそこへ、Z―オルマの枝腕が一本持ち上がり、ヒカルの行く手を阻むように振り下ろされた。

人間でいえば他の指を全て伸ばした状態で小指だけを動かすような、極めて困難な挙動。それがこの異形の巨体には可能であり、凄《すさ》まじい攻撃と化すのだ。

ジュンはヒカルを突き飛ばすようにその攻撃に割って入り、アスクレピオスの触手でZ―オルマの枝腕を絡め取った。

「ここは俺たちに任せて、先に行け！　ヒカル！　オルマを止めろ!!」

「わかった！　オルマの相手を頼んだぞ!!」

慌てて奇妙なやりとりになってしまったが、互いを気遣っている猶予はない。

ジュン、そしてアキを信頼し、ヒカルはスペースシャトルの元へと走った。

するとと今度は、アキがジュンを突き飛ばしてZ―オルマの攻撃を引き受けた。

「デカブツの処理には心得がある。お前はあっちのオルマに行け」

イチキシマを親指で示すアキ。

ヒカルと違って躊躇《ちゅうちょ》しているジュンに眉を顰《ひそ》め、声を張り上げてさらに発破をかけた。

「あの秘書を解放して、人質を……社長を救出しろ！　悪いが、私はその役をやる気にはなれん!!」

「……すまねえ」

撃ちつけ合う金属が奏でる音を背に、ジュンは真っ直ぐにイチキシマの元へと向かう。

ヒカル、アキ、ジュン——三者三様のオルマとの戦いが始まった。

ここで全てを終わらせなければ、自分たち三人だけではなく、全人類がオルマとの戦いに晒《さら》されることとなる。

アキは翼のようにシニスとデキスを振りかぶり、Z—オルマ目掛けて突進した。

○●

スペースシャトルの直下に辿《たど》り着いたヒカルとアルマは、暴風めいた煙に晒され、たたらを踏む。シャトルはすでにメインエンジンに点火され、今まさに飛び立とうとしているところだった。

〈こうなったら外側に摑《つか》まるんだ!!〉

精一杯飛び上がり、シャトルの外壁にアルマの指を食い込ませた瞬間。轟音《ごうおん》とともにシャトルは発射した。

ヒカルの眼下で、火山の火口を見るような凄《すさ》まじい炎が噴き上がっている。

巨大なタンクに積まれた燃料を一瞬で燃やし尽くし生み出す推進力。地球から脱出するために必要なエネルギーなのだ。

「うわあああああああああああ!!」

ヒカルは外壁にアルマの指を噛《か》ませながら、襲い来る圧力に必死に耐える。

〈頑張れヒカル!〉

カガミギャラクシーワールドの象徴、スペースシャトル。

初めてこれを見た時、ちょっとでも乗ってみたいと思った自分を恨む。

それとコックピットで快適にしているかもしれない、オルマとミコトも恨めしい。

「い、今も……しんどいけど……! スペースシャトルって……地球出てく時とんでもない熱さになるんじゃなかったっけ!?」

〈そうなのか?〉

ひどく能天気なアルマの返事。こんな時こそ、「どこで覚えてきたんだよ」でお馴染《なじ》みの謎知識を持っていてほしかった。

熱さもそうだが、このまま生身で宇宙に行ったら大変なことになる。

呼吸はどうしよう。目玉が飛び出すとか、凍り付くとか、映画で見たようなことになってしまうのだろうか。

そうなる前に、何とかスペースシャトルの中に入らなければ。しかしこの巨大なメインボディのどこに出入り口があるかわからないし、見つけたところでボタン一つで開閉する仕組みにも思えない。

だからといってその辺を殴って穴を開けたら、運が悪ければ宇宙を待たずに爆発してしまうかもしれない。

そうこう迷っているうちに、シャトルは成層圏を突破。補助ロケットがパージされて落下していった。視界が激しい気流で斬り裂かれている中それでも、すげえもん見た——と童心に返って感嘆するヒカル。

しかしあの力なく地表を目指す補助ロケットはどうやらパラシュートを備えているようで、程なくそれを広げているのが見えた。自分たちにそんなものはない。

こうなれば、速度が落ち着くまでこうしてへばりついて耐えるほかないのだ。

懸念したほどには、灼熱《しゃくねつ》に苛《さいな》まれることはなかった。ヒカルもアルマも知識としては持っていないが、シャトルの帰還時である再突入時に比べれば、行きである大気圏離脱時は空気圧縮も摩擦《まさつ》熱も低いからだ。

それでも、この凄まじいGだけは如何《いかん》ともしがたい。歯を食いしばって呻《うめ》き、気力で持ち堪えるヒカル。

さらに役目を終えた外部燃料タンクが切り離され、地球へと落下していく。

あれはどうやら摩擦《まさつ》熱で燃え尽きる仕組みのようだ。まかり間違った自分の運命にほかならない。

シャトルがついに地球圏を突破し、宇宙空間へと到達したのだ。

システムによる制御飛行に移行したシャトルの外壁で、ようやく強烈な圧力から解放されたヒカルは――ほっと吐こうとしたその一息を、咄嗟《とっさ》に呑《の》み込んだ。唇が歪《ゆが》む程固く口を閉じ、目をぎゅっと瞑《つぶ》る。

先ほどの映画知識で脳裏を過《よぎ》った懸念が、一気に膨れ上がったからだ。

本当にノリで宇宙に来てしまったが、生身で宇宙空間に耐えられるはずがない。

〈ヒカル……大丈夫だ〉

優しい声に導かれ、ヒカルはそっと目を開く。そして、地上と何ら変わりなく手足を動かせ、呼吸もできることに気づいた。

大きく深呼吸をして、声の主であるアルマに向き直る。

「お前に護られているのがわかるよ、アルマ……！」

〈ああ。君と私が力を合わせれば、宇宙だってへっちゃらだ!!〉

アルマとのデライズを深めて覚醒形態まで至り、湧き出るアルビトリウムに身体が包まれているおかげか、宇宙空間でも生命維持に問題はないようだ。

理屈を考えるより、アルマの言葉が何よりも心強かった。

自分たちが力を合わせれば、何も怖くない。

緊張から解放され、決意を新たにしたヒカルの眼前で、シャトル本体の巨大なハッチが開いていった。そして、内部に搭載されていたアルビトリウム増幅器が姿を現す。

〈ほう――お前たちか〉

そこには、オルマに肉体を乗っ取られたミコトが二本の足で立っていた。

羽根を毟《むし》られた鳥のように。あるいは堕天使のように。

歪《いびつ》にゆがんだ、黒い翼を宇宙に広げながら――。

第八章

「叶えるんだろ、俺たち二人で」

イチキシマの駆る、雪豹めいてしなやかで美しきメカウデ、シュレイア。その攻撃は流麗にして苛烈。

互いのメカウデによる牽制をし合いながら、ジュンとイチキシマはパーク内を転戦していった。

やがてどちらからともなく、一つの建物内に同時に滑り込む。

『ヤクモ＝レボリューション』

それはカガミ・ヤクモが宇宙船の墜落した坑道を探検する、というコンセプトのパニックアトラクション。参加者は、行動に現れた宇宙人と邂逅《かいこう》する。

言わば未知との遭遇――実際にはメカウデは宇宙から来たわけではないのだが、一般公開用のためメカウデの存在を宇宙人に置き換えてぼかしているのだろう。その実態は、ヤクモのメカウデとの出逢いからその後を再現した施設なのだ。

そのため内部は彼が初めてメカウデを発見し、その後オルデラの起動実験にも用いた坑道を忠実に再現している。

最低限の照明こそ機能しているが、狭く薄暗い施設内は戦いには不向きだ。

だからこそ、ジュンにとっては好都合だった。

狭い坑道内なら、攻撃のパターンは限られる。そうなればリーチの長いアスクレピオスが俄然有利だと確信していた。

相手はイチキシマ……正面から力任せに倒すのではなく、極力無傷で制圧しなければならないからだ。

好機とばかりにジュンが一気呵成《いっきかせい》に攻め込んだ途端、シュレイアの喉元部《のどもと》のカバーが開き、小さな砲口が出現。青白く光る球体を無数に発射してきた。

球体はそれぞれ針状のパーツを伸ばして展開し、雪の結晶のようなユニットに変化する。

ジュンはアスクレピオスの触手を盾状に形成し、結晶から防御する。

しかし結晶は盾に着弾した瞬間、次々に爆ぜていった。

「爆弾……！」

攻撃の性質をジュンが察したと同時、展開した盾が一瞬にして凍り付く。細かな円柱状のパーツに分散して地面に散らばってしまった。

これはただの爆弾ではない。メカウデを凍結させ機能不全に陥らせる特殊弾。

美しい薔薇には棘《とげ》があるの言葉どおり、見蕩《みと》れたが最後の必殺の攻撃だ。

アルビトリウムで形成された炎が見た目ほど熱くないのと同じに、この凍結弾も冷気はさほど感じない。だが一つでも身体のどこかに当たれば、ジュンはたちまち凍り付いて身動きが取れなくなるだろう。

坑道内なら有利になるという思惑が外れ、ジュンは慎重に戦わざるを得なくなってしまった。逆にイチキシマは、自身の周囲に結晶ユニットを浮遊させながら大胆に突っ込んでくる。

いつ自分目掛け飛んでくるかわからない結晶ユニットに気を取られていたジュンは、シュレイア本体の打撃を鳩尾《みぞおち》にまともに受けてしまった。

「っ……ごふっ……!!」

地面をバウンドし、坑道の壁に叩きつけられるジュン。トラックにでも跳ね飛ばされたような衝撃に、息が詰まる。

〈意思持たぬ紛いのメカウデを振るう、紛いのメカウデ使いよ……おとなしく俺の支配を受け容れろ〉

「姉ちゃんの声でつまんねえ絵本読んでんじゃねえぞ、このガラクタが」

明滅する意識を怒りで懸命に保ち、盗むように呼吸を確保する。

〈ならばここで朽ち果てるがいい〉

イチキシマのスーツはところどころ破れ、そこから覗く肌は黒に電子回路の線が走ったような、およそ人間のものではなくなっていた。

イチキシマの唇は発声のために動かしているにすぎず、表情は凍り付いたままだ。

ジュン自身は伝聞で僅かに認識している程度だが、イチキシマの現状はジュンがフィストに支配された時に酷似していた。

休む間もなく追撃が迫る。ジュンはアスクレピオスを振るってシュレイアを往《い》なしつつ、周囲の壁を触手で砕いて石礫を舞わせ、結晶ユニットを誘爆させていく。

立ち込める冷気が煙幕となり、二人の視界を遮った。

ジュンはその機逃さず煙幕を突き破り、アスクレピオスを振りかぶる。

「……ジュンくん……」

しかし冷気の向こうで待っていたのは、不安げに怯《おび》えるイチキシマの姿だった。

攻撃を躊躇《ちゆうちよ》するジュン。

次の瞬間、その小さな身体を砲弾が打ち据え、大きく吹き飛ばした。

氷結弾を爆発させせて凝縮し、サッカーボール大の砲弾を作って撃ち放ってきたのだ。

メカウデは人間を操る時、その声色までも我がものとして使うことができる。

アマリリスのような狡猾な演技ではないが、名前を呼ぶだけで彼には十分効果があった。

「……く、そっ……！」

演技だと、頭ではわかっていたはずなのに……身体が固まってしまった。

ジュンは激痛に全身を苛《さいな》まれながら、いつかアキに言い放った軽口を思い出す。

『てめぇ一人じゃアマリリス相手に手も足も出なかったくせに、粋がってんじゃねぇよ』

（……悪かったな、ムラサメ……!!）

素直に過ちを認め、心の中でアキに詫びる。

自分が同じ立場になって、初めて理解した。

親しい人間が操られ、戦わなくてはいけない辛さ。

相手に攻撃を繰り出す度に襲い来る、自分の身が切られるような痛み。

這々《ほうほう》の体《てい》で敗走していたアマリリスを、取り憑いていた兄からただ引き剝《は》がすだけの作業とはわけが違うのだ。

「!!」

咄嗟《とっさ》にアスクレピオスを突き出し、シュレイアの打突をガードするジュン。

間断なく追撃が襲い来る。横合いから吹き据える暴風雪のような、激しい連撃だった。

戦いづらいことに加えて、純粋に相手の戦闘力が厄介だ。

アマリリスが傀儡《かいらい》としたメカウデ使いのような、強引に操っているぎこちなさがない。やはりフィストが自分の身体を乗っ取った時のものに近いのだろう。

これは、イチキシマ本人の強さだ。

「こんなに強かったのかよ……！」

奥歯を食いしばり、懸命に氷結弾を誘爆させていくジュン。

イチキシマがプールで自分のことを『強いですよ』と申告した時は、茶目っ気交じりの冗談なのだろうと思っていたが、とんでもない。紛れもない真実だった。

戦闘要員ではない、社長秘書の身でありながら。

常に鍛え、研ぎ澄ましていたのだ。

ナオヒトの身をいつも案じ、有事には彼の助けとなるために——。

その献身がいま牙を剝き、ジュンの生命を確実に削っていく。

「ぐあっ……!!」

またも爆圧で吹き飛ばされ、地面を転がり続ける。

やがてアトラクションのゴール・大空洞にまで辿《たど》り着いた。

かつてヤクモがオルデラの起動実験を行った地を模した場所だ。

まるで遺跡のような厳かな石造り——建設前なのか元々それは設置する予定がないのか、ゲートを形成せんとするオルデラのモニュメントは存在しない。

凍り付き輝く石が飛び散り、見る見るうちに辺りを覆っていった。

ぼやける視界の中、ジュンは大空洞の祭壇の上に横たわる一人の人間を発見した。

「兄貴……！」

ナオヒトだ。薬で眠らされているのか、戦いの轟音《ごうおん》の中でも目を覚ます気配がない。

カガミグループの創始者が落命した地を模した場所に、現当主を監禁する……悪辣《あくらつ》にも程がある。

そしてジュンもここで殺すつもりとあらば、その悪趣味さも一層際立つ。

ジュンの動揺に喜悦を覚えたのか、獲物を甚振《いたぶ》るような足取りでイチキシマが洞窟の中からやって来た。

〈カガミ家がお家断絶するには、これ以上相応《ふさわ》しい場所はあるまい〉

アマリリスといい、オルデラの光に影響されたメカウデは何故こうも悪辣な存在に変貌してしまうのか。

〈……む〉

オルマが不思議そうに自分の右腕を見つめる。コントロールを失ったように、小さく震えていた。

次の瞬間、イチキシマの顔からオルマの呪縛を象徴する不気味な模様が消える。

「ジュン、く……覚悟はできています……わ、私を……」

そして息も絶え絶えに、ジュンに向かって訴えかけてきた。

苦痛に歪《ゆが》みながらも精一杯労るような眼差しが、ジュンの胸に触れる。

「あなたを、これ以上悲しませたく……うっ」

苦悶の呻《うめ》きを最後に、イチキシマは再びオルマに乗っ取られてしまった。顔に模様が戻り、表情もまた凍結する。

「……っ……」

ジュンは呼吸ではなく心の苦しさから、吐息を荒く震わせた。

「余計な心配すんなよ。オルマに操られてようが、あんたじゃ俺に傷一つつけられねえ」

すでに全身余さずズタズタに傷つけられていながら、精一杯の虚勢を張って吐き捨てる。

「ホント……どいつもこいつも、俺をガキ扱いして勝手な真似ばかりしやがって……!!」

社長秘書としての使命感からではなく、優しい姉として見せたイチキシマの悲痛な願いが、ジュンに覚悟を決めさせた。

「うざいんだよおおおおおおおおおおおおおおお!!」

気炎を吐きながら、アスクレピオスにありったけの力を注ぎ込む。

その気迫に応えるように、アスクレピオスが変形してゆく。前腕部にジョイントするようにパーツが加積され、盾と、そこから上下に伸びた長物《ながもの》が展開。

アスクレピオスの最終形態――三叉《みつまた》の槍を思わせる形状の、巨大で厳かな杖が完成した。

久方ぶりに目にするその勇姿に、ジュンの目にも輝きが灯る。

たとえ意思はなくとも、言葉を交わせなくとも、アスクレピオスも自分のために戦ってくれている。心に応えてくれるのだと。

「いくぜえええええええええええええ!!」

ジュンは万の援軍を得た心強さで、最後の激突へと臨んだ。

飛来する無数の結晶ユニット群を、突き、斬り伏せ、勢いそのままに駆け抜けてゆく。

誘爆はしない。アスクレピオスの能力を解放し、アルビトリウムの流れそのものを絶ち斬って機能停止に追い込んでいるからだ。

自分の相棒・アスクレピオスから、生命を再生する力は失われたとしても。

今一度、誰かの生命を救うことならばできるはずだ。

凍てついたイチキシマの顔に、先ほど一瞬垣間見せた表情が重なる。

自分が小さい頃、よく一緒に遊んでくれた。話を聞かせてくれた。年上のお姉ちゃん。

彼女はいつも、病弱な自分を心配していた。孤独を気遣っていた。

「お姉ちゃん……俺、友達ができたんだ……」

槍を振るいながら、ジュンはイチキシマへと語りかける。

〈フッ……恐怖のあまり独り言か……〉

オルマの戯れ言には耳を貸さず、攻防の間断に言葉を継いでいく。

「ムカつくとこもあるけど、本音でぶつかり合えるいい奴らだよ……。そいつらが今、一緒に戦ってくれてるんだ……!!」

翠光を放って振るわれるアスクレピオスが、ジュンの周囲に結晶めいた光をまとわせていった。

「俺はもう大丈夫だから！　あいつらに笑われないように……俺も俺にできることをする!!」

先ほど過《よぎ》った弱気を頭から振り払う。

オルデラの光に当てられたメカウデの全てが悪ではない。

優しさを失わず、悲しみを乗り越えて人間のために戦ってくれたメカウデもいた。

アルマだって、ジュンの友達だ。

（オルマはメカウデもろともデライズしてる……兄貴の時と同じやり方じゃ駄目だ!!）

アルマとヒカルが、フィストに乗っ取られた自分を助けてくれた時を思い出せばいい。理屈はわからなくても、身体が覚えているはずだ。

繰り出すのだ。深く深くデライズしたメカウデの呪縛を断ち切る一撃を。

「お姉ちゃんから……離れろおおおおおおおおおおおお!!」

巨大な光の斬線を伴って薙《な》がれた渾身《こんしん》の一刀は、イチキシマの身体を真っ二つに両断した。

しかし、光の尾が消えた後イチキシマの身に傷はない。意識を失っているが、シュレイアも同様に健在だった。

〈ぐぎゃああああああああああああああああ!!〉

ただオルマの真分体だけが、イチキシマの身体から分離されて宙を舞い、無様な呻《うめ》き声を上げていた。

オルマの真分体は滞空したまま反転し、洞窟の入り口へと飛翔する。本体の元へ逃走するつもりだ。

「逃がす……かあああああああああああああああああ!!」

ジュンは巨杖を投擲《とうてき》し、その黒い身体を過たずに貫いた。

〈カ、ガ……ミィ――――――――――――――ッ!!〉

怨嗟《えんさ》の声もろとも、光とともに崩れ去ってゆく。

カガミ家の断絶を目論《もくろ》んだこの地で、オルマはあえなく朽ち果てたのだった。

激しく火花を散らし、アスクレピオスが沈黙する。力を使い果たしたのだろう。

「悪ぃ、マツジイ……」

またマツジイに調整をしてもらわなければならなそうだ。

あるいは、今度こそアスクレピオスは――。

「う……」

呪縛の解けたイチキシマの身体が、支えを失って揺れる。力なく倒れかけた彼女を、ジュンは慌てて抱き留めた。

「お姉ちゃん!」

温もりと鼓動を感じ、安堵《あんど》から自分も崩れ落ちてしまいそうになる。

微かな吐息を耳にし、ジュンは懸命に呼びかけた。

「俺だよ！　わかるか!?」

見上げる姉の顔に、普段の厳しさは欠片《かけら》もなく。

まるで子供の頃に戻ったかのように、安らかな微笑《ほほえ》みを湛《たた》えていた。

優しく伏せられた目の端に、ささやかな輝きが滲《にじ》む。


「…………ありがと、ナオくん……」


耳に響く、甘えるように穏やかな囁《ささや》き。

はっ、と息を呑《の》み、身体を震わせるジュン。

戦いのショックで記憶が混濁しているのか、彼女は自分を助けたのがナオヒトだと思っている。それもまだ社長と秘書という垣根なく接していた、幼馴染の頃に戻って。

ジュンは胸に広がる安堵の上から、仄《ほの》かに苦みを伴った何かが滲んでいくのを感じていた。

イチキシマの頰《ほお》を滑り落ちた涙を指で拭うと、ジュンは寂しげに微笑んだ。

「俺が兄貴をゆっくり休めるようにしてやるから……心配すんなって」

決めた。

何が何でも兄を、社長の座から引きずり下ろしてやる。隠居させてやる。

この胸に広がる甘やかで苦い痛痒の正体は、きっと湧き上がる下剋上の闘志か何かだろう。

「だからあんたは、これからも兄貴を支えてやってくれよ……イチキシマ」

何かを絶ち切るように、優しくそう呼びかける。

そしてジュンは身長差のあるイチキシマを懸命に背負い、兄の元へと歩いていった。

○●

Z―オルマの猛攻を前に、アキは孤軍奮闘していた。

シャトルの管制室付近から引き離すことには成功したが、相手は数十メートルもの巨体。ただ移動するだけでも破壊の被害が広範囲に及んでしまう。

僅かな転戦の影響で、瞬く間に施設が倒壊していく。ヒカルや妹たちと遊んだ思い出の場所――カガミギャラクシーワールドが崩壊するのは、何とか避けたい。

無理に更地に誘い込もうとするあまり、アキは一方的な防戦を強いられていた。

五本の枝状の指全てが砲口であり、地上のアキ目掛けて一斉に光線が発射される。

様々なメカウデの力をコピーしてきたオルマだが、この攻撃はその中でも極致の一つ。オルデラの放ってきた光線と同様の力だ。

「ちっ……！」

間一髪で身を縮めたアキの直上を光線が通り過ぎていき、後方にあったアトラクションの入

場ゲートが灼き斬られる。

プッシュアップの体勢で地面を摑《つか》んだシニス、デキスの膂力《りょりょく》で弾丸もかくやという勢いで撃ち放たれたアキは、発射され続けている光線のスレスレを飛翔。

光線の発射口たる枝状の人指し指に急迫し、デキスの一閃で根元から叩き割った。

返すシニスの一撃で中指も切り落とし、旋転しながら距離を取る。

〈無駄だ……貴様ごときの出力では、俺の身体を滅ぼすことなど不可能だ〉

息を整えながら立ち上がるアキの眼前で、Z―オルマは不気味に笑った。

〈アルビトリウム増幅器から無尽蔵にアルビトリウムの供給を受け、俺は無限の再生能力を獲得した……。そしてこの力は、全てのオルマともリンクしている〉

破壊された枝状の指の根元が、二本とも不気味に蠢動《しゅんどう》すると、まるで植物の生長を早回しにしたように伸び、あっという間に再生を果たしてしまった。

〈つまり俺《オルマ》がここに存在している限り、他のオルマは絶対に死ぬことはない!!〉

そして何事もなかったかのように、Z―オルマは砲撃を再開する。

「懇切丁寧に説明して、馬鹿かお前は？　私がお前を倒せば、ヒカルの戦いが楽になるということだろう!!」

猛スピードで火線を潜り抜けながら、アキは唾棄《だき》するように言い放った。

しかしZ―オルマは余裕を崩さない。むしろ声音にサディスティックなものを含ませてゆく。

〈それが絶対に不可能だから教えた……今からお前の表情がどう変わっていくか、楽しみだよ〉

確かに裏を返すと、アキがこのZ─オルマを倒せなければ、ヒカルの戦うオルマ本体は不死身も同然ということになる。

〈アルヴィノも……ARMS《アームズ》も、カガミグループも……全てのデータは進化の礎となる。しょせんお前たち人間は、俺の糧に過ぎんのだ〉

本体と、真分体と、このZ─オルマ。

オルマは都合三体に分かれている形だが、それぞれ微妙に思考の系統が異なっている。

このZ─オルマは、図体の割りにより科学者然とした言動が目立ち、戦いもデータ収集と考えているフシがある。おそらく、適合者であるミコトの性質に最も影響を受けている個体なのかもしれない。

そこに付け入る隙がある、とアキは判断した。

相手はこちらのデータを収集しようと立ち回る……一撃でとどめを刺そうとはしてこない。

その間隙を突き、渾身《こんしん》の一撃を叩き込む。

いかに再生能力が高いとはいえ、身体を深々とブチ抜けばきっと倒せる。

考えを巡らせながら、メリーゴーラウンドのコーナーに辿《たど》り着く。

シニスの爪をメリーゴーラウンドの円状の外柵に引っかけて滑るように移動し、背中に迫っていた光線を紙一重で躱《かわ》す。その勢いそのままに跳躍して屋根の上に飛び乗り、もう一跳びで

Ｚ―オルマの直上へと飛翔する。

光線を上向けされるのに先んじて、アキは猛回転。熊が大上段から両腕を振り下ろすように、シニスとデキスの爪で斬りつけた。

〈む……〉

Ｚ―オルマの体表に引っ掻《か》き傷が刻まれたが、やはりすぐに修復していく。

地面に両脚とシニス、デキス、そして右手をついて急制動をかけながら、アキはその様を見て取って歯嚙《はが》みした。

〈アキさま！〉

「！」

それはさながら、質量を獲得した暴風。巨大な何かが高速で飛来し、真正面からアキに衝突した。

シニスの声に導かれてギリギリ防御が間に合ったが、大きく吹き飛ばされたアキは離れた場所にあったコーヒーカップの遊具にまともに叩きつけられた。

瓦礫《がれき》に手をつき立ち上がると、Ｚ―オルマが光線の砲口に使っていた指の先――フラクタルの指を長く伸ばし、鞭《むち》のようにしならせている。あれが自分の身体を打ち据えたのだ。

「ぐ、うう……！」

苦悶の声を上げる暇《いとま》すら与えられず、顔面目掛けて触手が突き込まれてきた。

アキは背筋《はいきん》で地面を蹴って上体を跳ね起こし、間一髪触手の刺突《しとつ》を回避した。今し方アキの頭があった地面に、触手が深々と突き刺さっている。

このままでは、一撃に懸ける前に体力を削り尽くされてしまう。

今にも力尽きて倒れてしまいそうな身体を励まして、アキは懸命に立ち上がった。

「シニス！　デキス！　あれをやるぞ……‼」

〈わかりました！〉

〈やってやろうぜ……‼〉

シニスとデキスも阿吽の呼吸でアキの考えを汲《く》み、光線と触手をギリギリまで引き付けて高々と飛び上がった。

シニスとデキスとで指を組み合わせた両拳《こぶし》を模した巨大な蹴撃装甲《キックユニット》と化し、Ｚ－オルマ目掛けて猛烈な勢いで蹴りつける。

「おおおおおおおおおおおおおお‼」

身体の中心に深々と突き刺さりはしたが、貫ききるまでには至らなかった。

飛来した触手に虫でも払うように打たれ、アキは地面を転がる。

腕をついてなんとか立ち上がろうとするアキの目の前で、Ｚ－オルマはみるみるうちに再生を始めた。

「これでも倒せないのか……‼」

今のアキにできる最大の攻撃であり、奥の手だった。

しかも本来はフブキと力を合わせて放つ、言わば必殺技だ。

それを一人で繰り出した反動は大きく、アキは残された体力が急速に失われていくのを感じていた。まるで、全身から出血するかのように。

追撃を覚悟したアキの頭上に、Z―オルマの冷ややかな声が浴びせられる。

〈……やはりお前は、メカウデの真価を引き出せていないな〉

その声音は、もはやアキに何の興味もないと語っていた。

「何だと……‼」

〈アマツガ・ヒカルのようなポテンシャルを、お前には感じない。かといって興味深い反応を見せるでもない。これ以上戦っていても、有益なデータは得られないと判断した〉

ヒカルと比較して可能性がないと告げられ、アキは愕然《がくぜん》とした。

それは自分の強さが頭打ちであると告げられたも同義だからだ。

〈お前はもう必要ない……メカウデもろとも、俺の糧となるがいい〉

とどめを刺されんとする絶望の瞬間。

先刻病院で目を覚ました時と同じく、アキはヒカルのことを思う。

自分も彼に、同じような言葉を浴びせた。同じようなことを言われているのも見た。

無力だと、役立たずだと、何もするなと。

ヒカルだって悔しかったはずだ。絶望したはずだ。

そんな時彼は、どうやってそれを乗り越えた――

〈〈アキさま!!〉〉

茫洋《ぼうよう》と溶けかけていた意識が、鋭い一声によって呼び覚まされる。

〈アキさま！　俺たちを信じてくれ!!〉

〈私たちは……アキさまを信じます!!〉

シニスとデキスが、破滅を間近にしたこの瞬間、強い意思を宿した瞳で自分を見つめていた。

アキは知らないが、彼らもまた病院でアルマに勇気づけられていたのだ。

だから、どんな絶望的な状況であっても決して心は折れない。

二人の思いを受け取ったアキは、己の内側で強い脈動を感じていた。

新たな生命のように胎動する何か――しかし、それを表に出す術《すべ》がわからない。

どれほど強く眩しくても、実体がない光では捏《こ》ねて形を作ることができないのと同じように。

〈――消え去れ、弱きメカウデ使いよ〉

そんなアキたちを余所《よそ》に、Z―オルマはあらん限りの枝指を伸ばしていった。フラクタル構造の指は五本が二五本に、二五本がさらに――と無尽蔵にその数を増やしていく。

その絶望的な光景に、アキは奇妙な既視感を覚えていた。戦いではないどこかで、あんな光景を目にしたような――

「……シニス、デキス……勉強会を覚えているか」

今際の際に佳き日の思い出に浸《ひた》るのではなく。

懸命に手を伸ばして辿《たど》り着いた答えとして、アキはそう語りかけた。

シニスとデキスが同時にアキの考えを察して顔を上げた瞬間。

Z―オルマは枝状の指を先の先まで束《たば》ね集め、数十本捩り込んで巨大な砲口を造り上げる。

その先端に、禍々《まがまが》しい光を蓄えていった。

あまりの光量に晒《さら》され、三人の輪郭が薄れていった。

「――私に生命を預けてくれ。私も、お前たちに生命を預ける」

アキが巨大な光線に総身を呑《の》み込まれる。

――だが、いつまで経《た》っても爆発は起こらなかった。

光線が、先端を摘んだホースから放出する水のように真っ二つに割れていたからだ。

〈何っ!?〉

瞠目するZ―オルマ。斬り裂かれた光線は二つに割れたまま大きく逸《そ》れ、ギャラクシーワールドの敷地の遥《はる》か後方にある山に着弾した。

光線が霧散し、その中心に在ったのは――高々と伸ばされた、アキの右脚だった。

黒鉄《くろがね》の脚が、月光を弾いて輝く。

アキの右脚は爪先から太股まで、黒い装甲によって覆われていた。

その鐵《くろがね》の装甲には、シニスとデキス、それぞれの瞳が力強く輝いている。

そして太股部にV字に展開された巨大な噴射口からは、アルビトリウムの輝光が炎の片翼となってたなびいていた。

この紅い翼が光の刃と化し、蹴りとともに巨大な光線を挟み斬るようにして断ち割ったのだ。

〈二つのメカウデが、一つになっただと⁉〉

驚愕と、好奇の叫びを上げるZ─オルマ。

彼のデータベースには存在しなかったメカウデの力。

ムラサメ・アキが復讐の闇を超えて辿り着いた力。その果てに摑《つか》んだ、黒き輝き。

兄弟メカウデにして全く同等の力を持つ、シニスとデキスだからこそ可能な進化にして真価。

同時使用ではなく合体という、唯一絶対の最終形態だった。

Z─オルマはその無数の触手から、一挙に光線を発射させる。もはや網目状に密集し、体術で掻《か》い潜《くぐ》れる域を超えていた。

アキはその光の群れをつまらなげに一瞥《いちべつ》すると、散歩にでも出かけるように歩を進め──消滅した。

そう形容するしかないほどの高速であった。残像すら残さぬ超絶の機動で、アキは光線の網をやすやすと突破していった。

そして数十本の枝指が同時に砕け、宙を舞う。

ムラサメ・アキの存在を証明するものは……彼女が通り過ぎた後、思い出したように砕け捲れ上がる地面のアスファルトだけだった。

〈何だ……このスピードはあああああああああああ!!〉

未知の情報に触れる好奇心よりもついに恐怖が勝り、声を荒らげるZ―オルマ。

慌てて枝指を再生させ、再び光線を乱射する。

編集を誤って同じ場面を繋《つな》げた動画のように、先ほどと全く変わらぬ光景が繰り返された。

「元ある数をただ二倍しただけなら知れているが、乗算ならばすごいことになる……ヒカルがそう教えてくれた」

アキは穏やかに語りながら、地上十数メートルのジェットコースターのレール上に出現した。

計算の得意でない自分にヒカルが勉強会で一生懸命教えてくれた理屈が役立ち、この窮地に新たな力が開花した。

シニスとデキスがどれだけ強くても、アキがどれだけ十全に扱っても、別々ならばその力は二倍止まり。

自分が役に立つ、いや自分が、と競うように力を振るっていては、本当の意味で力を合わせることはできない。

しかし心を繋いで合体を遂げた今、乗算されたシニスとデキスの力はかつてない領域へと到達していた。

夜風がアキの横髪を揺らす。レールの周りに飾られた惑星や流星、宇宙空間のモニュメントを見て、彼女は一時だけ微笑《ほほえ》ましい気持ちになる。

ギャラクシーワールドが正式稼働すれば、ここを走るジェットコースターは星々の狭間《はざま》を駆けるように人々を運ぶのだろう。

アキは己の脚と二人のメカウデのみで、地上に舞い降りた夜空を駆け抜けた。

〈おのれえええええええええええ!!〉

Z—オルマが、全身から触手の棘《とげ》を剣山のように樹立させる。

アキ目掛けて四方八方から槍の群れが襲い来る。

しかしまたもアキの五体は消滅し、入れ違いでZ—オルマの繰り出した触手がバキン、と音を立てて砕け折れ、あらぬ方向へと弾け飛んでいく。

数百もの触手の群れを全てアキが蹴り折って回っているなど、誰が知覚できよう。

何物にも負けない高速《はや》さがあれば。

アマツガ・ヒカルがどこに行こうと、駆けつけることができる。

どこにいようと、護衛《まも》ることができる。

それが、敗北と苦悩の果てにアキの辿《たど》り着いた答えだった。

「フブキ！　お前の分も叩き込んでやるぞ!!」

アキは紅い片翼をたなびかせ、流星となって夜空へと昇る。

満月を背に蹴りの構えを取り、そのままアルビトリウムを最大噴射して地上へと急墜した。

「〈〈はああああああああああああああああああああああああっ!!〉〉」

アキとシニス、デキスの叫びが、光となって夜空を斬り裂く。

光線を霧散させ、盾状に展開した触手をも破壊し——為《な》す術《すべ》なく晒《さら》された本体を、一直線に貫通した。

アキは着地を待たず勢いそのままに身をひねる。貫いたZ—オルマの背後から、その場の空間そのものを真っ二つに分かつつかのような回し蹴りを浴びせる。

究極とも言える打撃と斬撃《ざんげき》の二連撃は、Z—オルマの再生機構の閾値《いきち》を大きく上回った。

外装が硝子細工も同然に、黒い光輝の粒となってバラバラに弾け飛ぶ。

その中心で、僅かに形を残した小さな塊が、追いつかぬ再生を心待ちにするように浮遊していた。

Z—オルマの核。オルマの分体だ。

〈素晴らしいデータだ！　これで俺は……もっと強くなれる……〉

しかしそれは、叶わぬ願いだった。

アキが着地したのと同時に合体を解除し、シニスとデキスはそれぞれの姿に戻る。

〈や、やめ……〉

運命を悟ったオルマが、声を震わせる。

鐵《くろがね》の双腕《そうわん》使いムラサメ・アキが、左右の脚の黒きメカウデを大きく振りかぶった。

「――シニス！　デキス！　嚙《か》み砕け!!」

〈〈はっ!!〉〉

両拳《こぶし》で挟み潰すように、シニスとデキスで一撃する。

〈ろおおおおおおぉぉぉぉぉおおおお――――〉

オルマは叫びもろとも木《こ》っ端《ぱ》微塵《みじん》に砕け、最後に収集したデータとともに消滅していった。

いつかアキが予告したとおり。敗北という、知り得るはずのなかったデータとともに。

「はあっ……はあっ……!!」

吐血めいて息を荒らげながら、アキは膝《ひざ》をついた。

これでオルマの再生能力の根源は消滅した。ジュンもきっと上手くやるはずだ。

後は、自分が翔《か》けた地上の宇宙ではない、本当の宇宙《そら》高く昇っていった二人を信じるしかない。

精根尽き果てたアキは、眠るようにその場に倒れ込んだ。

黒い虹のように宙天に架かるジェットコースターの線路。その上では、月が煌々《こうこう》と輝いていた。

「ヒカル……」

最も信頼している少年の名を呼び、思いを託しながら。

○●

宇宙。

およそ生命の息吹を感じさせぬ原初の暗闇の中で、二つの炎が対峙《たいじ》していた。

一つはヒカル。

左目と右の前髪を炎と揺らし、右腕に携えた白銀の巨拳からは、アルマの闘志そのままに総身から山吹色の炎を噴き出している。

対するオルマは、最終形態に到達し、ミコトの肉体を支配している。

そして自分の本心をひた隠すように長く伸ばされていた前髪は、逆立って後ろに流れている。

骨のような黒い羽根を背に携え、そこから〝黒い炎〟が巨大な翼となってたなびいている。

フィストに乗っ取られたジュンの姿を彷彿《ほうふつ》とさせたが、小柄な彼に比べてもか細く小さなミコトの体躯《たいく》では、より一層無情な支配を感じさせた。

違うのは、巨大化したオルマがフィストのように左腕ではなく、ヒカルと同じく右腕に装着されている点だ。アルマのコピーであるという事実を、まざまざと突きつけてきた。

シャトルは既に自動操縦となり、僅かに残った推力のままに緩やかに宇宙を漂っている。

宇宙を泳ぐ方舟《はこぶね》の直上で、〝二人のアルマ〟は最後の激突を迎えようとしていた。

オルマの支配を受けて黒く染まった双眸《そうぼう》が、巨大な殺気を伴ってヒカルを射抜いた。

〈諦めの悪い奴らだ……ここまで食らいついて来るとはな〉

オルマの声音でミコトが吐き捨てる。

〈お前たち人間は黙って地を這《は》いつくばっていればいいのだ!!〉

シャトルの外壁を蹴り、ヒカルへと踏み込むオルマ。

拳《こぶし》と拳が真っ正面から激突し、アルマが弾かれる。

重い。巨大化したとはいえ人骨のようなか細いフレームであることに変わりはないというのに、オルマの膂力《りょりょく》はアルマを遥《はる》かに上回っていた。

オルマはさらにヒカルを蹴り上げ、勢いそのままに殴りつける。

速い。未だ宇宙空間に慣れないヒカルたちと違い、オルマは地上と何ら変わらぬ機動で向かってくる。

予想以上の加速に驚きながらも、ヒカルはアルマの後部口からアルビトリウムの炎を噴射し、ブレーキをかける。

上下前後左右、三六〇度全てが奈落。

宇宙では少しでも制動を忘れればそれで最後だ。星々の彼方まで吹き飛んでいく。

〈オルマ……お前は、自分を創り育てたミコトまでも己の野望に利用しようというのか！〉

〈何を勘違いしているか知らないが、俺はミコトの願いを叶えているに過ぎん〉

アルマの悲痛な叫びを鼻で笑い、オルマはミコトの胸の前で五指を鉤曲げる。自分たちは一心同体であると誇示するかのように。

〈ミコトの脚は、リハビリをすれば完治の見込める病状だった。だがこいつはメカウデに頼らなければ自分は治らないと思い込み、研究に没頭した〉

「な……!!」

ヒカルとアルマは、予想だにしなかった事実に言葉を詰まらせる。

〈それでミコトは、あんなにも頑なに……〉

研究を中止しろと言われた時、ミコトの目には周りの大人が「自分の希望を奪う悪」に映ったことだろう。

〈ミコトにとって、メカウデはあらゆる恐怖から解放された全能の存在だ……そのメカウデになれて、本望だろう!!〉

邪悪な笑みを浮かべ、拳を大きく振り下ろすオルマ。

ヒカルはガードした巨腕ごと、弾丸もかくやという速さで吹っ飛ばされた。

「うぐ、ううう……」

かろうじてシャトルの主翼に叩きつけられ、宇宙の奈落に墜落する難は逃れたが……オルマの力に圧倒され続けている。

オルマはその巨大な五指を揃え、高々と掲げた。

手刀《チョップ》を起点に巨大な光刃《こうじん》が形作られていく。大きく、まだ大きく。

シャトルの全長よりも巨大になったその黒い光の刃を、

〈死ね〉

オルマは、無情に振り下ろした。

背後のシャトルを、その中にあるアルビトリウム増幅器を一瞬でも気にかけてしまったヒカルは、その死の斬撃《ざんげき》をまともに受けてしまった。

庇《かば》い出たアルマもろとも一直線に斬り裂かれ、二人は力なく宇宙の只中に倒れ込み、塵《デブリ》のように漂流していった。

そうして、シャトルからどれくらい離れただろう。

絶命したと思い込んでいるのか、オルマの追撃は来ない。

アルマが庇ったおかげでヒカルの身体は真っ二つにならずに済んだが、それでも胸には袈裟《けさ》懸《が》けに刀傷が刻まれ、アルマは身体の最後部から瞳の光球の間近まで一文字に深々と斬り裂かれていた。

〈地球というのは……綺麗なのだな、ヒカル〉

傷口から火花を散らしながら、アルマは不意に蒼き星に眼差しを馳せた。

〈私たちの故郷も、宇宙から見たら同じ色をしているのだろうか……〉

「……どうかなあ……」

痛みで声を掠《かす》れさせながら、含み笑いを零《こぼ》すヒカル。そもそも、アルマの言う『故郷の世界』がどんなものなのかわからない。

機械生命体であるメカウデの故郷だから、その星自体が機械で、遠くから見れば無機質な銀色をしていてもおかしくはない。

特殊なゲートで空間をこじ開けなければ向かえないのだから、少なくとも火星や水星といった別の星でないことだけは確かだ。

そう考えると――アルマの故郷は遠いのだな、とヒカルはあらためて実感する。

離れ、別れゆく人へかける言葉に、『どんなに離れても、自分たちは同じ地球で一つ』などというものがある。

しかしこの先自分とアルマが迎えるのは、あの大きく美しい星の中ですら繋《つな》がることができない、壮大な別離。

こんな生死の狭間《はざま》を漂いながら、ヒカルは寂しさを噛《か》みしめていた。

〈オルマは強いな……。すごい必殺技が……できるように、と書いておくのだった……〉

そしてアルマもまた、こんな時に考えるのはいつものノートのことのようだった。

とぼけた言葉を耳にしたヒカルは、不思議と胸の傷の痛みが薄れていくのを感じていた。

「お前のあれ……書いたこと何でも叶う、魔法のノートじゃ……ないんだぞ……」

右腕を曲げ、アルマの瞳の光球と向き合う。

相棒にかける言葉ではないかもしれないが……綺麗な瞳だった。

眼下の蒼に負けないぐらい、アルマの純粋さそのままに輝いて見えた。

「書いたこと……叶えるんだろ。俺たち二人で」

宣言した志とともに胸を張ると、宇宙を彷徨《さまよ》っていたヒカルの身体はゆっくりと制止した。

「だから、ちゃんと叶えよう……。ミコトを解放して、アルビトリウム増幅器を持って帰るんだ……。お前が故郷に帰るゲートを作るために」

寂しいからこそ、別れは自分たちの手で紡ぐ。

こんなところで、死などという理不尽を以て叶えられるつもりはない。

〈ヒカル……君は、本当に優しいのだな〉

微笑《ほほえ》むと同時。アルマの全身から、アルビトリウムの光が迸《ほとばし》っていった。


オルマは彼方に輝く巨大な恒星の光を仰ぐ。

オルデラでもない、あの太陽でもない。

これからは自分自身が、あらゆる生命の始祖となるのだ。

シャトルのアルビトリウム増幅器へと近づき、自分のアルビトリウムを流し込もうとした、その時。

重力のないこの宇宙で、オルマは半ば引き寄せられるように振り返っていた。

背後にもう一つの太陽の輝きを感じて。

宇宙を二つに分かつように、一条の閃光《せんこう》となってまばゆい光が輝いている。

それはアマツガ・ヒカルの背から噴き上がった、灼熱《しゃくねつ》の翼だった。

裸となった上半身はオルマに深々と刻まれたはずの傷が消え、代わりに力の脈動の象徴であるアルビトリウムのラインが葉脈のように神々しく走っている。

その輝きは、人でありながら限りなくメカウデに近い存在であることの証《あかし》のように見えた。

最終形態――ヒカルとアルマは今一度、究極のデライズを果たしたのだった。

〈何故舞い戻った……お前はもう、必要ない!!〉

激情に任せてヒカルに突っ込んでいくオルマが、渾身《こんしん》の拳《こぶし》を繰り出す。

それを迎え撃ったアルマの拳は、今度は頑として身動《みじろ》ぎがなかった。踏みしめる物のない宇宙の只中で、まるで大地に根を生やしたかのように。

逆に反動で跳ね飛ばされたオルマは、翼を羽ばたかせて急制動をかけた。

〈どこまでも、俺たちの邪魔を……!!〉

「俺の、だろ。ミコトを解放してもらうぞ、オルマ」

〈俺のやることは……ミコトの望みだと言ったはずだああああああああああああ!!〉

両者の攻防はシャトルから大きく離れ、極小の小惑星群や隕石を破砕しながら繰り広げられていく。

時に廃棄された人工衛星すらも巻き込み、宇宙に新たなデブリが加積されていった。

大気と重力、そして仲間の助けはない。かつてない孤独な戦いの場。

ただ眼下に灯る蒼の輝きの美しさだけが、ヒカルとアルマの心強い救援者だった。

「オルマ。やっぱお前はアルマじゃねえよ……こいつのいいところ、何も持っちゃいねえ」

〈持たないのではない、捨てただけだ！　お前がアルマの長所と認識している点など、完璧なメカウデにとっては全て不純物に過ぎないのだからな!!〉

「その完璧なメカウデなんてもの自体が、何も完璧じゃねえんだよっ!!」

ヒカル自身が一回転するほど思いきり振りかぶったパンチをモロに受け、オルマは独楽《こま》のように旋転しながら吹き飛ばされた。

〈お前は違うというのか！　アマツガ・ヒカル！　おとなしくアルヴィノに身を任せていれば、特別な存在として生きることができたのだぞ!!〉

そんな特別など、ヒカルは願い下げだった。拳《こぶし》とともに、熨斗《のし》を付けて返してやる。

自分が何者でもないと認めることは、誰だって悔しい。

悔しさを受け容れることは、更なる悔しさを呼ぶ。

だから人は「どうせ」と初めから諦め、自嘲に逃げる。そのほうが苦しくないから。

少なくとも、ヒカルはずっとそうして生きてきた。

――アルマと出逢うまでは。

「うおおおおおおおおお！」

アルマと出逢って、諦めが悪くなった。

アルマと出逢って、可能性を目指す尊さを知った――!!

星と星が相克《そうこく》し、弧を描いて舞い戻り、またぶつかり合う。

両者の攻撃はまるで、華麗な舞踏のようであった。

光が描く攻防の軌跡が、さながら原子運動のような模様を宇宙に描写する。

残像が絶えず灯り続けるほどに、アルマとオルマの激突は超高速で応酬されていった。

〈事実を受け容れることは怖い……！　自分の弱さと向き合うことは怖い！　私には、ミコトの気持ちはよくわかる……〉

一際大きな激突の中、拳と拳で鍔迫《つばぜ》り合いをしながら、アルマは訴えかけた。

〈それでもヒカルは、自分の弱さを受け止めて一歩を踏み出した！　私を助けてくれたのだ！　完璧でなくとも……ヒカルは、最高の相棒なんだ!!〉

「だから持ち上げすぎなんだよ……。俺が一歩踏み出せてたんだとしたら……それはお前が背中を押してくれたからだろ、アルマ!!」

断じて認めぬとばかり、オルマは駄々っ子のように腕を振り、拮抗《きっこう》を撥《は》ね除《の》ける。

〈そんな惰弱な馴れ合いで……俺の強さに並ぶなど！　断じて認めん!!〉

「お前が世界中全部自分で染めちまおうとすんのは……お前も、向き合うのが怖いだけじゃないのか！　自分の相棒と!!」

〈ふざけるな……恐れているのは貴様たちだろう！　先に隷属《れいぞく》を強いたのは、人間のほうだ!!〉

裂帛《れつぱく》の叫びとともに、オルマの拳《こぶし》から無数の光刃が発射され、ヒカルへと殺到する。

〈確かに一部の人間は、メカウデを恐れていたのかもしれない……だが、変わろうとしている！　恐れも、悲しみも、過ちも乗り越えて、私たちはわかり合えるんだ!!〉

アルマは懸命に訴えながら、アルビトリウムの炎を爆ぜさせ、宇宙を無軌道に飛び回る。

ヒカルとアルマ、二人の微笑が同期する。

彼らは、ジュンたちのような戦闘巧者ではない。変幻自在の武装も、多彩な能力も持ち合わせていない。

心を重ねて握り締めたその拳で、殴る――それが唯一にして最大の、二人の戦い方だ。

相手の攻撃が四方八方から襲い来るならば、それら全てを殴り、叩き落とす。

「アルマッ!!」

〈ヒカルッ!!〉

そして相手の元へと辿《たど》り着き――殴る!!

痛烈な一撃で吹き飛びながら、オルマは小惑星に骨の翼を伸ばして突き刺し、再び飛んだ。

〈今さらわかり合うだと……ならば何故俺を作った！　俺は、何のために生まれた!!〉

オルマは再び超巨大な光刃を造り上げ、ヒカルもアルマも、シャトルも、何もかも斬り裂こうと雄叫《おたけ》びを上げた。

「何のために生まれたかなんて……！　生きて生きて、生きてようやくわかるもんだろッ!!」

ヒカルの決意に呼応し、背中の翼がさらに勢いを増して噴き上がる。

「生まれたばっかで難しく考えすぎなんだよ！　お前も、ミコトも!!」

そして最終形態のまま、アルマの拳《こぶし》を巨大に変形させていく。大きく――さらに大きく。

オルデラを再封印した超巨大形態の拳を形成し、突き出された光の刃に照準する。

生きる意味を探し彷徨《ほうこう》する小さな少年と、一人のメカウデを救うために。

「〈これで終わりだあああああああああああああああああああああああああ!!〉」

突き出した超巨大拳もろとも流星と化したヒカルとアルマは、最後に繰り出された光刃を真っ正面から砕き抜き――オルマ本体に拳を叩き込んだ。

〈ぐあ……ああああああああああああああああ……!!〉

全身の拘束具が弾け飛ぶように表皮が砕け、ミコトの身体が解放される。

前髪が元のように垂れる直前、伏せられた小さな瞳には大粒の涙が溜まっていた。

車椅子がないからか、満身創痍のオルマからの光線がかろうじて背中に繋《つな》がっているが、ほとんど意識を失っている。

〈シャトルへ戻るぞ、ヒカル！　宇宙空間で完全にデライズが解除されてしまったら、ミコトの生命が危ない!!〉

「わかった……う、あ!?」

力任せに後ろ髪を引っ張られたように、ヒカルは身体をよろめかせる。

勢いつけて飛び回りすぎた。ヒカルたちはシャトルを目指すどころか、地球の重力に捕まってしまったのだ。

このまま大気圏再突入してしまったら、いかに最終形態に到達したメカウデ使いといえど生命はない。燃え尽き、宇宙のチリと化すだろう。

ヒカルはせめてミコトを守ろうと腕と翼で抱き締め、熱を遮ろうとした。

しかしその時、思いもよらぬ存在がヒカルたちの前へと庇《かば》い出た。

〈馬鹿が――〉

オルマはボロボロの身体で傘のような形に変形し、ヒカルたちを襲う高熱を遮る。いわば、宇宙からの帰還艇の先端と同様の形状だ。

「オルマ！」〈オルマ！〉

ヒカルとアルマの驚きが、宇宙に重なる。

〈生きて、生まれた意味を探すだと……？　しょせん俺はお前を模倣した人形……唯一の望みが潰《つい》えた時点で、存在意義はない〉

ヒカルたちを助けるのではなく、自ら死にゆくだけなのだと。不器用な自嘲を零《こぼ》すオルマに、アルマは懸命に手を伸ばしながら訴えかけた。

〈それならまた生きる意味を探せばいい！　人造だろうが模倣だろうが、心を持った時点で君は私たちと同じだ！　何より……君は、私の弟のようなものじゃないか!!〉

〈弟……〉

オルマはそれを拒むように鼻を鳴らし、遮熱板の径をさらに拡げる。言葉なくともその行動こそが、彼の答えのように思えた。

成層圏に辿《たど》り着き、摩擦《まさつ》熱から解放されたところで、力尽きたようにオルマは粉々に砕けていく。

ヒカルはオルマの破片が描く慎ましい流星群を目にしながら、静かに地上へと落下していった——。

○●

暗闇で、不気味な哄笑《こうしょう》が木霊《こだま》している。

夜空に降り注ぐ流星を見て、戦いの終結を確信しながら。

ここはおよそ人工の光が存在しない、朽ち果てた瓦礫《がれき》の山。

文明が滅び荒廃した別世界を思わせる、完全なる廃墟であった。

それがよもや、キタカガミ市の目と鼻の先に存在するとある都市の現状などと、誰が信じられよう。

〈ククク……まさかオルマまでやられるなんてねえ。厄介なガキどもだよ、本当に〉

そして哄笑の主が、完全に消滅したと思われているメカウデであるなどと。

赤紫の光が形作る輪郭は、六枚の花弁。暗闇に茫洋《ぼうよう》と漂う妖花を思わせた。

〈まあ、おかげでいい目眩ましになった。人間の精神を侵食するデータも揃った。これであいつらを動かしやすくなるってもんさぁ……〉

妖花は病院着を着た長い黒髪の女性の身体に取り憑いていたが、その女性は独り言に対して何の反応も示さない。

まるでかつてのフブキのように。

意思も生体活動も、全てをメカウデに支配された、操り人形も同然の状態だった。

〈あたしは死なねえぞ……てめえらみんな地獄に堕としてやる〉

コールタールめいた粘性の怨念に塗《まみ》れた呪詛《じゅそ》が、虚空に響きわたる。

それは自分の野望を打ち砕いたヒカルやアキ、ジュンに向けて放たれたもの。

廃都の只中で妖しく輝くのは、ワーム型のメカウデ。

怨讐《おんしゅう》尽きぬ悪鬼、アマリリスであった。

○●

目を覚ましたのは、自分の部屋だった。

ヒカルは胡乱《うろん》な意識のまま、常夜灯に照らされた室内を見わたす。

「起きたか」

ベッドにアキが腰掛け、自分を見下ろしていた。

「うわびっくりしたあ!!」

倦怠感が一気に吹き飛び、縄で引かれたような勢いで上体を跳ね起こす。

〈ん～……？〉

同時に、枕元に横たわっていたアルマも目を覚ましたようだった。

オルマを倒し、ミコトを抱えて地球に向かったまでは覚えているが……今さらながら、我ながらとんでもない無茶をしたものだと思う。

アキが言うには、ヒカルはカガミギャラクシーワールドに接した山に墜落。

ヒカルが懸命に守ったミコトは、生命に別状はなかったということだ。

ARMS《アームズ》メンバーが回収し急いで病院に運んだが、思ったほど怪我をしていなかったのでアキに自宅へと送らせたようだ。

そこでヒカルは、パジャマに着替えていることに気づく。

ズボンが前後ろ逆のようだし、右腕は袖を通っていない。この乱雑さはアキの仕業《しわざ》だろうと、一層羞恥心が増した。

「……そのこと俺に話すために、ずっと待っててくれたのか？」

「お前が目を覚ますまでは、ここで護衛していようと思ってな……」

「お前だって滅茶苦茶疲れただろ、早く帰って寝ろよ」

か細い声で突っぱねると、アキは穏やかな笑みを浮かべた。

窓から差し込む月明かりが、まるで彼女を祝福するように柔らかに包み込んでいる。

「いいんだ。私がやりたくてやっている」

その声があまりにも優しくて、ヒカルは妙に気恥ずかしくなる。

なんとか話題を逸《そ》らそうと、事件の顚末《てんまつ》について尋ねた。

「それで、ミコトは……」

「ジュンに任せた。何のお咎めもなしというわけにはいかないだろうが、カガミグループの監視下で活動していくということだ」

言ってしまえば飼い殺しだが……彼の望んだことだ。

願わくば、これからのカガミグループでその才能を正しい方向に活かしていってほしい。

「宇宙に残ったシャトルはクエンがどうにかすると言っていた……計算がどうとか」

自動操縦で大気圏再突入させるために、入念な軌道計算が必要なのだろう。

アルビトリウム増幅器含め、こちらもちゃんと帰って来られるようでほっとした。

あらためて、自分は宇宙というとんでもないところへ行ってきたのだ——という実感が湧いてくる。

「もしかして俺、世界で初めてメカウデと一緒に宇宙に行った男になるのかな」

「ああ。誇るといい……」

〈ヤクモでも叶わなかったことだからな!!〉

アルマも飛び跳ねるようにヒカルに寄り、嬉しさを身体いっぱいに表す。

カガミ・ヤクモにもできなかったことをしたと思うと、歴史に名を残したようで確かに誇らしかった。

「でも遊園地、大分壊れちゃったよな」

それがヒカルの心残りだった。何ならスペースシャトルもかなり損傷させてしまった。

友達や仲間と見た、思い出の場所。完成を待つばかりだった、夢の世界が。

「また直せばいいんだ。私たちは、壊れたら取り戻せないものは守り抜いた。みんなよくやったんだ」

旧敵も含めて他者を賛辞するのは、彼女にしては珍しい。

それだけアキもこの戦いに全てを出し尽くし、手にした勝利に感じ入っているのだろう。

宇宙《そら》に消えたオルマのことを思えば……全てとは言えないが。

壊れてもいつか戻る——アキが前向きに考えているのなら、ヒカルもこの場で一つの約束をしておきたかった。

「遊園地、次はちゃんと行こうな」

カガミギャラクシーワールドでも、別の遊園地でもいい。

戦いの地としてではなく本来の目的で、友達と遊園地へ行きたかった。

「うん」

アキは朗らかな微笑を浮かべながら、素直に頷《うなず》く。

アルマは、そんな二人を穏やかな眼差しで見つめていた。

○●

オルマの事件から、しばらくの時が流れた。

宇宙から帰還したアルビトリウム増幅器を用いて研究は進み、メカウデ世界へのゲートは無事完成。

アルマの旅立ちの日がやって来た。

地下研究所の一室、完成したゲートの前で、アキたち仲間に見守られながらヒカルとアルマは別れの時を迎えていた。

次元を超える壮大な旅を前に、アルマが手荷物としているのは……唐草模様の風呂敷包みだった。

大昔にアイコン化していた、『上京してきた田舎者』を彷彿《ほうふつ》とさせる。

しかもその中身といったら、コミックやおもちゃ、中途半端に開けたお菓子、果てはヒカルの歯ブラシまで。

この世界の思い出ならもっとマシなものを持って行けと言ってやりたくなるが、これもアルマらしいと思った。

〈これで……本当にお別れなのだな〉

その声音にはもう、迷いはなく。

ただ純粋に、最後の名残を惜しんでいる。

〈この衣服は……〉

自分に結合したパーカーを見やりながら、済まなそうに尋ねるアルマ。

「やるよ」

最後までちょっとずれた心遣いが微笑《ほほえ》ましく、ヒカルは当然のように返した。

〈ふっ……そうだったな〉

旅立つ友に送る言葉を探すヒカル。

劇的なもの、互いの心に思い出として残るもの。望めばキリがない。

突然の別れを突きつけられるのではなく、この日のために多くの思い出を重ねることができた。それだけで、十分幸せだったのだ。

それを理解した瞬間、自然と最後の言葉は決まった。

「またな、相棒」

〈ああ！〉

旅立ちは永遠の別れではない。

だから贈る言葉は、ささやかな再会の約束でいい。

アルマもまた、一日の始まりに家の前でかけ合うような自然な言葉とともに、大きく手を振った。

〈行ってくる!!〉

エピローグ
「二人は歩き始めた」

ヒカルがそれに気づいたのは、相棒が旅立っていって少し経《た》った、とある日のことだった。

自室を掃除している時、ベッドの下からアルマのつけていたノートを発見したのだ。

「あいつ、これ持ってかなかったのか」

そういえば確かに、風呂敷の中身にこのノートはなかった。

完結していない漫画よりこっちを持って行けよ、と思ったが……もしかすると、置き忘れて行ったのではなくあえて置いて行ったのかもしれない。

ページをパラパラと捲っていき、その思いは確信に変わった。

多くの丸に彩られた項目、すなわち叶えた希望。

その中で、最後のページに大きく書かれた一文には、丸がついていなかった。


『ヒカル、また遊ぼう！』

それは自分の願望を記したとともに、ヒカルへの言伝《ことづて》でもあった。

ヒカルは頷《うなず》きを返し、穏やかに微笑《ほほえ》んだ。

「書いたこと、全部叶えるって約束だぞ。守れよ、アルマ」

その頃にはもう、着る制服も変わっているかもしれないし、背丈も伸びているかもしれないが。

また、あのパーカーを羽織るから。

○●

『起きているか』

素っ気ないメッセージに、送った瞬間既読マークがついた。

『起きてるよ』

そしてすぐに返信が来る。

ムラサメ・アキはスマホの画面を見ながら、ほっとしたような、物足りないような面持ちになった。

今朝も急いでヒカルを迎えに行く必要はなさそうだ。

アルマが旅立つ少し前ぐらいから、メカウデを犯罪に使う謎の集団が台頭した。

ヘテロクラウン。

ARMS《アームズ》やカガミグループよりも前からメカウデを『上手に使ってきた』などと嘯《うそぶ》く、危険な組織だ。

メカウデを悪用する輩《やから》は許さない。

自分の戦いは、これからも続くのだろう。

そしてそんな邪悪な連中が、アルマの相棒であるヒカルをまた狙わないとも限らない。

これからも、護衛は続ける。

ずっとヒカルの傍《そば》にいる。

いつからかヒカルも、「いつまで俺の護衛を続けるんだ？」などとは聞いてこなくなった。

朝、一緒に学校に行く。

昼休みを一緒に過ごす。たまにフブキも一緒だ。

放課後はよく、図書室で勉強する。

ヒカルの志望高校は、どうやらそれなりに学力を要するようだった。

当然自分も同じ高校を志望した。しかし担任教師から、「このままじゃ絶対無理」と太鼓判を押された。

本腰を入れて勉強をしなければ、同じ高校に行けない。

それは困る。学校が別々になってしまったら、ヒカルを護衛できないから。

今は人生で一番、勉強を頑張っている。メルやフブキを交えた勉強会の頻度も増えた。

ジュンは……何か、すごく偉くなったと言っていた。多忙なはずなのに、どういうわけか会う機会は多い。

放課後は学校からの帰り、ヒカルを家に送り届ける。

その後で自分はＡＲＭＳ……いや、今はもう新生カガミグループと言うべきか。新たな活動拠点へと向かい、メカウデ使いとしての任務を遂行する。

自分は何も変わらない。けれど、以前より前向きになれた気がする。

ヒカルも……アルマがいなくなった後も、何も変わらないと思っていた。

確かに、表面上は以前と同じだ。

けれど最近はふとした瞬間に、彼は寂しげに空を見つめていることがある。

宇宙よりも遠いどこか。

決して手の届かない、果てなき彼方を思うように……遠い目をして。

彼のそんな横顔を見た時、アキが必ずすることがある。

「ヒカル」

放課後の校門前。アキの呼びかけに応じ、ヒカルはきょとんとした顔で振り返る。

「駅前のカガミバーガーに寄っていかないか」

二人でどこかに寄り道をして、家に帰るまでの時間を少しだけ延ばすのだ。

「いいけど、最近ちゃんと行くかどうか聞くようになったよな……前は強制だったのに」

苦笑しながら了承するヒカル。

「確認はする。その上で、無理だと言っても連れて行く!!」

「そっちのがタチ悪くないか!?」

「そこのタダ券をたくさん貰《もら》ったんだ……今日は私が奢《おご》ってやろう」

「それ奢りっていうかなあ……まあいいや。サンキュ、行こうぜ」

睦《むつ》まじく手を繋《つな》ぎ合うわけでもなく。熱を帯びた視線を絡ませ合うでもなく。


同じ世界に住み、同じ時間を生きる友達として。

二人は、ゆっくりと歩き始めた。

カグラ・ミコト

キャラクターデザイン：オカモト

オルマ

メカウデデザイン：塗壁

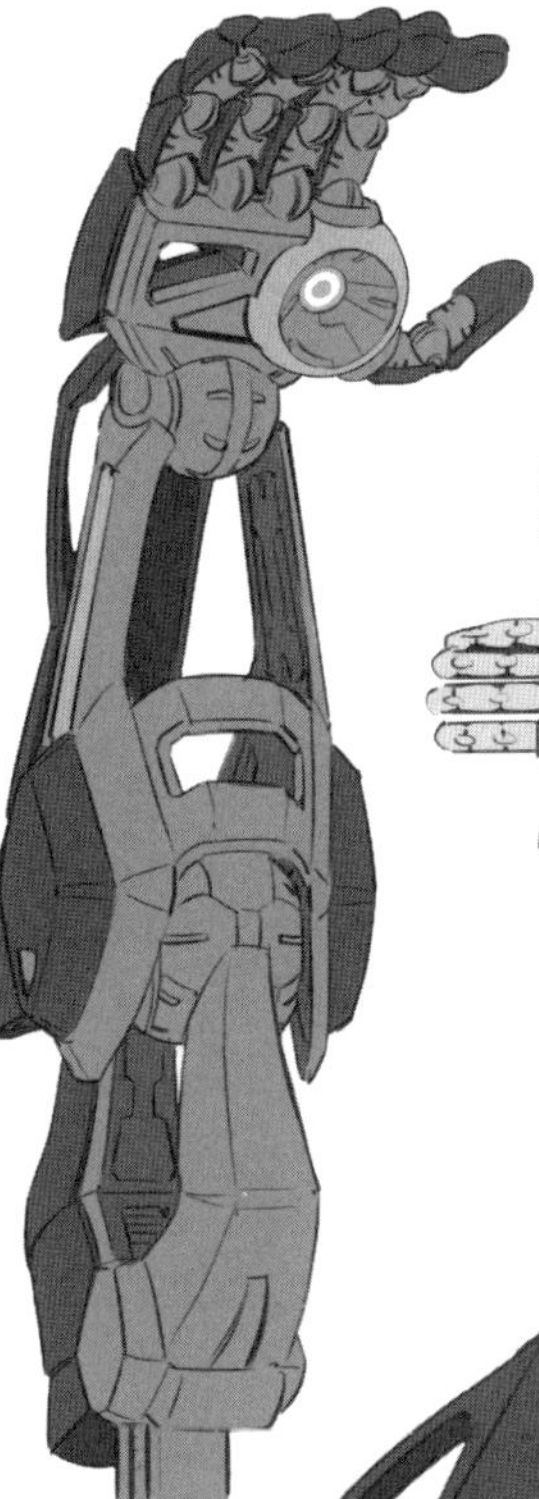

下を向く場面があるかはわかりませんが、動く際には親指、人差し指の付け根を避けるように黒目が移動します。

前腕、二の腕はそれぞれ後ろに行くにつれて厚みが増します。

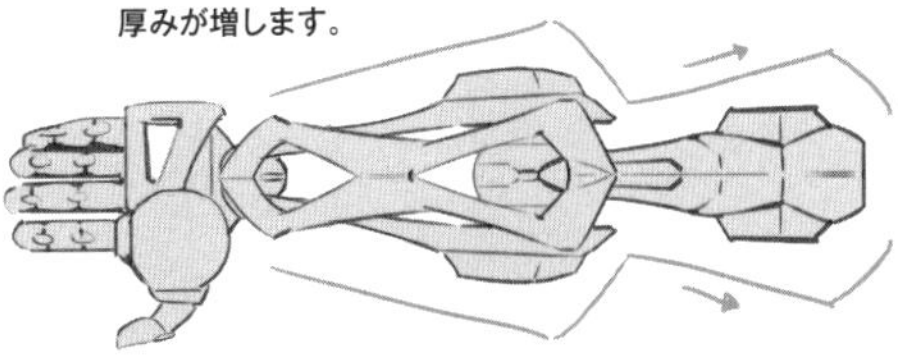

ラフの段階から色の所在を上下にはっきり分けました。

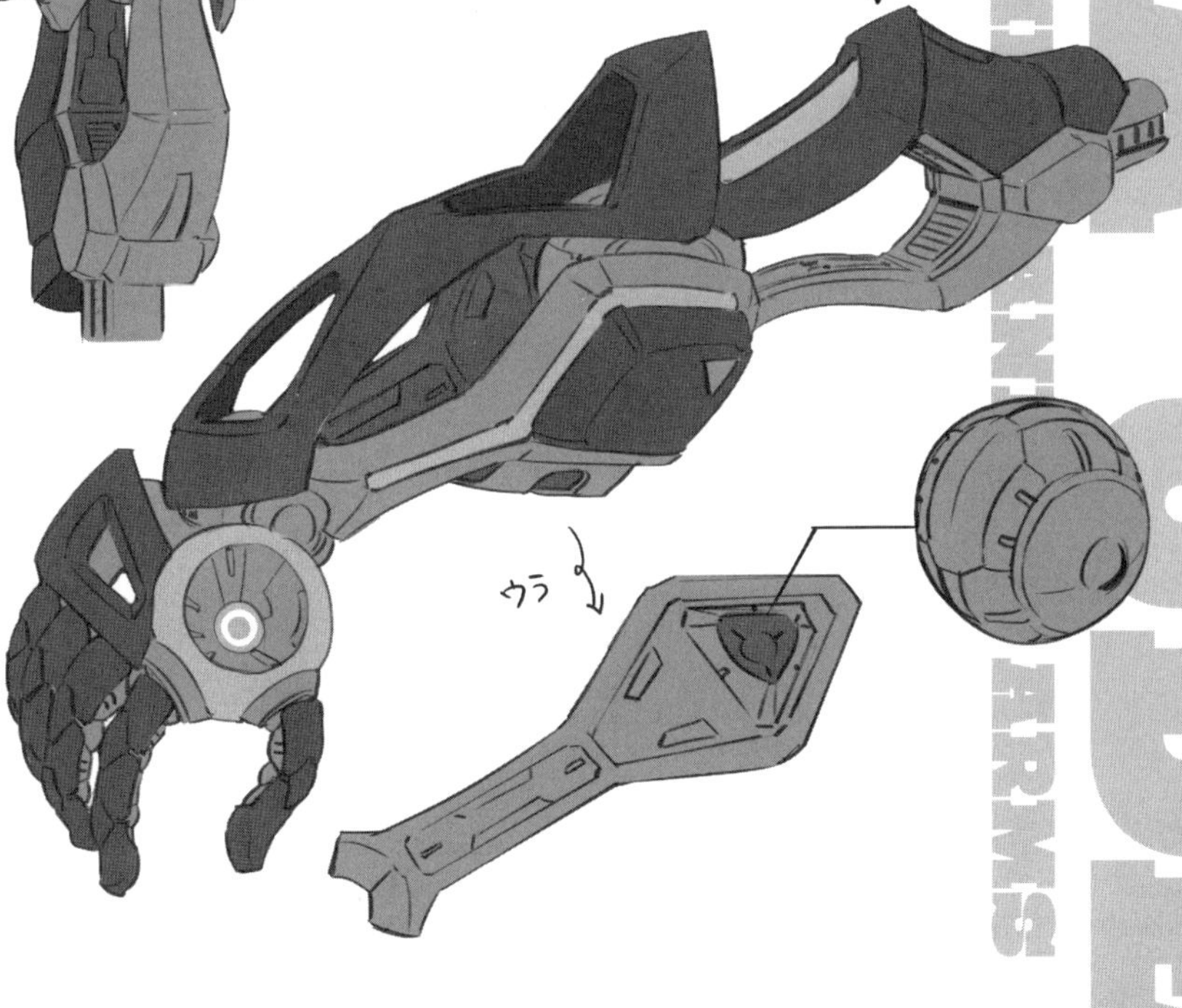

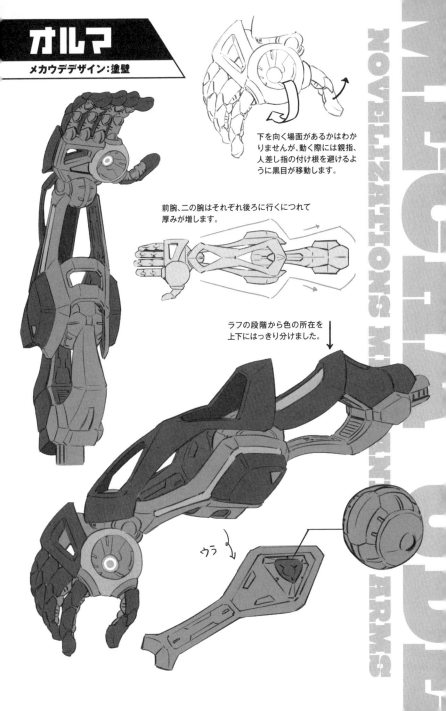

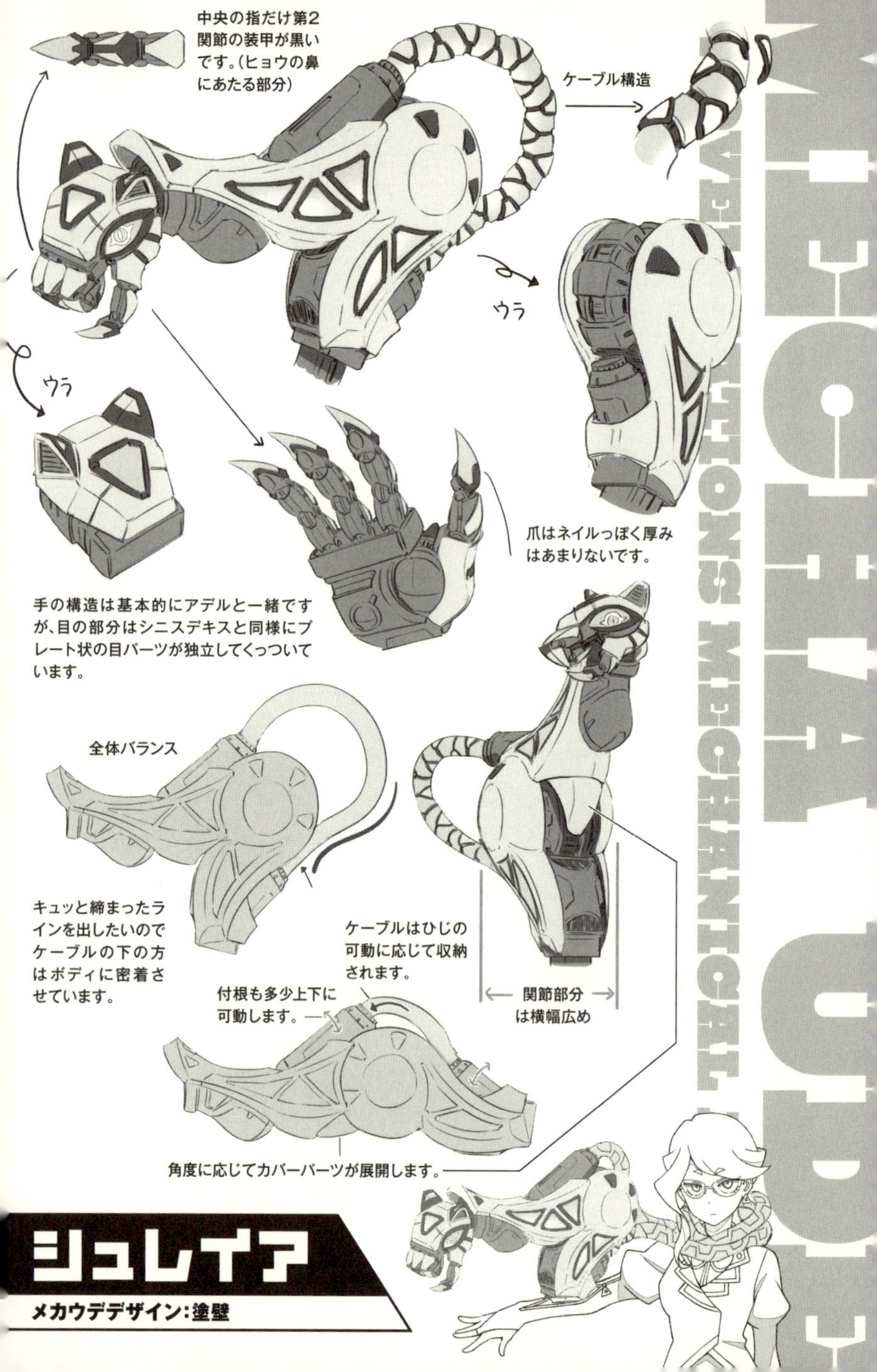

シュレイア

メカウデデザイン:塗壁

シニス＆デキス
最終形態

メカウデデザイン：塗壁

小説 メカウデ
～もうひとつのトリガーアーム～

水沢 夢

発行　2025年3月23日　初版第1刷発行

発行人　鳥光 裕

編集人　星野博規

編集　濱田廣幸

発行所　株式会社小学館
〒101-8001 東京都千代田区一ツ橋2-3-1
［編集］03-3230-9343 ［販売］03-5281-3556

カバー印刷　株式会社美松堂

印刷　TOPPANクロレ株式会社

製本　株式会社若林製本工場

Printed in Japan　ISBN978-4-09-461184-7